Sur l'auteur

M.J. Arlidge travaille pour la télévision depuis quinze ans. Il dirige également une maison de production indépendante, qui a permis à plusieurs séries policières de voir le jour. *Am stram gram*, premier roman mettant en scène les enquêtes d'Helen Grace, est suivi d'*Il court, il court, le furet*, de *La Maison de poupée*, d'*Au feu, les pompiers* et d'*Oxygène*.

Du même auteur
aux Éditions 10/18

AM STRAM GRAM, n° 5047
IL COURT, IL COURT, LE FURET, n° 5179
LA MAISON DE POUPÉE, n° 5303
AU FEU, LES POMPIERS, n° 5412
OXYGÈNE, n° 5518

M.J. ARLIDGE

OXYGÈNE

Traduit de l'anglais
par Séverine Quelet

10
18

LES ESCALES

Titre original :
Little Boy Blue

ISBN : 978-2-264-07608-3
Dépôt légal : février 2020

1

Il ressemblait à un ange déchu. Son corps musclé, dénudé, paré d'ailes argentées, se balançait d'avant en arrière dans les airs au bout de l'épaisse chaîne qui pendait du plafond. Les doigts tendus vers le sol, il tentait d'attraper à tâtons la clé qui le libérerait mais qui restait cruellement hors de portée. Il était à la merci de sa tortionnaire qui tournait maintenant autour de lui en réfléchissant à l'endroit où elle porterait le prochain coup. Le torse ? Les parties génitales ? La voûte plantaire ?

Une petite foule s'était amassée pour assister au spectacle mais *lui* ne s'attarda pas. Cette mise en scène l'ennuyait, il l'avait déjà vue un nombre incalculable de fois. Il s'éloigna dans l'espoir de trouver plus distrayant ailleurs. Il participait chaque année au Grand Gala, l'événement phare de la communauté sadomaso dans le sud de l'Angleterre ; pourtant il craignait que cette édition ne soit la dernière pour lui. Pas seulement parce qu'il ne cessait de tomber sur des ex qu'il aurait préféré éviter, mais surtout parce que tout cela lui était devenu trop familier. Ce qu'il trouvait autrefois sulfureux et excitant lui paraissait désormais étudié et creux. Les mêmes personnes qui faisaient encore et toujours les mêmes choses et se vautraient dans l'attention qu'on leur portait.

Peut-être qu'il n'était tout simplement pas d'humeur ce soir. Depuis sa rupture avec David, il était déprimé et n'avait plus goût à rien. Il était venu sans grandes attentes et déjà la déception et le dégoût de soi montaient en lui. Tout le monde s'amusait, passait du bon temps, et les avances des autres fêtards ne manquaient pas, alors qu'est-ce qui clochait chez lui ? Pourquoi n'arrivait-il pas à accepter le fait qu'il était seul ?

Il s'avança jusqu'au bar et commanda un double whisky. Pendant que le barman le servait, il balaya la salle du regard. Des femmes, des hommes et des individus entre les deux paradaient sur la piste de danse ou sur les estrades : une masse fourmillante d'êtres humains entassés dans le sous-sol aux murs effrités de la boîte de nuit. C'était leur grand soir et tous s'étaient parés de leurs plus beaux atours : dominateurs en masque à pointes, vierges en ceinture de chasteté, cygnes sexy et esclaves sexuels en combinaison intégrale – un incontournable. Tous donnant leur maximum.

Blasé par ce spectacle, il se tourna de nouveau vers le bar. C'est là qu'il le vit. Dans la frénésie ambiante, il lui apparut comme un point fixe ; image même du calme absolu au milieu du chaos, il observait les danseurs devant lui. Mais était-ce bien « il » ? Difficile à dire… Le masque de cuir noir qui lui recouvrait tout le visage ne laissait apparaître que les yeux, et le costume assorti qu'il portait ne révélait qu'une silhouette élancée, androgyne. Alors qu'il caressait du regard le corps dissimulé en quête d'indices, il se rendit soudain compte que l'objet de son attention regardait droit dans sa direction. Gêné, il se détourna. Quelques secondes plus tard, cependant, la curiosité eut raison de lui et il risqua un nouveau coup d'œil.

L'autre le fixait toujours. Cette fois, il ne flancha pas. Ils restèrent dix bonnes secondes les yeux rivés l'un à l'autre avant que la silhouette en cuir noir ne fasse soudain volte-face pour se diriger vers les recoins plus sombres, et plus discrets, du club.

Cette fois, aucune hésitation : il lui emboîta le pas, passa devant le bar, la piste de danse, l'ange enchaîné, afin de rejoindre les salles privées, très demandées ce soir, qui abritaient les rapprochements intimes aussi brefs qu'ardents. Il sentit son excitation croître et, tandis qu'il accélérait le pas, il détailla avec plus d'attention la silhouette devant lui. Son imagination lui jouait-elle des tours ou les formes de ce corps lui étaient-elles familières ? Connaissait-il cet individu ? L'avait-il rencontré dans le cadre de son travail ou de ses loisirs ? Ou était-ce un parfait inconnu, qui l'avait repéré et lui portait un intérêt tout particulier ? La question l'intriguait.

La silhouette pénétra dans une petite salle défraîchie et s'arrêta au centre. En d'autres circonstances, il aurait hésité, par prudence. Mais pas ce soir. Pas maintenant. Il entra à son tour dans la pièce et, après avoir refermé la porte derrière lui, s'avança d'un pas décidé vers la silhouette qui l'attendait.

2

Le cri perçant, long et puissant, déchira la nuit. Elle tourna le regard à gauche, juste à temps pour en apercevoir la source : un renard effrayé fila se réfugier dans les buissons. Elle ne ralentit pas pour autant et s'enfonça au contraire plus profondément dans le bois. Quoi qu'il advienne désormais, il fallait continuer.

Ses poumons brûlaient et ses muscles tiraient, pourtant elle persévéra, malgré les branches basses et le bois mort au sol, implorant sa bonne étoile de ne pas l'abandonner. Il était presque minuit et il n'y avait pas âme qui vive aux alentours pour lui porter secours en cas de mauvaise chute. Mais elle était si près maintenant.

Les arbres se raréfièrent, le feuillage se clairsema, et quelques secondes plus tard elle était à découvert, silhouette svelte encapuchonnée qui traversait comme une flèche la vaste pelouse du Southampton Common. Elle se rapprochait à grande vitesse du cimetière qui délimitait le parc de la ville à l'ouest et, malgré les protestations féroces de son corps, elle piqua un dernier sprint. Peu après, elle touchait au but et percutait la grille du cimetière avec force. Elle remonta sa manche pour arrêter son chrono. Quarante-huit minutes et quinze secondes, son nouveau record.

Le souffle court, Helen Grace abaissa sa capuche et offrit son visage à la nuit. La lune était presque pleine, aucun nuage n'obscurcissait le ciel et la brise qui lui caressait la peau était vive et rafraîchissante. Son cœur battait à un rythme effréné, la sueur dégoulinait sur ses joues, mais elle souriait, heureuse d'avoir gagné trente secondes sur son temps habituel, ravie d'avoir la lune pour témoin de sa victoire. Jamais elle ne s'était autant dépassée ; ses efforts avaient payé.

Elle se pencha et commença à s'étirer. Quelle étrange allure elle devait avoir ! Une femme solitaire qui se contorsionnait dans l'ombre d'un cimetière désert. D'aucuns lui auraient reproché sa présence ici à une heure aussi tardive. Mais elle en avait fait sa routine et ce lieu ne lui inspirait ni crainte ni angoisse. Au contraire, elle se délectait de l'isolement et de la solitude. D'une certaine manière, être seule lui donnait le sentiment d'être chez elle.

Sa vie était si compliquée, si perturbée, les obstacles et les dangers si nombreux, que rares étaient les endroits où elle se sentait vraiment en paix. Ici, en revanche, minuscule silhouette anonyme enveloppée par l'obscurité infinie du parc désert, elle était détendue et heureuse. Plus encore, elle était libre.

3

Il ne pouvait plus bouger.

La conversation avait été brève et ils en étaient vite venus au fait. Sans ménagement aucun, il avait été poussé sur une chaise tirée au milieu de la pièce. Il ne devait rien dire, il le savait : la beauté de ces rencontres résidait dans le mystère, l'anonymat et le secret. Les bavardages insouciants affaiblissaient la tension du moment ; et celui-ci démarrait plutôt bien.

Assis, il se laissa ligoter sans broncher. Son partenaire avait apporté tout le nécessaire : il lui entoura les chevilles avec un épais ruban et les attacha aux pieds de la chaise. Le tissu était doux, agréable contre sa peau, et il poussa un long soupir. Plus habitué à contrôler le jeu, à réfléchir, planifier, agir, il trouvait réjouissant de se laisser guider pour une fois. Cela faisait longtemps que personne ne s'était occupé de lui et il mesura soudain combien cette perspective l'excitait.

L'autre lui attrapa ensuite les bras, les lui tira avec délicatesse dans le dos avant de les immobiliser contre le dossier de la chaise à l'aide de liens en cuir. Il huma l'odeur caractéristique de la peau tannée, un arôme étrangement familier qui l'attirait depuis l'enfance. Il ferma les yeux – ne pas voir ce qui allait arriver décuplait le plaisir – et il attendit la suite avec impatience.

L'étape suivante se révéla plus complexe mais fut exécutée avec tout autant de tendresse. Depuis les chevilles jusqu'en haut des jambes, il fut enveloppé avec soin de bandelettes humidifiées. Au bout de quelques minutes, en séchant, le tissu se resserra et lui colla à la peau. Très vite, il se retrouva comme paralysé en dessous de la taille : une sensation étrange mais pas déplaisante. Son amant d'un soir enserra ensuite son torse et acheva son œuvre en fixant la dernière bandelette avec du gros ruban adhésif gris qu'il enroula une fois, deux fois, trois fois, autour de ses larges épaules. Il s'arrêta juste en dessous de la pomme d'Adam.

Il ouvrit les yeux et considéra son tortionnaire. L'atmosphère dans la pièce était lourde d'appréhensions. Leur jeu pouvait se dérouler de différentes façons : certaines consenties, d'autres moins ; chacune offrant ses avantages. Il se demanda laquelle son partenaire – homme ou femme – allait choisir.

Aucun d'eux ne parla. Le silence de la pièce n'était perturbé que par les vibrations des basses de la dance qui pulsait à plein volume sur la piste, et ces battements lointains leur donnaient l'impression de se trouver dans un monde à part, enfermés ensemble dans le moment présent.

L'autre ne bougeait toujours pas, peu pressé semblait-il de le punir ou de lui procurer du plaisir, et pour la première fois, il éprouva un élan de frustration. Les préliminaires avaient du bon mais aussi une limite. Malgré la contention, ou grâce à elle, il sentit son désir enfler et il comptait bien l'assouvir.

— Allez, dit-il d'une voix suave. Ne me fais pas languir. Ça fait longtemps qu'on ne m'a pas donné un peu d'amour.

Il ferma de nouveau les paupières et attendit. Que recevrait-il en premier ? Une claque ? Un coup ? Une caresse ? Pendant plusieurs secondes, il ne se passa rien, puis soudain, il sentit un frôlement contre sa joue. Son amant s'était rapproché, si près qu'il perçut son souffle sur son visage, entendit ses lèvres s'entrouvrir.

— Il ne s'agit pas d'amour, murmura l'autre. Mais de haine.

Il rouvrit les yeux d'un coup, mais trop tard. Son tortionnaire était déjà en train d'enrouler l'adhésif autour de sa tête, sur son menton, sa bouche… Il voulut crier mais le ruban au goût amer l'en empêcha. Voilà que le scotch lui recouvrait les joues, lui aplatissait le nez. Quelques instants plus tard, il fut collé sur ses yeux et tout devint noir.

4

Helen scruta l'obscurité qui régnait dehors. De retour dans son appartement, après s'être douchée et enveloppée d'un drap de bain, elle s'était assise à la fenêtre qui surplombait la rue. Les effets de l'adrénaline et des endorphines de tout à l'heure s'étaient dissipés, remplacés par une sensation de calme et de sérénité qui envahissait tout son corps. Elle n'avait pas sommeil, elle voulait d'abord profiter de cet état de plénitude. Elle s'installa donc à son poste habituel, point d'observation privilégié sur le monde extérieur.

Dans des moments comme celui-ci, Helen se disait qu'elle avait réussi. Bien sûr, ses vieux démons étaient toujours tapis dans l'ombre, mais son besoin de souffrir pour garder le contrôle sur ses émotions s'était un peu apaisé ces derniers temps. Pour compenser, elle avait appris à solliciter son corps d'autres manières. Si elle n'était pas encore au bout du chemin – y parviendrait-elle un jour ? – elle était en tout cas sur la bonne voie. La crainte de la déception étouffait parfois le sentiment d'espoir que cette idée faisait naître en elle ; en d'autres occasions, elle y succombait. Ce soir comptait parmi ces rares moments où elle s'autorisait un petit instant de bonheur.

Une tasse de thé entre les mains, elle contempla la rue en contrebas. L'oiseau de nuit qu'elle était adorait ces heures où le monde semblait tout aussi paisible que rempli de mystères et de promesses ; l'obscurité avant l'aube. Du haut de son appartement, elle était à l'abri des regards et pouvait à loisir voir sans être vue les créatures nocturnes qui vaquaient à leurs occupations. Southampton avait toujours été une ville animée et bouillonnante de vie ; aux alentours de minuit, quand les pubs se vidaient, ses rues grouillaient de travailleurs, d'étudiants, de marins, de touristes et autres. Helen adorait observer les drames humains qui s'y jouaient alors : deux amants qui rompaient puis se réconciliaient, des meilleures amies qui se déclaraient leur affection mutuelle, une femme qui pleurait toutes les larmes de son corps au téléphone, un couple de personnes âgées qui rentraient chez elles, main dans la main. Helen aimait s'insinuer dans leurs vies, imaginer ce qui les attendait ensuite, les tours que le destin leur réservait.

Ce n'était que plus tard, lorsque la foule se dispersait, qu'on assistait à des scènes vraiment intéressantes, jouées par les véritables couche-tard en activité à l'heure la plus sombre de la nuit. Parfois, le spectacle était à fendre le cœur : les sans-abri, ivrognes vulnérables et malheureux, qui traçaient leur chemin solitaire à travers la ville. D'autres fois, la scène était révoltante : bagarres entre soûlards, toxico qui rôdait dans l'immeuble abandonné en face, éclats de voix d'une dispute conjugale qui s'échappaient de la rue. Il arrivait aussi que la comédie soit au rendez-vous, lorsque des étudiants de première année se poussaient dans des Caddie « empruntés » au supermarché du coin, sans aucune idée de l'endroit où ils se trouvaient ni de comment ils allaient regagner leurs chambres universitaires.

Un éventail presque complet de l'humanité défila devant les yeux d'Helen qui s'en délecta, ivre du sentiment de toute-puissance que lui conférait sa vue en hauteur. Elle se reprochait de temps à autre son penchant voyeuriste mais, le plus souvent, elle s'y adonnait sans scrupule, reconnaissante de la compagnie que cela lui procurait. Ces acteurs nocturnes avaient-ils conscience d'être observés ? Et dans ce cas, s'en préoccupaient-ils ? À l'occasion, dans ses moments de grande paranoïa, elle se demandait aussi si quelqu'un l'observait, *elle*.

5

La paire de ciseaux d'urgence était posée par terre, prête à l'usage. Ses épaisses lames étaient conçues pour couper le tissu, le scotch et même le cuir, mais elles ne serviraient pas. Il n'y aurait pas de délivrance ce soir.

La chaise s'était renversée lorsque la victime paniquée avait gesticulé pour tenter de se libérer. Elle offrait une étrange vision à présent, à s'agiter en vain au sol, le souffle court et la peur au ventre. Ses tentatives pour desserrer les liens restaient infructueuses et la fin était proche. La dominant de toute sa hauteur, son bourreau l'observait et s'interrogeait sur ce qui finirait par causer la mort. Hyperthermie ? Asphyxie ? Arrêt cardiaque ? Impossible à deviner, mais cette incertitude était des plus excitantes.

Les mouvements de sa victime commencèrent à perdre en vigueur et la silhouette vêtue de cuir recula. Inutile d'assister à l'agonie, surtout au risque d'être surpris par un des monstres en rut à proximité qui pouvait débarquer à tout moment. Son travail ici était terminé.

Tournant les talons, la silhouette se dirigea d'un pas tranquille vers la sortie. Comprendraient-ils à quoi ils avaient affaire ? Seul l'avenir le dirait, mais quoi qu'il arrive, il y avait une chose que la police, le public et les Abominations de l'autre côté de cette porte ne pourraient ignorer : l'individu ficelé avec soin qui gisait au sol, et dont les gesticulations cesseraient lorsque la mort aurait réclamé son dû.

6

Où était-il ?

Cette question obsédait Sally depuis des heures. Incapable de trouver le sommeil, elle avait d'abord allumé la radio, puis la lumière pour lire. Les mots dansaient sous ses yeux sans parvenir à pénétrer son esprit et elle était arrivée au bas de la page sans avoir rien compris. Elle avait jeté l'éponge, et éteint. Dans le noir, elle était restée sans bouger, les yeux grands ouverts. Oui, elle était d'une nature anxieuse, elle avait tendance à voir le mal partout. Mais elle était en droit de s'inquiéter, non ? Ce soir encore, Paul « travaillait » tard.

Quelques semaines plus tôt, il n'y aurait pas eu lieu de s'angoisser. Paul était un homme ambitieux, travailleur et investi : plus d'une fois en vingt ans de mariage, il avait mangé froid à cause de sa grande conscience professionnelle qui le retenait au bureau. Mais il y a peu, elle avait cherché à le joindre en urgence suite à un appel de sa mère. Comme elle tombait sur le répondeur de son portable, elle avait téléphoné à sa secrétaire, qui lui avait appris qu'il avait quitté le bureau à 17 heures tapantes. Les aiguilles de la pendule dans la cuisine indiquaient 20 heures d'un air moqueur lorsque Sally, sous le choc, avait raccroché. Aussitôt, elle avait imaginé les pires scénarios : un accident, une liaison. Mais elle avait étouffé son angoisse au mieux et, lorsqu'il était rentré sain et sauf plus tard, elle n'avait rien dit.

En revanche, la seconde fois où il avait appelé pour prévenir qu'il était retenu au travail, elle avait pris son courage à deux mains et décidé d'en avoir le cœur net. Elle s'était rendue à son bureau, des excuses toutes prêtes en tête, mais celles-ci s'étaient révélées inutiles puisqu'il n'y était pas. Là encore, il était parti de bonne heure. Avait-elle réussi à dissimuler son désarroi à la secrétaire ? Elle l'espérait sans en être convaincue. De toute façon, celle-ci devait déjà savoir. Il paraît que l'épouse est toujours la dernière au courant.

Paul était-il le genre d'homme à avoir une liaison ? Son instinct poussait Sally à penser que non. Son mari était un catholique de la vieille école qui avait fait le serment d'honorer ses vœux de mariage avec sincérité. Leur vie conjugale et familiale était heureuse et comblée jusque-là. Et puis, malgré les jumeaux, Sally avait conservé sa silhouette et sa beauté, et elle était certaine que Paul la trouvait encore attirante, même si leurs rapports s'étaient faits plus rares ces derniers temps. Non, d'instinct elle rejetait l'idée qu'il puisse offrir son amour à quelqu'un d'autre. Mais n'était-ce pas là la conviction de toute femme trompée avant que l'infidélité de son mari ne soit révélée ?

Les minutes s'égrenèrent. Qu'est-ce qu'il fichait dehors à une heure pareille ? Avec qui était-il ? À plusieurs reprises ces derniers jours, elle avait été tentée de lui poser la question sans détour. Mais elle n'avait pas trouvé les bons mots et surtout, elle se fourvoyait peut-être. Et si Paul lui préparait en fait une surprise ? Il serait anéanti qu'elle l'accuse de l'avoir trahie, n'est-ce pas ?

La vérité, c'était que Sally avait peur. Une seule et unique question pouvait remettre en cause toute une vie. Alors, bien qu'allongée dans le noir à réfléchir à la meilleure manière d'aborder le sujet, elle sut qu'elle ne l'interrogerait jamais. Pas parce qu'elle ne voulait pas savoir. Mais parce qu'elle redoutait ce qu'elle pourrait apprendre.

7

À bientôt 2 heures du matin, les locaux de la brigade criminelle étaient aussi silencieux qu'un tombeau. Le capitaine Charlie Brooks étouffa un bâillement tout en feuilletant les dossiers des affaires non résolues sur son bureau. Elle était épuisée – les effets conjugués de sa récente promotion et de sa vie de jeune maman se faisaient durement ressentir – mais elle était déterminée à offrir à ces enquêtes en suspens l'attention qu'elles méritaient. Si aucun suspect n'avait été arrêté dans ces cas d'homicides qui remontaient à dix ou quinze ans – les pistes n'étaient pas froides mais gelées ! –, les victimes avaient tout de même laissé derrière elles des parents ou des enfants en quête de réponses, et leur besoin de savoir était aussi ardent aujourd'hui qu'au moment des faits. Le travail quotidien était si intense que ce n'était que tard le soir, lorsque le calme retombait enfin sur le commissariat central de Southampton, que Charlie pouvait s'y consacrer. Une des nombreuses nouvelles missions qui lui incombaient maintenant qu'elle avait été promue capitaine ; et elle avait bien l'intention d'honorer ses obligations.

Elle devait son avancement à Helen Grace. Elle avait beau déjà compter le capitaine Sanderson comme adjoint, Helen avait insisté pour récompenser l'excellent travail fourni par Charlie dans l'affaire Ethan Harris. Il y avait eu quelques réticences, par crainte que la hiérarchie du service n'en soit déstabilisée, mais Helen avait eu gain de cause en réussissant à convaincre les bonnes personnes que Charlie méritait cette promotion.

Le lieutenant Charlie Brooks était donc devenu le capitaine Charlene Brooks. Personne ne l'appelait jamais ainsi, bien sûr, elle resterait toujours Charlie pour tout le monde au commissariat ; mais entendre son nom en entier lors de la cérémonie de remise des insignes lui avait tout de même plu. Helen, qui y assistait, avait adressé un clin d'œil discret à Charlie lorsqu'elle avait regagné sa place parmi les officiers méritants, réprimant au mieux l'immense sourire qui voulait s'épanouir sur son visage.

Après ces réjouissances, Charlie avait invité Helen dans un grand restaurant pour la remercier en personne, mais sa chef n'avait rien voulu savoir : elles étaient allées fêter ça dans leur pub habituel, le Crown and Two Chairmen, lieu traditionnel pour le bizutage d'un nouveau capitaine. Helen cherchait-elle à éviter toute accusation de favoritisme ou était-elle mal à l'aise à l'idée de devoir accepter les remerciements de Charlie ? Difficile à dire… Quoi qu'il en soit, elles avaient arrosé sa promotion comme il se devait. Toute la brigade était là et tous, à part peut-être Sanderson, avaient félicité Charlie avec chaleur. Après les heures sombres qu'elle avait traversées pour en arriver là, Charlie était profondément reconnaissante de la confiance qu'on lui témoignait.

Absorbée par ses souvenirs – certes quelque peu brumeux – d'un karaoké aviné avec le lieutenant

McAndrew, elle sursauta en découvrant l'agent de permanence debout à côté d'elle.

— Pardon, j'avais l'esprit ailleurs, dit-elle pour s'excuser en levant les yeux sur lui.

— Pas de repos pour la justice, hein ? répliqua-t-il avec le clin d'œil qui était sa marque de fabrique. Ça vient de tomber. J'ai pensé que vous voudriez voir ça sans attendre.

Le papier qu'il lui tendit était avare de détails : présomption d'homicide d'une victime non identifiée, aucun témoin. Toutefois, un élément lui sauta aux yeux. Sur la première ligne de la feuille de rapport d'incident était indiquée l'adresse : un lieu où elle n'avait jamais mis les pieds mais qui était connu à Southampton.

Le Cachot.

8

Helen se dirigea vers le chaos. Les fêtards qui s'étaient serrés comme des sardines dans la boîte de nuit se déversaient maintenant dans la rue, escortés par des videurs excédés. Le spectacle était saisissant : une dizaine d'officiers de police en veste jaune fluo au milieu d'une mer de vinyle, de cottes de mailles et de peau dénudée. En d'autres circonstances, l'image aurait fait sourire Helen, mais la peur et la consternation qui tiraient les visages interdisaient une telle réaction. Malgré les tentatives du patron pour les déloger, plusieurs clients s'attardèrent devant l'entrée, cramponnés les uns aux autres pendant qu'ils spéculaient sur les événements de la soirée.

Sa plaque en main, Helen fendit la foule amassée et gagna l'entrée. Les agents en faction la saluèrent d'un hochement de tête embarrassé, un peu gênés de monter la garde devant un club sadomasochiste réputé, avant de lui ouvrir les lourdes portes recouvertes de cuir qui maintenaient ses adeptes à l'intérieur et empêchaient les curieux d'entrer. Helen n'était jamais venue au Cachot et, lorsqu'elle en franchit le seuil, elle fut aussitôt frappée par l'impressionnant escalier qui descendait devant elle. D'un rouge profond du sol au plafond, flanqué de murs ornés d'instruments de torture plus ingénieux les uns que les autres, il semblait marquer l'entrée des Enfers.

Helen le dévala à la hâte, appuyée à la main courante pour ne pas glisser sur les marches inégales, collantes et plongées dans l'obscurité. Le club s'organisait en une suite de chambres voûtées en brique, Helen se dirigea vers la plus spacieuse. À peine deux heures plus tôt, ce lieu était le théâtre d'une débauche totale, mais la scène était déserte désormais, investie seulement par Charlie, le lieutenant McAndrew et quelques officiers subalternes. L'odeur en revanche persistait : transpiration, bière éventée, parfums lourds et autres senteurs non identifiées. Un cocktail sucré et puissant en contradiction avec l'atmosphère sans vie du club.

— Pardon d'avoir appelé si tard. Ou si tôt. Au choix, lança Charlie qui, ayant repéré Helen, la rejoignit.

— Pas de problème, répondit cette dernière avec chaleur. Qu'est-ce qu'on a ?

— C'est le Don Juan, là-bas, qui a trouvé le corps.

Charlie lui indiqua un jeune blond au teint pâle en train de répondre aux questions de McAndrew. La couverture de survie qu'on lui avait fournie recouvrait mal son minuscule costume de flic de Los Angeles et il tirait dessus avec nervosité, un peu honteux de se trouver en présence d'authentiques officiers des forces de l'ordre.

— Son ami et lui se cherchaient un coin tranquille. Ils ont ouvert la porte de l'une des salles du fond et ont découvert la victime. Nous les avons interrogés séparément et leurs dépositions concordent. Ils jurent ne pas être entrés ; Meredith a prélevé des échantillons de leur ADN pour vérifier.

— Bien. Qu'en est-il du patron ?

— Le lieutenant Edwards est avec M. Blakeman dans son bureau en ce moment même.

— OK. Allons-y, alors.

D'un geste de la main, Charlie indiqua à Helen le fond de la boîte de nuit.

— Il y a des témoins ? interrogea Helen en route.

— Les personnes disposées à parler ne manquent pas, mais difficile de les considérer comme des témoins. Il faisait sombre, il y avait beaucoup de bruit et de monde. La moitié des clients portaient des costumes ou des masques. On aura de la chance si on obtient quelque chose d'utile, et personne n'a déclaré avoir vu quoi que ce soit « d'inhabituel ». D'après les videurs, quelques clients ont déguerpi dès l'arrivée de la police. Nous avons demandé à Blakeman une liste complète des membres pour tenter de les retrouver, mais…

— Il y a fort à parier qu'ils se soient inscrits sous un faux nom, intervint Helen. Et je les vois mal se présenter de leur propre chef pour nous assister dans l'enquête. Qu'on creuse quand même de ce côté-là, on ne sait jamais.

Charlie marqua son consentement d'un hochement de tête, mais Helen devina qu'elle aussi envisageait déjà les complications particulières qu'une telle affaire allait présenter. À cause du manque de témoins oculaires, ils devraient compter sur les indices médicolégaux, les caméras de surveillance et le résultat de l'autopsie pour avancer.

Helen accéléra le pas et se retrouva bientôt auprès des techniciens de scène de crime. Elle enfila des surchaussures jetables et des gants en latex puis, avec un geste de la tête à l'intention de Charlie et après avoir pris une profonde inspiration, elle pénétra dans la salle.

9

La chambre exiguë bourdonnait d'activité. Meredith Walker, chef de la police scientifique du commissariat de Southampton, était à quatre pattes et inspectait le sol avec méticulosité. Faire le ménage n'était de toute évidence pas la priorité des gérants du lieu, et la collecte des indices potentiels, leur emballage et étiquetage seraient un travail colossal pour Meredith et son équipe. Cette salle privée était très fréquentée et Helen songeait qu'il serait peut-être plus simple de déterminer quels clients n'y avaient jamais mis les pieds plutôt que de chercher ceux qui y étaient entrés.

Helen surprit le regard de Charlie sur elle. Elle balaya ses idées défaitistes dans un coin de sa tête et avança à pas prudents. La victime était couchée au centre de la pièce, ligotée à une chaise en fer, entourée de ruban adhésif et de bandelettes. À en juger par sa taille, Helen supposa qu'il s'agissait d'un homme, mais sans certitude aucune. La tête du défunt était entièrement enveloppée de scotch gris et pas une mèche de cheveux ni un carré de peau n'étaient visibles. Les bandes de tissu qui lui collaient à la peau donnèrent à Helen une idée de la sensation de paralysie qu'avait dû éprouver la victime. Quelle atroce façon de mourir.

Ce n'était pas le premier décès sadomasochiste, bien sûr – l'autoérotisme et les jeux sexuels pouvaient mal tourner –, mais celui-ci avait quelque chose de différent. Au milieu du cercle formé par Meredith et son équipe, près du cadavre, se trouvait une paire de gros ciseaux d'urgence, une balise numérotée posée à côté pour marquer l'intérêt de l'indice. Le coupable disposait du moyen de libérer sa victime, et il avait choisi de ne pas s'en servir. À la place, il était sorti, avait refermé la porte derrière lui et s'en était allé sans attirer l'attention. Il ne s'agissait pas d'un accident. Mais d'un acte délibéré, calculé, orchestré dans le but de tuer.

Le photographe de la police salua Helen d'un signe de la tête et celle-ci s'avança. Elle glissa sa main gantée sous le corps pour le relever. La chaise chancela quelques secondes avant de se stabiliser devant elle. La tête de la victime tomba en avant et se posa contre le haut du buste.

— Vous voulez bien nous accorder quelques minutes, s'il vous plaît, demanda Helen d'une voix calme mais ferme.

Meredith et ses collègues se retirèrent en silence, laissant Charlie et Helen seules avec le cadavre. L'heure était venue de découvrir le visage de la victime, de tenter de déterminer son identité ; pour cela, nul besoin d'un public.

Helen s'empara d'une paire de ciseaux stérile et entreprit de découper les bandelettes qui enserraient le torse et les jambes. Il était peu probable que les pieds de la victime permettent de l'identifier mais elle trouvait important de libérer ses membres. Par ailleurs, elle aurait ainsi un meilleur angle d'attaque sur le ruban adhésif enroulé sur son buste et sa tête. Elle ne pouvait pas courir le risque de lui infliger une blessure *post mortem* en taillant au hasard dans le scotch, elle résista donc à son envie de libérer tout de suite son visage.

Avec patience, Helen découpa le tissu raidi, délivrant le corps de son supplice. Les bandelettes retirées, apparut le ruban qui liait les chevilles aux pieds de la chaise. Helen le dénoua puis le glissa dans un sac avec les bandelettes. Pendant tout le processus, le corps ne bougea pas. La rigidité cadavérique était déjà installée ; la victime ressemblait à un être figé dans le temps.

Poursuivant sa tâche déplaisante, Helen ôta du buste les bandelettes qu'elle confia à une Charlie au teint livide. Elle passa ensuite une des lames des ciseaux sous le scotch au niveau du torse et la fit glisser sur le cuir souple du costume sans en abîmer la surface. Elle ralentit son mouvement lorsqu'elle remonta le long du cou – chaque marque ou contusion sur le corps pouvait se révéler un indice précieux ; il ne fallait pas compromettre l'enquête en se précipitant.

Le scotch qui recouvrait la gorge fut ôté avec facilité ; seule la tête restait dissimulée désormais. Reposant les ciseaux, Helen décida de terminer la partie délicate à la main. Elle passa le bout de ses doigts sur le haut du crâne et trouva la fin du ruban adhésif qu'elle parvint à décoller en grattant avec les ongles.

Voilà. Le moment de vérité était arrivé. Helen saisit l'extrémité du scotch et commença à le dérouler. Lentement au début, puis de plus en plus vite et avec davantage d'assurance, jusqu'à ce que tout soit retiré.

Le choc lui coupa le souffle. Ce n'était pas l'aspect cireux et sans vie du visage qui la tétanisait, mais le fait qu'elle le reconnaissait. C'était son ami. Son dominateur.

Jake.

10

La main sur la bouche, Helen se précipita dans l'escalier. La bile lui montait à la gorge ; il fallait qu'elle s'éloigne de cet enfer souterrain au plus vite. Au-dessus d'elle, une lumière verte indiquait la sortie et elle gravit en trombe les dernières marches pour franchir la porte et s'engouffrer dans la nuit.

Ignorant les regards perplexes des policiers en faction, Helen fonça vers le grillage qui délimitait la propriété et s'y cramponna. Elle avait le souffle court, son cœur battait à tout rompre et de violents haut-le-cœur lui secouaient le corps. Elle aspira de grandes goulées d'air, pour se reprendre et éviter d'attirer l'attention sur elle, en vain. Elle se mit à vomir, avec force et bruit, au rythme des contractions douloureuses de son estomac, jusqu'à ce qu'elle n'ait plus rien à rendre.

Personne ne fit le moindre geste pour lui venir en aide et Helen demeura les yeux rivés vers le sol, vidée. Ce n'était pas Jake, ce n'était pas possible ! Une infime part d'elle-même était tentée de retourner sur la scène de crime pour se prouver qu'elle s'était trompée. Pourtant, au fond de son cœur, elle savait. Il avait un visage particulier qu'Helen connaissait bien. Mais surtout, le tatouage dans son cou ne laissait planer aucun doute.

L'homme dont elle s'était payé la compagnie à de nombreuses reprises pendant plusieurs années, qui avait battu ses démons intérieurs lors de leurs séances sadomasos, était mort. Jake était la seule personne qui savait qui Helen était vraiment. Sa brusque disparition la laissait perdue et confuse.

La dernière fois qu'elle l'avait vu, il semblait heureux et posé. Il avait un nouveau petit ami, avait dépassé son béguin pour elle et paraissait mener une vie accomplie. Que s'était-il passé pour qu'il finisse ainsi, dans une boîte de nuit spécialisée, entre les griffes d'un assassin aussi cruel qu'impitoyable ? Helen aurait tout donné pour pouvoir remonter le temps, pénétrer dans cette chambre privée au moment de l'attaque, sauver Jake et arrêter son agresseur.

— Est-ce que ça va ?

Helen releva la tête et découvrit Charlie à côté d'elle, entourée par l'obscurité. Aucun autre membre de son équipe n'aurait osé s'adresser à elle avec autant de familiarité et d'affection. Cette sollicitude désarçonna complètement Helen. En temps normal, elle aurait aboyé une réplique bien sentie et congédié l'importun, mais Charlie et elle avaient traversé trop d'épreuves côte à côte pour qu'elle la chasse ainsi. Une grande part d'elle-même mourait d'envie de lui crier qu'elle connaissait la victime, qu'il était son ami. Pourtant, lorsqu'elle ouvrit enfin la bouche, aucun son n'en sortit.

— Qu'y a-t-il, Helen ? Que se passe-t-il ? insista Charlie.

Helen ne prononça pas un mot. Si elle admettait connaître la victime, elle devrait avouer les circonstances de leur rencontre. À cette perspective, elle se referma aussitôt sur elle-même ; elle refusait de livrer ainsi Jake en pâture. En outre, elle ne pourrait plus regarder ses collègues dans les yeux une fois les détails de sa vie intime étalés au grand jour. Elle deviendrait la risée du commissariat, la cible de plaisanteries graveleuses, mais surtout, ils *sauraient*. Ses séances avec Jake étaient privées, discrètes et particulières ; c'était un monde à part dans lequel elle pouvait dévoiler ses blessures passées et affronter son sentiment de culpabilité. Si elle se confiait, elle serait mise à nue, vulnérable et humiliée, et très certainement déchargée de l'enquête. Helen n'était pas prête à révéler la vérité.

— Je vais bien. Ça m'a fait un choc, c'est tout, répondit Helen en se redressant.

— C'est moche, ça c'est sûr. Si tu veux que je m'en occupe…

— Non, c'est bon. Ça va maintenant, se hâta d'affirmer Helen. Finissons-en. D'accord ?

Son ton léger sonnait faux mais Charlie ne releva pas. Ravalant une nouvelle vague de nausée et s'efforçant de reprendre contenance, Helen retourna vers l'entrée du club pour accomplir son sinistre devoir.

11

Il se glissa sous les draps et se tourna vers le mur. Il savait que Sally faisait semblant de dormir et il s'interrogea sur les pensées qui la troublaient. Entendait-elle les battements effrénés de son cœur ? Devinait-elle son excitation ?

Il avait pris son temps pour rentrer, afin de retrouver un peu son calme avant d'arriver à la maison. Mais l'adrénaline continuait de courir dans ses veines et, malgré la longue douche qu'il avait prise, il conservait encore sur lui les traces de la soirée.

Allongé à côté d'elle, il eut plusieurs fois l'impression que Sally avait envie de parler. Que ses absences de plus en plus fréquentes avaient été remarquées, que la patience de son épouse atteignait ses limites. En toute franchise, il souhaitait qu'elle l'interroge. Pas uniquement pour pouvoir s'excuser et faire amende honorable quant à la façon cruelle dont il la traitait. Mais aussi parce qu'il avait envie de s'expliquer, de donner une logique à ses actes immoraux et autodestructeurs. Il jouait avec le feu, il risquait tout ce qu'il avait et ceux qu'il aimait, et il voulait partager son fardeau avec elle.

Devait-il saisir cette occasion ? Tout avouer de son propre chef ? À l'instant même où cette pensée lui vint, il la rejeta. Par où commencer ? Que dire ? Sally n'était pas un paillasson ; c'était une femme intelligente et pleine de vie – pourquoi ne lui demandait-elle pas franchement ? Pourquoi n'exigeait-elle pas une explication à son comportement ?

Elle n'en ferait rien, bien sûr. Leur mariage était tenu par le silence désormais. Donc rien ne changerait. Même si chaque nuit qui passait changeait tout. Petit à petit, il devenait quelqu'un d'autre ; un homme nouveau et différent. Cette idée l'excitait autant qu'elle l'effrayait, tant son obsession était puissante. C'était pour cela qu'il avait besoin que quelqu'un lui parle, le stimule. Parce qu'il savait d'instinct que, livré à lui-même, il n'arrêterait jamais. Jamais.

12

Il n'était que 7 heures du matin mais déjà Emilia Garanita était à l'œuvre depuis un moment. Si le métier exigeait souvent des journalistes qu'ils soient sur le pied de guerre à des horaires impossibles, les spécialistes des affaires criminelles se retrouvaient plus mal lotis encore : assassins, violeurs et autres kidnappeurs n'avaient aucun respect pour ceux qui devaient relater leurs crimes. Emilia y était habituée et, au fond, elle aimait ce style de vie. Elle appréciait pouvoir bénéficier d'un sommeil réparateur, certes, mais la sonnerie de son portable au milieu de la nuit présageait toujours une nouvelle exaltante.

Elle avait reçu à 4 heures du matin un appel de l'agent Alan Stark, un policier complaisant qui acceptait avec joie de lui refiler des informations en échange de quelques billets. Il y avait eu un meurtre, un homicide qui sortait de l'ordinaire. Voilà pourquoi Emilia était maintenant installée avec lui dans un café de routiers près du Cachot, un sandwich au bacon devant elle.

— Vous avez vu le corps ? demanda Emilia, allant droit au but.

— Non, mais j'ai parlé à un collègue technicien de scène de crime et il m'a fait le topo. C'est quelque chose, cet endroit.

— Comment ça ?

— C'est un club pour les fétichistes, et hier soir c'était leur « Grand Gala » annuel. Toute la clique était de sortie : homos, esclaves sexuels, démons, anges…

— Des têtes connues ?

— Je suis sûr qu'ils y étaient tous, lâcha-t-il avec un rire amer. Les conseillers municipaux, les gens de la BBC, les pasteurs, mais je vous fiche mon billet qu'ils se sont tous carapatés quand la crim' a débarqué. Ceux qui sont restés portaient des masques, des cagoules ou d'autres trucs, alors…

— Est-ce que certains ont un casier judiciaire ?

— On est encore en train de vérifier.

— Et le propriétaire de la boîte ?

— Sais pas. Mais le directeur, si on peut l'appeler comme ça, est avec la brigade criminelle en ce moment. Sean Blakeman, il s'appelle.

Emilia nota le nom dans son calepin.

— Parlez-moi de la victime.

— Un homme blanc, la quarantaine. Ligoté à une chaise, la tête entière enveloppée de scotch. J'imagine que le pauvre s'est étouffé.

Il poursuivit sa description de la scène de crime, donnant les détails en sa possession sur la victime et la clientèle de la discothèque. Emilia n'écoutait que d'une oreille, retranscrivant son témoignage dans sa sténo brève et efficace, l'esprit déjà concentré sur l'article qu'elle allait rédiger. Sexe, meurtre, torture, excitation – cette affaire suintait la perversité avec un grand P et son rédacteur en chef allait adorer ! Tous les ingrédients étaient réunis et, cerise sur le gâteau, Stark venait de lui confirmer que l'enquête serait menée par l'ancienne amie d'Emilia, aujourd'hui sa bête noire.

Le commandant Helen Grace.

13

Helen traversa le couloir d'un pas vif, le cœur plus serré à chaque enjambée. Elle n'avait pas dormi de la nuit, s'était rendue sans détour de la scène de crime à la salle des opérations de la brigade criminelle. Tout au fond d'elle-même, elle espérait que son équipe aurait du nouveau, mais elle savait avec raison qu'il était trop tôt pour ça : les spécificités de ce crime les contraindraient à la patience. Les dépositions des témoins sur place n'apportaient rien et, sans système de surveillance dans l'enceinte de la boîte de nuit, il leur faudrait recueillir les photos et vidéos personnelles prises par les clients avec leurs portables pour tenter d'établir une chronologie des faits. Quelque chose en sortirait peut-être, et bien sûr Meredith avait mis toute son équipe sur l'examen des éléments relevés. En attendant, ils disposaient d'une pièce à conviction de grande valeur qu'il restait à exploiter : le corps de Jake.

Helen atteignit la morgue et se hâta d'en franchir les portes. Une seule seconde d'hésitation et le courage l'abandonnerait, elle le savait. Jim Grieves, le médecin légiste, l'accueillit sans effusion, à son grand soulagement. Elle n'avait pas la capacité mentale ni la force émotionnelle d'échanger des banalités. Elle voulait en finir au plus vite.

— Il s'agit d'un individu masculin de type caucasien, âgé d'une quarantaine d'années, affichant un goût prononcé pour l'art corporel, le piercing et le masochisme. On note la présence de nombreuses blessures anciennes consécutives à l'utilisation de contentions, dont une fracture du poignet datant de quelques années et une entorse à la cheville mal guérie. Il y a des séquelles de MST, et j'ai aussi relevé d'anciennes taches de sperme sur ses vêtements. Pas le sien.

Helen hocha la tête sans rien dire ; la froideur clinique avec laquelle son ami se faisait disséquer la perturbait au plus haut point.

— Les résultats préliminaires des analyses de sang sont revenus : présence d'alcool, de kétamine et de cocaïne, en quantités infimes, non létales. La cause de la mort est l'asphyxie. Confirmée par les hémorragies pétéchiales sur les joues et les paupières ainsi que par la cyanose, qui donne cette teinte bleutée à son épiderme facial. On ne note ni marque ni contusion sur son torse, on peut donc supposer que le ruban adhésif enroulé autour de sa tête était si serré qu'il a suffi pour compresser ses voies respiratoires sans que le meurtrier ait besoin d'exercer une pression sur la gorge ou la nuque. Les entailles et les hématomes sur ses lèvres suggèrent qu'il a essayé de mordre le scotch pour se libérer avant de perdre connaissance.

Helen ferma les paupières, submergée par l'horreur du sort funeste qu'avait connu Jake.

— Il a souffert d'une déshydratation sévère due à une augmentation importante de sa température corporelle, qui a entraîné l'arrêt cardiaque. Mais il n'a pas dû s'en rendre compte : son cerveau était privé d'oxygène, et c'est ce qui lui a été fatal, plutôt que ce qui a suivi.

— Combien de temps ?

La voix d'Helen était froide et tendue.

— Quatre à cinq minutes pour perdre connaissance, un petit peu plus pour mourir.

— A-t-il eu conscience de ce qu'il se passait ?

— Jusqu'à ce qu'il s'évanouisse, oui. C'était peut-être l'idée. Il n'y a eu ni torture ni blessure physique, alors même qu'il était à la merci de son agresseur. Celui-ci voulait que sa victime ait conscience de ce qu'il se passait, qu'elle ressente son impuissance tandis que l'oxygène venait à lui manquer.

Helen acquiesça mais ne prononça pas un mot. Tandis que Grieves lui exposait les détails violents de la mort de Jake, elle était déchirée par tout un panel d'émotions : la colère, le désespoir, le dégoût. Le coupable était-il resté pour le regarder mourir ? Le voir rendre son dernier souffle avait-il son importance pour lui ? Sous la féroce indignation qui la tenaillait, Helen éprouva les débuts d'un autre sentiment : la peur. La peur de voir les ténèbres la dévorer une nouvelle fois.

— Autre chose ? On manque un peu d'indices pour le moment, poursuivit Helen.

— Compte tenu du contexte dans lequel le corps a été découvert, ses vêtements sont d'une propreté étonnante. J'ai prélevé de la salive sur sa joue et son oreille droite, en revanche. Vu l'endroit, je doute qu'il s'agisse de la sienne…

— On peut mettre le turbo sur les analyses ? s'empressa de demander Helen. Il nous faut du concret pour avancer…

— Je vais faire ce que je peux, mais j'ai trois autres autopsies à pratiquer et tout le monde veut ses résultats *fissa*, grommela Grieves.

— Merci, Jim. Aussi vite que vous pouvez, s'il vous plaît.

Helen le remercia d'une pression sur le bras et tourna les talons. Jim Grieves ouvrit la bouche, prêt à protester, mais il ne fut pas assez rapide. Helen était déjà partie.

14

Helen regagna sa Kawasaki, perdue dans ses pensées. En dehors d'une seule fois, ses rencontres avec Jake avaient toujours eu lieu dans un cadre professionnel. Elle le retrouvait chez lui, où l'éclairage était tamisé et leur conversation réduite au minimum. Avec le temps, ils avaient appris à se connaître, mais ils continuaient à jouer des rôles lors de leurs séances ; Helen se rendait compte désormais qu'elle en savait bien peu sur son ami. Elle ne l'avait en tout cas jamais vu tel que ce matin : nu et dépouillé, sous le puissant faisceau des néons de la morgue.

Elle se souvenait de l'aigle tatoué sur son cou mais elle ne l'avait jamais interrogé sur sa signification. Elle savait qu'il était en froid avec ses parents, sans jamais l'avoir questionné sur eux ni sur l'endroit où il avait grandi. Elle savait qu'il était attiré par les hommes autant que par les femmes mais ignorait si un des sexes avait sa préférence ou même s'il recherchait la même chose auprès des deux : engagement, sécurité, famille. Elle regrettait à présent de ne pas avoir posé davantage de questions à celui qu'elle considérait au fond comme un ami proche.

Pour sa part, Jake avait vu plus que ça en elle. Pendant l'affaire Ben Fraser, sous le coup d'une puissante obsession romantique, Jake s'était mis à suivre et à espionner Helen. Elle avait été contrainte de prendre des mesures et de mettre un terme à leur relation pour un temps. Et chose surprenante, cela avait marché. La dernière fois qu'ils s'étaient vus, par hasard dans un bar du centre-ville, il sortait avec un homme rencontré depuis peu. Il avait l'air heureux et posé, si bien que, quelques mois plus tard, lorsqu'il avait proposé par texto à Helen de reprendre leurs séances, elle avait été très tentée d'accepter. Au final, la prudence l'avait emporté, et elle avait pris d'autres dispositions afin d'éviter toute confusion sentimentale. Mais elle pensait encore souvent à lui.

Le petit ami était-il impliqué ? Il serait intéressant de découvrir la nature exacte de leur relation et de savoir s'il fréquentait lui aussi Le Cachot. Leur histoire d'amour n'aurait-elle été qu'un long acte de séduction avec ce meurtre brutal comme objectif ? La tentation de foncer à l'appartement de Jake pour le fouiller de fond en comble à la recherche d'indices concrets était grande, mais procéder ainsi avant l'identification officielle de la victime serait d'une stupidité monumentale. Cette obligation d'attendre était atroce ; elle avait l'impression de laisser le meurtrier s'échapper avec sa bénédiction. Mais puisque Jake avait déjà été arrêté pour possession de drogue et était donc fiché, l'analyse de son ADN ne tarderait pas à confirmer son identité.

L'enquête pourrait alors démarrer pour de bon. Cette pensée la réconforta autant qu'elle l'inquiéta. Son équipe ne laisserait rien au hasard et elle se donnerait à fond pour confondre l'assassin de Jake. Mais quelles conséquences auraient sur Helen les découvertes qu'ils feraient en décortiquant ainsi la vie de la victime ? Jake avait-il conservé des traces de leurs rencontres ? Des souvenirs d'elle ? Avait-elle laissé son empreinte sur lui ? Elle avait beau ne plus utiliser ses services depuis plus de deux ans, il n'était pas exclu que, pour rendre justice à Jake, le passé d'Helen doive être dévoilé au grand jour.

À cette idée, une part d'elle-même avait envie de fuir, mais une autre voulait foncer tête baissée. Quels que soient les risques qu'elle encourait, il fallait qu'elle attrape ce tueur. Elle devait bien ça, et plus encore, à Jake. Helen enfourcha sa moto et démarra. Son cœur battait à tout rompre et son estomac était noué, mais repousser l'inévitable ne servait à rien. Alors, la poignée d'accélérateur tournée au maximum, elle s'éloigna de la morgue sur les chapeaux de roues et fonça en direction du commissariat central de Southampton.

15

Posté à la fenêtre de son bureau, le commissaire principal Jonathan Gardam contemplait le monde en contrebas. S'il ne bénéficiait pas du plus beau panorama que Southampton avait à offrir, il avait en revanche une vue privilégiée et discrète sur le parking du commissariat.

Helen Grace qui venait d'arriver était en train de descendre de moto. Elle avait ses petites habitudes : elle se garait toujours au même emplacement, retirait son casque puis son blouson en cuir, toujours dans cet ordre. Qu'elle soit guidée par la logique ou la superstition, Gardam l'ignorait. Il savait toutefois que sa passion pour les deux-roues remontait à l'enfance – dans un moment d'égarement, elle lui avait confié avoir volé des mobylettes lorsqu'elle était adolescente. Mais en dehors de ça, elle restait un mystère. Les rouages de son esprit lui échappaient, aussi secrets et obscurs que toujours.

Il l'observait donc de loin. Il avait une idée assez précise de sa routine quotidienne désormais : quand elle se rendait à la salle de sport, quand elle allait courir – et il s'arrangeait pour être au bureau à son arrivée. Il se tenait à sa fenêtre au moment où elle s'éloignait de sa moto, passait les doigts dans sa longue chevelure pour lui redonner forme après avoir été prisonnière du casque. Elle était toujours si concentrée sur la tâche qui l'attendait qu'elle ne levait jamais les yeux, ne repérait jamais le visage de l'homme qui l'espionnait quelques étages plus haut. Souvent, il se demandait comment elle réagirait si elle le voyait. S'en inquiéterait-elle ? Lui offrirait-elle un sourire avant de poursuivre son chemin ? Il avait souvent imaginé la situation et, dans sa tête, il avait toujours droit au sourire.

Elle arrivait plus tard que d'habitude aujourd'hui, à cause de son passage matinal à la morgue. Gardam avait dû reporter son premier rendez-vous d'une demi-heure pour pouvoir être à son poste au moment de son arrivée. Ce changement avait contrarié sa secrétaire mais le jeu en valait la chandelle : Helen était d'une beauté captivante ce matin. Son charme était indéfectible ; il avait toujours été fasciné par son allure d'amazone, sa peau claire et son expression revêche. Mais à mesure qu'il apprenait à la connaître, il avait découvert sa beauté intérieure. Elle recelait au fond d'elle une vulnérabilité qu'elle dissimulait à tous, hormis à ceux qui lui étaient le plus proches. Cette fragilité était particulièrement accentuée aujourd'hui. Le teint pâle et l'esprit ailleurs, plongé dans ses pensées, son meilleur commandant de police semblait en proie à de profonds tourments.

Gardam posa les doigts contre la vitre. Comme bien souvent ces derniers jours, il ressentait l'envie irrésistible de la prendre dans ses bras et de la rassurer. Mais elle restait hors de portée. Il espérait que cela changerait avec le temps ; pour l'instant, il devait se contenter de la regarder.

16

C'était encore mieux que tout ce qu'elle aurait pu imaginer. Bien sûr, elle avait entendu des histoires au sujet du Cachot, mais elle n'avait jamais ressenti le besoin – ni eu le cran peut-être – de pousser plus avant son investigation. Découvrant la boîte de nuit pour la première fois, elle éprouva une bouffée d'excitation : on ne pouvait rêver meilleure toile de fond pour un meurtre abominable. Le public bien-pensant se délecterait de cette affaire, partagé entre crainte et fascination.

Emilia sortit son Nikon et se mit au travail, mitraillant de son objectif les curieux instruments de torture et de contention. Le temps qui lui était octroyé sur place était compté et elle devait agir vite. Obtenir l'accès à la scène de crime s'était révélé plus ardu que d'habitude – le patron et la plupart des serveurs s'étaient fait la malle et elle avait dû retrouver la société de sécurité qui s'occupait de garder l'entrée ; les deux premiers vigiles qu'elle avait contactés l'avaient envoyé balader, mais le troisième, deux fois divorcé et accro à la bouteille, ne crachait pas sur un peu d'argent de poche.

— Vous avez vingt minutes, pas une de plus. J'ai besoin de ce boulot et je ne veux pas me faire virer à cause de vous.

Emilia avait accepté, sachant que, une fois à l'intérieur, elle pourrait pousser jusqu'à une demi-heure. Les gens descendaient de leurs grands chevaux quand les billets avaient changé de main.

Après avoir photographié la piste de danse, elle se dirigea d'un pas leste vers le couloir qui menait à la scène de crime. Par malchance, celle-ci était bien protégée et son accès interdit par des rubans de police. Emilia feignit une envie pressante et se hâta de revenir sur ses pas pour gagner le petit cagibi au fond du club qui faisait office de bureau.

La pièce était quasiment vide : une table de travail qui avait connu des jours meilleurs, une armoire de classement et une ampoule dénudée qui pendait du plafond. Emilia se mit à la tâche, mais les tiroirs étaient vides, les dossiers sans intérêt, et elle ne trouva rien de valable. Elle lâcha un juron : cette visite n'était pas du tout à la hauteur de ses espérances.

Alors qu'elle tournait les talons pour partir, son regard se posa sur les photos encadrées au mur. Des souvenirs d'événements qui avaient eu lieu dans l'établissement : galas, défilés de mode, séances photo. Les nombreux fêtards aux tenues extravagantes qui s'y trouvaient méritaient toute son attention.

— Gary ! appela Emilia. Vous pouvez venir une minute ?

Peu après, le vigile entra dans le bureau, l'air énervé et agacé.

— Qu'est-ce que vous fichez là-dedans ? Je vous ai dit d'accord pour l'avant du bâtiment et le couloir, c'est tout.

— Je me suis perdue, mentit Emilia avec un sourire enjôleur. Tant qu'on y est, vous voulez bien regarder ces photos ?

Elle fit un geste en direction du mur mais son complice malgré lui battait déjà en retraite.

— On est restés trop longtemps.

— Vous avez vu la victime, n'est-ce pas ?

— Pas vraiment.

— Soit vous l'avez vue, soit vous ne l'avez pas vue.

— Son visage était recouvert de scotch mais j'ai reconnu le type à sa tenue. Je ne sais pas comment il s'appelle ; on le surnommait « petits pieds d'or » à cause des bottes dorées qu'il portait…

— Dites-moi si vous le voyez sur ces photos.

— Pas question. Il faut qu'on s'en aille…

— Je vous ai donné un bon paquet de fric, vous pouvez bien faire ça. J'ai le numéro de portable de Sean Blakeman, improvisa-t-elle. Je peux vous mettre au chômage en moins d'une minute.

Maugréant, Gary sortit des lunettes de lecture de sa poche de chemise. Emilia réprima son sourire lorsqu'il chaussa les épais verres ronds sur les plis roses de son nez : il était vraiment grotesque.

— Là. C'est lui.

Il posait le doigt sur une silhouette debout sur le podium, en short doré, qui prenait la pose pour le photographe. Emilia jeta un œil à la légende du cliché, « Grand Gala 2013 », et s'approcha pour mieux examiner l'homme. Celui-ci était à moitié nu, musclé, et avait l'air de bien s'amuser.

— Mais je ne le connais pas et vous n'obtiendrez rien d'autre de moi aujourd'hui, ajouta l'imposant videur.

— Pas la peine, déclara Emilia en se redressant. Je sais qui c'est.

Son guide la considéra d'un air stupéfait avant de demander :

— C'est qui ? C'est qui ?

Emilia se dirigeait déjà vers la porte, elle s'arrêta et se retourna pour répondre d'un sourire faussement modeste :

— Vous le lirez demain dans le journal.

17

— La victime s'appelle Jake Elder.

La voix d'Helen était ferme.

Pour la première fois de l'enquête, toute sa brigade était rassemblée, et elle comptait bien ne pas laisser transparaître son désarroi malgré les émotions qui se bousculaient en elle. Elle *devait* se montrer forte.

— Quarante-deux ans, vivant à Southampton depuis quinze ans. On a pu l'identifier grâce à son ADN, fiché suite à une arrestation pour possession de drogue de catégorie B il y a trois ans. Il a été sous le coup de deux autres inculpations ; rien de méchant mais à creuser quand même. On vérifie s'il devait de l'argent à quelqu'un, s'il fréquentait des dealers notoires. Lieutenant Lucas, vous vous chargez de la coordination ?

— Bien sûr.

— Sa famille à Taunton a été prévenue ; elle est en route. Je m'en occuperai à leur arrivée. En attendant, je veux que l'on passe la vie de la victime au peigne fin. Avait-il un petit ami, une petite amie ? Quelqu'un l'avait-il invité à la soirée d'hier ? On a relevé des traces de salive sur sa joue : appartient-elle à un compagnon officiel ou à un amant occasionnel ? Par ailleurs, d'après son activité Internet, il semblerait qu'Elder exerçait professionnellement comme dominateur. Qui rencontrait-il ? Qui étaient ses clients réguliers ? Je veux un examen complet de ses relevés téléphoniques, de ses e-mails, de ses comptes bancaires…

Tous notaient avec frénésie les instructions d'Helen ; elle marqua une pause pour se recentrer un peu. Elle trouvait étrange et troublant de parler de Jake comme d'un parfait inconnu, de dissimuler sciemment des informations primordiales à son équipe. Elle prit une profonde inspiration avant de poursuivre :

— Jake Elder vivait sa vie sur le Net et via son téléphone : on est loin de l'employé de bureau lambda. Alors examinez son historique Internet, les forums de discussion sur lesquels il allait, ses SMS, ses messages Snapchat, ses abonnés Twitter…

— Suivons-nous l'hypothèse qu'il était visé personnellement ? demanda le capitaine Sanderson.

— Rien ne le confirme ni ne l'infirme, c'est pourquoi nous devons creuser, reprit Helen d'un ton neutre. Il se peut que son assassin ait un mobile personnel, ou bien qu'Elder se soit juste trouvé au mauvais endroit au mauvais moment. On a relevé de multiples traces d'ADN sur la scène de crime – sur des mégots de cigarettes, des vêtements, des accessoires fétichistes. Tout va être analysé. En parallèle, j'aimerais aussi qu'on accorde une attention particulière au matériel utilisé par l'assassin. On n'achète pas ce genre de bandelettes de contention et des ciseaux d'urgence au supermarché du coin : ce sont des outils professionnels destinés à un usage spécifique. Contactez les revendeurs d'articles de bondage locaux : je veux une liste de tous les points de vente dans un rayon de trente kilomètres autour de Southampton. Bon nombre des achats se font sur Internet, ou l'on paye par carte de crédit. Examinez les transactions, trouvez-moi qui a acheté ces accessoires. Edwards, vous vous en chargez ?

— J'y serai comme un poisson dans l'eau, répondit le séduisant jeune officier, ce qui lui valut quelques sourires narquois de ses collègues.

— Il faut aussi renforcer les effectifs dans les environs immédiats du club, continua Helen sans prêter attention à la plaisanterie d'Edwards. Les clients du Cachot s'y rendent *a priori* en taxi plutôt qu'en bus. Interrogez les chauffeurs de taxi locaux, ils auront peut-être vu quelque chose. La victime a sans doute été tuée entre minuit et 1 heure du matin : on vérifie les antécédents et les alibis de tous les clients qui ont quitté la boîte de nuit pendant ce créneau horaire, en particulier ceux qui paraissaient bouleversés ou agités.

— Le coupable est peut-être resté profiter de la fête ? intervint Lucas.

— Possible, mais il y a trop de pistes à suivre et je suis tentée de penser qu'il aura plutôt fui la scène de crime avant la découverte du corps. Mais vous avez raison, nous ne devons écarter aucune hypothèse.

Helen se tut, s'empara d'un dossier sur son bureau. Elle avait enfin trouvé son rythme, mais le plus dur restait encore à venir.

— En parallèle, j'aimerais que nous nous arrêtions un instant sur la momification.

Une vague de rires nerveux secoua l'assemblée.

— On parle également de fétichisme d'enfermement total. C'est une pratique extrême dans l'univers du BDSM. Elle a pour but de donner du plaisir sexuel au soumis en le rendant totalement dépendant d'un autre individu responsable de sa liberté, de ses mouvements et même de sa vie.

Des images de Jake, ligoté et immobilisé, traversèrent l'esprit d'Helen. Elle se mit à feuilleter son dossier, afin de gagner un peu de temps pour se ressaisir. Elle avala sa salive avant de reprendre :

— Il existe plusieurs techniques : camisole de force, bandelettes humidifiées, film plastique. Mais l'élément crucial pour n'importe quelle méthode est la confiance. Le soumis doit avoir une confiance totale en son partenaire.

— Donc il connaissait son assassin ? releva Charlie.

— C'est fort possible. Il existe des groupes sadomasos qui se retrouvent régulièrement pour discuter, échanger, sociabiliser et à l'occasion jouer. On appelle ces rencontres des « Munches ». Je veux qu'on enquête en immersion, qu'on voie ce que le milieu peut nous apprendre. Y a-t-il eu des incidents similaires dont nous n'aurions pas entendu parler ? Un adepte de ce genre de pratiques serait-il réputé pour pousser le jeu trop loin ? À mon avis, une attaque frontale n'est pas recommandée et ne donnera de toute façon aucun résultat. J'ai besoin d'un volontaire pour cette mission sous couverture.

Nouvelle vague de rires gênés. Mais tandis que Lucas plaisantait en essayant de forcer Edwards à lever son bras, Sanderson fit un pas en avant.

— J'aimerais m'en charger, si personne n'y voit d'inconvénient ? déclara-t-elle avec assurance en parcourant des yeux le reste de l'équipe.

— Merci, s'empressa de répondre Helen. Dressez la liste des rencontres à venir et nous verrons ensemble lesquelles cibler.

— Je vous donne ça dans une heure.

— Bien.

Helen marqua une nouvelle pause ; l'épreuve était bientôt terminée.

— Inutile de vous préciser que ce meurtre va déchaîner la presse. Donc, pas de déclaration officieuse, pas d'improvisation, et tous les nouveaux éléments me sont soumis directement. Aucune relâche tant que nous n'avons pas découvert qui a tué Jake Elder, compris ?

À l'expression sur leurs visages, il était clair que tous avaient saisi le message. Ils se dispersèrent rapidement, pressés de mettre ses ordres à exécution. Helen avait conscience de s'être exprimée avec dureté et sévérité, mais l'heure n'était pas aux cajoleries, pas avant qu'ils ne tiennent une piste tangible. L'enquête commençait à prendre forme ; la victime était identifiée, plusieurs secteurs de recherche avaient été déterminés. Pourtant, un élément clé de ce crime restait aussi obscur et impénétrable que toujours.

Le mobile.

18

Il était cloué sur place. Il avait beau s'y attendre, le choc était rude. Le présentateur du journal ne faisait que relayer la nouvelle qui agitait les forums de discussion sur Internet depuis des heures, mais l'entendre racontée sur ce ton professionnel et monotone était perturbant.

Aucun autre de ses collègues ne semblait prêter attention au bulletin d'informations mais lui en buvait chaque parole. « Une boîte de nuit sadomasochiste très connue… Appel à témoins… La victime n'a pas été formellement identifiée. » Lui savait qui c'était, bien sûr, mais qu'en était-il de la police ? Cet aveu d'« incapacité » à l'identifier n'était-il qu'une ruse pour mener l'enquête en toute tranquillité ou les forces de l'ordre avançaient-elles vraiment dans le noir ? Tout à coup, il se rendit compte qu'il avait un besoin urgent de réponses.

Il avait pris ses précautions pour dissimuler leur relation, mais comment savoir à quoi ils avaient accès ou pas de nos jours ? La faute au terrorisme ! L'excuse parfaite pour que les flics fouinent en toute impunité dans la vie de tout le monde. Il ne s'était jamais servi de l'ordinateur de la maison et n'avait jamais contacté

Jake par SMS ; malgré cela, il avait le sentiment déroutant d'avoir manqué de prudence.

Le journaliste radio avait changé de sujet, il s'intéressait à présent à l'état de la circulation, mais lui ne pouvait toujours pas bouger. Tout parut s'accélérer et il mesura soudain combien il avait à perdre. Le suspecterait-on ? Ou son appartenance à la classe moyenne et son métier respectable le mettraient-ils à l'abri de tout soupçon ? Il était impliqué jusqu'au cou, souillé par ses actes, trop pour en sortir indemne. Il avait deux visages, que lui seul connaissait, et il fallait que cela reste ainsi.

Plongé dans ses pensées, il ne remarqua pas tout de suite son assistante qui s'avançait vers lui. Il serait resté dans cette position encore longtemps si elle n'était pas brusquement apparue.

— Votre rendez-vous de 10 heures est arrivé, annonça-t-elle d'un ton irrité.

Il ne répondit pas, il n'en était pas capable. À la place, il rassembla ses dossiers, lui adressa un signe de la tête, et marcha d'un pas décidé vers la salle de réunion.

19

Le silence qui régnait dans la pièce était oppressant. Helen avait informé Moira et Mike Elder des premiers éléments concernant le décès de leur fils, sans révéler les détails les plus sordides. Elle avait assumé cette pénible tâche à de multiples reprises déjà et savait d'expérience qu'un excès d'informations trop tôt pouvait ébranler n'importe qui. Frappée de stupeur, brisée par le chagrin, la famille endeuillée implosait. En plus d'être injustifié, infliger une telle souffrance était inutile, cela ne profitait à personne. Helen avait besoin de faits concrets, pas de larmes.

Cela étant, elle vit avec surprise les parents de Jake à peine réagir à ses paroles mesurées. Moira décocha un bref regard à son époux avant de l'imiter et de fixer le sol. Le couple garda ensuite les yeux baissés avec obstination et, malgré les délicates tentatives d'Helen pour leur donner la parole, ils restèrent silencieux.

— Toute mon équipe travaille sur cette affaire. Comme je vous l'ai dit, le corps de votre fils a été découvert dans une discothèque de Banister Park. Lorsque nous aurons procédé à l'identification officielle, nous pourrons prendre les dispositions nécessaires si vous ressentez le besoin de vous rendre sur place. Parfois, les proches souhaitent voir de leurs propres yeux le lieu où…

— De quel genre de discothèque s'agit-il ?

La voix de Mike Elder était fêlée et dure. Une seconde, Helen se demanda si c'était une question piège – l'information circulait déjà à la radio et sur Internet –, mais elle chassa cette pensée. Ils avaient sans doute effectué tout le trajet depuis Taunton dans un silence de plomb, à tenter d'assimiler cette brusque tragédie. Ce n'était pas surprenant qu'ils cherchent à comprendre les détails.

— C'est un club sadomasochiste, répondit Helen avec douceur.

Inutile d'édulcorer, ils l'apprendraient bientôt de toute façon.

Mike renifla bruyamment tandis que sa femme tripotait les boutons de son gilet.

— Il n'était pas un client régulier de cet établissement. Il ne s'y rendait que de temps en temps.

— C'est ça, oui.

Cette fois, Helen se tut. Trois malheureux mots, mais prononcés avec une telle amertume qu'ils la laissèrent sans voix. Dans cette salle réservée aux familles, elle avait déjà fait face à tout un panel d'émotions : le désespoir, le déni, la rage… Mais elle avait rarement rencontré un tel dégoût. La colère monta en elle, cependant, consciente du regard que l'officier de liaison posait sur elle, elle la ravala. Avec peine.

— Qu'entendez-vous par là, Mike ? demanda-t-elle.

— Je suis sûr que vous savez maintenant ce qu'était mon fils, cracha-t-il d'un ton sec.

— De toute évidence, nous savons que Jake était un dominateur professionnel. C'est une des pistes que nous suivons, afin de déterminer si son agresseur pourrait être une personne rencontrée dans le cadre de son travail.

— Son travail, répéta Mike en secouant la tête avec tristesse avant de lancer à son épouse un sourire sarcastique.

— Que savez-vous de la vie professionnelle de Jake ? continua Helen.

— Bien trop, mais rien qui puisse vous aider.

Helen commençait à comprendre pourquoi Jake ne s'entendait pas avec ses parents. Elle poursuivit malgré tout son interrogatoire, avec toute la patience dont elle était capable.

— Et de sa vie à Southampton ? Lui rendiez-vous visite ? Êtes-vous déjà allés chez lui ? Le retrouviez-vous ailleurs ?

— C'est la première fois que nous venons à Southampton.

Enfin, Moira s'exprimait.

— Il a quitté le Somerset quand il était tout jeune. Il menaçait de venir nous voir, mais… il ne l'a jamais fait.

Avait-elle employé le mot « menacer » exprès ? Helen était si déconcertée par cet entretien qu'elle ne savait plus quoi penser.

— Et vous n'avez jamais eu envie de lui rendre visite ici ?

— La route est longue et nous ne pouvons pas laisser les bêtes, se hâta de répondre Moira, brandissant son excuse avec une agilité qui trahissait l'habitude.

— Je vois.

— Vraiment ? répliqua Mike Elder en regardant soudain Helen dans les yeux. Je devine à votre ton ce que vous pensez, mais vous n'avez aucun droit de nous juger.

Helen soutint son regard sans ciller. Il avait raison, cependant elle était en train de laisser ses sentiments personnels affecter son jugement et son comportement n'était ni professionnel ni bienveillant.

— Je n'éprouve qu'une immense compassion pour votre épouse et pour vous, croyez-moi, répondit-elle.

— Peut-être, mais ça ne change rien. Vous trouvez sûrement que le mode de vie de notre fils était acceptable, sauf que ce n'est pas notre cas. Je ne lui jette pas la pierre, ce n'est pas entièrement sa faute. Nous aurions dû nous montrer plus fermes avec lui quand il était petit, reprit-il tandis que sa femme tressaillait à cette pique. Mais il a fait ses choix et il devait vivre en conséquence. Mon avis ne lui a jamais importé et, pour que les choses soient claires, je vais vous donner le fond de ma pensée : je trouvais son comportement... pervers. Je n'ai jamais compris son désir de s'entourer de dégénérés et de phénomènes de foire. Il n'a jamais pu me l'expliquer. Il se contentait de répéter que c'était « qui il était ». Selon lui, nous devions l'accepter, mais pourquoi aurait-il fallu que nous acceptions une telle abomination ? Il a choisi sa voie, nous avons choisi la nôtre, et croyez-moi, elles ne se sont jamais croisées.

Il avait assené cette dernière phrase avec une pointe de fierté dans la voix et, l'espace d'une seconde, Helen envisagea sérieusement de lui en coller une. Jamais elle n'avait entendu quiconque condamner son enfant, la chair de sa chair, avec autant d'aplomb.

— Nous ne l'avons pas vu depuis presque dix ans ; nous n'allons pas être d'une grande utilité maintenant, alors finissons-en, voulez-vous ? Je n'ai aucune envie de m'attarder ici plus qu'il ne faut.

Il se leva brusquement, de toute évidence pressé d'en finir avec l'identification de son fils. Moira l'imita et emboîta le pas à son mari qui partait.

Avant de sortir, elle lança un bref coup d'œil à Helen. Après les mots cruels que son époux avait prononcés, on aurait pu s'attendre à ce qu'elle exprime un semblant de gêne ou quelques remords. Mais non, rien de tout ça.

Le regard qu'elle adressa à Helen ne brûlait que d'un profond mépris.

20

Son poing percuta le métal, rebondit dessus avec violence. Sans la moindre hésitation, elle leva à nouveau le bras, enfonça ses doigts crispés dans la plaque rigide qui se gondola sous la puissance de l'impact. Avec une grimace, Helen retira sa main et recula d'un pas pour constater les dégâts. Un peu honteuse, elle découvrit une belle bosse dans la pauvre porte du casier ; une marque qui correspondait aux articulations ensanglantées de sa main droite.

Elle pivota, furieuse contre elle-même, mais plus encore contre les parents de Jake. Ils étaient si dédaigneux, si inébranlables dans leur jugement ; pourtant, s'ils avaient un tant soit peu connu leur fils, ils auraient su quel homme bon, généreux et tendre il était. Ils refusaient de le voir sous cet angle, résolus à conserver leurs œillères jusqu'au bout. Quelle vie menait-on, à sacrifier autant au nom de ses principes ? Leur rigueur leur apporterait-elle le bonheur ? Elle en doutait.

Après l'entrevue, ne se sentant pas le courage de regagner tout de suite la salle des opérations, Helen s'était réfugiée aux toilettes où elle faisait depuis les cent pas pour tenter d'apaiser la colère qui bouillonnait en elle. Si l'indignation et la rage pouvaient se révéler positives, la pousser à travailler plus dur et plus vite, cette fois, ce n'était pas le cas. Pour la première fois depuis des années, Helen sentait qu'elle perdait le contrôle. Elle n'avait pas dormi de la nuit, ce qui n'aidait pas, certes, mais elle s'étonnait quand même d'être à ce point bouleversée et perturbée par les événements de la matinée. Dans l'intérêt de Jake, elle allait devoir trouver un moyen de contenir ses émotions. Impossible de diriger une enquête de cette envergure dans un tel état.

Un coup sec frappé à la porte lui fit redresser la tête. Quelques secondes plus tard, Charlie entrait dans les toilettes, un dossier pas très épais entre les mains.

— Pardon de te déranger. Je t'ai cherchée en salle d'interrogatoire et dans le bureau de Gardam, mais…

— Pas de problème, se hâta d'affirmer Helen en plongeant sa main meurtrie dans sa poche. Qu'est-ce qu'on a ?

Charlie sortit une feuille du dossier, mais marqua une hésitation avant de répondre. À l'expression sur son visage, il était évident qu'elle devinait la peine d'Helen et hésitait à l'interroger sur le sujet. Au final, la prudence l'emporta et, les yeux baissés sur son dossier, elle déclara :

— Nous avons un peu avancé sur les échanges d'Elder. Il envoyait parfois des SMS et des e-mails pour organiser ses rendez-vous, mais il communiquait surtout avec ses clients via Snapchat.

— OK.

— La plupart des gens supposent que lorsque les messages disparaissent de Snapchat, ils sont effacés pour de bon, mais en réalité les opérateurs téléphoniques les conservent. Nous avons récupéré l'historique d'Elder ce matin, ainsi que ses derniers textos et e-mails. On détient maintenant quasiment toutes ses communications, envoyées ou reçues, au cours des trois derniers mois.

— Et ? répondit Helen en pressant Charlie d'aller droit au but.

— Eh bien, nous avons croisé les données avec les téléphones portables qui ont émis un signal autour du Cachot la nuit où Jake Elder a été tué et nous avons obtenu une liste d'une vingtaine de noms.

Helen considéra cette information : c'était leur premier début de piste dans une affaire complexe. Pendant qu'elle réfléchissait, elle remarqua le regard de Charlie qui dérivait sur la porte cabossée avant de vite revenir se poser sur Helen. Si une question lui brûlait les lèvres, Charlie n'en montra rien.

— Des liens avec des individus ayant un casier judiciaire ?

— Pas pour l'instant, mais nous n'avons pas fini de vérifier.

— Qu'on les retrouve tous, répliqua Helen avec impatience. Autre chose ?

— L'un des correspondants réguliers d'Elder qui ne se situait *pas* à proximité s'appelle David Simons. Il semblerait qu'ils aient été en couple et que leur relation ait pris fin tout récemment.

Helen ne dit rien, l'esprit tourné vers l'homme qu'elle avait aperçu dans un bar du centre-ville plusieurs mois auparavant.

— Récente à quel point, la rupture ?

— Elle remonterait à deux mois.

— Et pour quelle raison ?

— Un manque d'engagement de la part de Jake, une dépendance affective de David, à en croire les longs e-mails sur le sujet.

— Où se trouve Simons actuellement ?

— À Los Angeles. Il partage sa vie entre les États-Unis et l'Angleterre. Il y est depuis quatre semaines. J'ai essayé de le joindre, mais…

— On le fait venir.

— Bien sûr, répliqua Charlie, légèrement hérissée par le ton d'Helen. Mais je pense qu'on peut le rayer de la liste des suspects, non ?

Il y avait une pointe de défi dans l'intonation de Charlie ; Helen décida cependant de ne pas relever. À la place, elle la remercia et la renvoya se mettre au travail. Bien que consciente de tirer des conclusions hâtives, Helen se sentit encore plus abattue en apprenant que le petit ami était sorti du tableau depuis longtemps. Jake avait paru si heureux la dernière fois qu'ils s'étaient vus. Soudain, elle mesura combien la vie de son ami avait dû être solitaire.

Ni amant ni proche n'était venu réclamer sa dépouille, ses parents ne lui auraient même pas craché dessus s'il avait été en feu, et Helen elle-même avait nié le connaître afin de protéger sa vie privée et sa carrière. Dans la mort, il avait été abandonné par ceux qui auraient dû prendre soin de lui ; et tous devraient vivre avec ce poids le restant de leurs jours.

21

— La victime habitait et travaillait à Portswood. Les détails précis sont encore à déterminer, mais il semblerait que Jake Elder gagnait sa vie dans le commerce du sexe : il travaillait à domicile comme dominateur. Aujourd'hui, nous invitons toute personne qui l'aurait rencontré, dans un cadre professionnel ou dans un autre contexte, à se manifester pour nous assister dans l'enquête. La moindre information peut se révéler utile.

Emilia griffonna ses notes sans parvenir à retenir un gloussement en entendant l'euphémisme prudent de Gardam. L'assemblée n'était pas dupe, tous comprenaient le sous-entendu : il demandait aux adeptes de la fessée de ravaler leur honte et de s'afficher au grand jour.

— Je lui souhaite bon courage ! murmura Emilia à son voisin blasé qui lui répondit d'un haussement de sourcil.

Gardam rêvait tout éveillé s'il croyait qu'un membre de la communauté BDSM allait de son plein gré franchir les portes du commissariat. Beaucoup d'entre eux avaient un casier, d'autres avaient femme et enfants, et aucun ne voulait courir le risque d'être jugé par l'officier à l'esprit étriqué qui tenait l'accueil. Plutôt laisser filer un assassin qu'endurer cette humiliation.

Tandis que Gardam continuait à discourir avec nonchalance en ignorant les tentatives de son officier de liaison avec la presse pour prendre les commandes de la conférence, l'esprit d'Emilia se mit à vagabonder. Elle voyait se former son article ; elle en avait rédigé les grandes lignes dans sa tête pendant le trajet. Et Gardam avait peu à offrir qu'elle ne sache déjà. La vraie question, et l'unique raison pour laquelle elle assistait à cette réunion, concernait le rôle que le commandant Grace jouerait dans l'enquête. Celle-ci n'aimait pas fricoter avec les médias, il était connu qu'elle préférait laisser ses supérieurs s'en charger, mais son absence soulevait tout de même un tas de questions.

Emilia avait la quasi-certitude d'être la seule ici présente à savoir qu'Helen s'était payé les services de Jake. C'était lors de l'affaire Ella Matthews qu'elle avait appris par hasard leur relation, et elle avait aussitôt essayé d'en tirer avantage : elle avait menacé le commandant de police de révéler ses penchants particuliers au monde entier si elle ne lui offrait pas un accès exclusif à l'enquête. Sans surprise, Grace avait riposté et lui avait coupé l'herbe sous le pied en dénonçant la surveillance illégale pratiquée par Emilia. Au final, il n'y avait eu aucun vainqueur et chacune en était sortie sans trop de dommages. Cela étant, Emilia l'avait toujours en travers de la gorge.

Emilia n'était pas bonne perdante et l'heure de la revanche avait peut-être sonné. Helen Grace lui avait tenu la bride un moment, certes, mais la roue avait tourné. Grace avait-elle avoué aux membres de son équipe son lien avec la victime ? Était-ce pour cela qu'elle brillait par son absence ? Ou avait-elle préféré garder son secret bien au chaud ? Emilia était décidée à découvrir le fin mot de l'histoire. Les journalistes raffolaient des exclusivités et celle-ci – « La flic et le mordu du bondage » – promettait d'être son meilleur scoop.

22

Helen fonça à travers les rues de la ville, soulagée de mettre de la distance entre elle et le commissariat. La salle des opérations la rendait claustrophobe et nerveuse ; les photos d'un Jake heureux et insouciant la toisaient sur son tableau d'enquête. Et puis, rester au QG ne servait à rien pour l'instant. Charlie traquait les clients de Jake, McAndrew dirigeait l'enquête de proximité par téléphone, et tant qu'aucune piste concrète ne se présentait, elle était plus utile ailleurs.

Tandis qu'elle remontait les voitures à l'arrêt dans les embouteillages, Helen sentit son humeur s'améliorer un peu. Un effet bénéfique de l'air frais, peut-être, ou la satisfaction de chevaucher sa moto, ou bien simplement le fait d'agir *enfin*. Après le fiasco de l'entretien avec les parents de Jake, retrouver la route et reprendre le contrôle lui faisaient du bien.

Jim Grieves poursuivait son autopsie du corps de Jake avec la même méticulosité que Sanderson, Charlie et le reste de l'équipe mettaient à décortiquer sa vie. Les analyses des accessoires qui avaient servi à l'immobilisation et à la mort, en revanche, commençaient tout juste à être pratiquées. Meredith et les techniciens revenaient seulement maintenant de la scène de crime.

L'institut médico-légal à Woolston fut donc le premier arrêt d'Helen.

Meredith emmena Helen dans l'observatoire. Sur la table devant elle étaient étalés les bandelettes humidifiées, le rouleau de scotch gris abandonné et les liens en cuir : les armes de prédilection du tueur.

— Les examens préliminaires sur les vêtements de la victime et les articles de bondage ne révèlent qu'un seul ADN, celui de la victime. Nous allons procéder aux tests une seconde fois, mais je n'ai pas beaucoup d'espoir de ce côté-là.

Helen hocha la tête, déçue mais pas surprise.

— Quant au reste, il n'y a rien de particulièrement pertinent. On peut acheter ce scotch dans n'importe quelle quincaillerie, et même si les bandes de contention sont du matériel spécialisé, il s'agit de produits standards : taille, couleur, modèle. Elles ont sûrement été achetées chez un grossiste plutôt que fabriquées sur mesure.

— Ce matériel avait-il déjà servi ? Appartient-il à la réserve personnelle du meurtrier ?

— Sans doute pas, compte tenu de l'absence d'ADN. En plus, regardez ça.

Meredith se pencha pour attraper les brides en cuir qu'elle tint sous la lumière. Sa curiosité piquée, Helen s'approcha.

— Le trou dans lequel a été passé l'ardillon de la boucle pour serrer la victime est perforé proprement. On peut voir la lumière à travers.

— Mais pas les autres, répliqua Helen en faisant courir son doigt ganté sur la ligne de trous fermés. Ce qui laisse supposer que ces sangles ont été utilisées pour la première fois hier soir.

— Le tueur aurait pu les essayer avant, s'entraîner chez lui…

— Mais dans ce cas, il aurait fallu qu'il sache exactement quel trou utiliser. Et à moins de deviner le diamètre de la cheville de la victime attachée au pied de la chaise…

— C'est ça. Donc, on part de l'hypothèse qu'elles sont neuves. Ça réduit un peu le champ des possibilités, non ? déclara Meredith avec une pointe d'optimisme dans la voix.

Helen la remercia et partit. En route, elle sortit son téléphone portable et appela Edwards au poste.

Au moment où elle quittait le bâtiment, son lieutenant lui avait déjà envoyé la liste des revendeurs d'articles de bondage locaux. Et lorsqu'elle enfourcha sa moto, ils avaient divisé la liste en quatre pour se répartir la tâche entre Helen, Edwards et deux autres officiers.

L'heure était venue de passer du côté obscur.

23

Sanderson demeura parfaitement immobile et laissa le pinceau lui caresser la joue. À la seconde où Helen lui avait confié la mission d'infiltration, elle avait réfléchi à la meilleure façon de se fondre dans un monde dont elle ignorait tout. Elle était une fille ordinaire, conformiste, et elle craignait d'être un peu trop « classique » pour ce rôle. Sans être prude, elle devait reconnaître que l'humiliation, la soumission, l'enfermement et le châtiment corporel ne faisaient pas partie de son vocabulaire et elle avait tout à apprendre. Elle avait passé la majeure partie de la journée à étudier le milieu sadomasochiste, à se renseigner sur les dernières tendances du fétichisme, et à mettre au point sa couverture : nouvelle identité et histoire personnelle.

Elle avait teint ses cheveux et acheté le matériel de bondage nécessaire. À présent, son amie Hannah l'aidait à parfaire son apparence et lui appliquait les dernières touches sur le visage. Maquillage outrancier et art corporel semblaient essentiels pour séduire dans ce milieu qui carburait aux fantasmes et aux jeux de rôle. En toute franchise, dissimuler sa véritable identité sous des couleurs vives la tranquillisait. Si elle parvenait à s'oublier, elle pourrait plus facilement devenir une autre. Ce qui était crucial pour la tâche qui l'attendait.

Elle ne cherchait pas seulement à être convaincante afin de soutirer des informations aux participants du Munch de ce soir, c'était aussi une question de sécurité. Le tueur avait prouvé qu'il pouvait ôter une vie sans aucune pitié ni aucun scrupule, qu'il était compétent et rusé. Sanderson n'était pas une peureuse, elle savait se défendre ; mais elle avait aussi conscience de mettre un pied dans l'inconnu et de foncer droit vers le danger. C'était la partie la plus difficile du métier.

Son œuvre achevée, Hannah tendit un miroir à Sanderson. Son double plus âgé, plus marginal lui rendit son regard. Elle avait de l'allure, ce qui lui serait utile. L'heure n'était plus à l'appréhension. Si grâce à son travail de ce soir l'enquête avançait, elle marquerait des points auprès d'Helen. Sanderson avait une grande estime pour sa supérieure, elle admirait son dévouement, son professionnalisme et son courage, et elle se sentait bien partie pour devenir son bras droit. Sauf que maintenant, la compétition faisait rage, et en toute honnêteté elle craignait que la relation personnelle entre Helen et Charlie ne lui soit préjudiciable. Le seul moyen d'y remédier était de prouver à sa chef qu'elle était la meilleure, la plus apte à endosser le rôle d'adjoint. D'où l'importance de la mission de ce soir.

Après avoir remercié son amie, Sanderson attrapa son portable et ses clés et glissa avec soin sa matraque sous sa tenue. Elle était prête, repousser le moment ne servait à rien. C'était maintenant ou jamais.

24

Paul Jackson était attendu en réunion et ne dissimulait pas l'animosité que l'intrusion de Charlie lui inspirait. Il était directeur de l'agence Santander de Shirley, un poste à responsabilités, et la présence de la policière le mettait clairement mal à l'aise. Pour preuve les coups d'œil nerveux qu'il n'arrêtait pas de jeter à l'horloge et ses réponses, quand il en donnait, pour le moins laconiques.

— Me confirmez-vous que ce numéro de téléphone est bien le vôtre ?

— Oui.

— Et vous aviez votre portable avec vous hier soir ?

— Il me semble.

— Pouvez-vous me dire où vous vous trouviez, entre 22 heures et 2 heures du matin ?

Jackson prit une seconde avant de répondre :

— Je suis allé boire un verre après le travail. J'ai regardé le match de foot. Après, je suis rentré chez moi.

— D'accord, oui. Qui est-ce qui jouait ?

Nouvelle légère hésitation.

— Les Saints contre Watford. Une victoire facile.

— Dans quel pub étiez-vous ?

— Le Saracen's Head, près de l'hôpital.

— Ce n'est pas vraiment votre quartier, si ?

— Il y a des pubs autour du bureau mais la bière est bonne là-bas, alors…

— Vous étiez avec des collègues ?

— Non, tout seul.

— Très bien, répondit Charlie en notant sur son calepin. À quelle heure êtes-vous rentré chez vous ?

— Un peu après minuit, je crois.

— C'est tard pour un jour de semaine, non ? lança Charlie avec un sourire.

Pour la première fois, Jackson parut à court de mots.

— C'est dans vos habitudes de sortir aussi tard ? poursuivit-elle.

— Pas vraiment, mais dans ce pub, ils ne sont pas du genre à virer les clients tout de suite après la fermeture.

— Ça a fini en fête privée ?

— On pourrait dire ça.

— J'ignorais que ça se faisait le mardi soir.

Elle lui offrit un nouveau sourire, mais Jackson ne répondit que d'un rictus lèvres serrées. Il était nerveux et mal à l'aise, et ses réponses paraissaient un peu trop compassées aux yeux de Charlie. C'était compréhensible : la plupart des gens se crispaient à la seule vue d'une plaque de police. Pourtant Charlie soupçonnait une autre raison à son embarras. Par chance, il existait une technique imparable pour découvrir le fin mot de l'histoire.

— Votre numéro de téléphone est apparu au cours de notre enquête sur le décès de Jake Elder. Son cadavre a été découvert au petit matin dans une boîte de nuit de Banister Park. Vous en avez certainement entendu parler aux infos.

Jackson hocha la tête, sans rien dire.

— Plusieurs messages ont été envoyés à M. Elder depuis votre portable. Des messages Snapchat pour convenir de rendez-vous avec lui…

— Je n'ai envoyé aucun message.

— Vous ne connaissez donc pas M. Elder ?

Jackson secoua la tête.

— Êtes-vous déjà allé au Cachot ?

— Non, s'empressa-t-il de répondre. Je n'avais jamais entendu parler de cet endroit avant ce matin.

— Et vous n'avez jamais fait appel aux services de M. Elder ?

— Bien sûr que non.

— Vous n'avez jamais été en contact avec lui de quelque manière que ce soit ?

— Non.

— Bien, dans ce cas… Je sais que vous êtes un homme très occupé, je vais donc vous laisser tranquille…

Le soulagement de l'homme se lisait sur son visage.

— Mais avant, je vous serais reconnaissante si vous acceptiez de nous fournir un échantillon de votre ADN. Afin que nous puissions vous éliminer de la liste de nos suspects.

— De toute évidence, mon portable a été cloné ou quelqu'un chez vous a commis une erreur. Comme je vous l'ai dit, je ne connais pas cet homme, je ne l'ai jamais rencontré…

— Je comprends votre réticence, mais nous avons établi que vous vous trouviez dans les environs du club en question hier soir, et nous devons vous écarter de nos recherches. Croyez-moi, c'est le moyen le plus rapide d'y parvenir.

— Je ne sais pas. Je suis déjà en retard à mon prochain rendez-vous…

— Vous avez le droit de refuser, mais nous pourrions vous contraindre par voie légale à nous fournir cet échantillon. Alors, qu'en dites-vous ? J'ai le matériel nécessaire avec moi. Ça ne prendra que quelques heures pour obtenir un résultat, et ensuite ce sera terminé. Si tout va bien, je ne remettrai plus les pieds ici.

Continuant sur sa lancée joviale, Charlie sortit le kit de prélèvement de son sac. Jackson la considéra sans dire un mot. Quelques minutes plus tôt, il paraissait en colère, à présent, il semblait vidé. Il voulait résister, tenter de faire comme si tout cela n'était qu'un rêve, mais Charlie connaissait la chanson, elle savait qu'une bonne humeur appuyée venait souvent à bout des plus solides objections. Sans arguments auxquels s'opposer, ils n'avaient pas d'échappatoire.

Par conséquent, malgré son hostilité sans équivoque, Paul Jackson ouvrit la bouche et laissa Charlie y glisser son coton-tige. Le prélèvement effectué, elle le rangea dans son tube en plastique transparent.

— Voilà, j'ai fini. Merci pour votre temps, dit-elle en serrant la main de Paul Jackson avant de se diriger vers la porte.

Quelques instants plus tard, Charlie quittait le bâtiment d'un pas rapide. En route, elle jeta un regard par-dessus son épaule. L'entretien avait éveillé ses soupçons et, comme elle s'y attendait, Paul Jackson l'observait derrière sa vitre.

25

— Je ne cherche pas à jouer les concierges, mais bon, difficile de ne pas voir ce qu'il se passe juste sous son nez.

Le lieutenant McAndrew retint un soupir et afficha un grand sourire tandis qu'elle acceptait la tasse de thé qu'on lui proposait. Chargée de l'enquête de voisinage, elle avait interrogé tous les résidents de la rue dans laquelle habitait Jake Elder. Ce dernier ne s'impliquait guère dans la vie de la communauté et ses voisins le voyaient peu en journée. Jusque-là, les informations sur sa personnalité et sur ses activités étaient maigres. Ici, elle craignait qu'on ne lui en apprenne un peu trop.

Elle se trouvait chez Maurice Finnan. Géraldine, son épouse, était décédée quelques années auparavant mais le petit salon dans lequel ils s'étaient installés reflétait encore son style, aussi impeccable que lorsqu'elle l'avait décoré. Canapés immaculés, dentelle d'un blanc éclatant, faux tapis persan : l'ensemble ressemblait à une pièce de musée. Dans ce genre de décor, McAndrew, de nature maladroite, devenait très nerveuse. Renverser son thé ici serait le premier signe de l'apocalypse.

— Ça allait et venait à toutes les heures et ce n'étaient pas des visites de courtoisie, si vous voyez ce que je veux dire, affirma-t-il avec un regard entendu.

— Je vois, oui. Un individu en particulier a-t-il retenu votre attention ?

— Pas vraiment. Ils n'arrivent pas déguisés, vous savez. Ils sont comme tout le monde. Ce sont sans doute des avocats, des comptables ou des gens qui exercent un métier du même genre. J'imagine que les trucs pareils attirent ceux qui en ont gros sur la conscience.

Il décocha un clin d'œil à McAndrew, visiblement ravi d'avoir une jeune femme comme public. Maurice devait se sentir très seul et McAndrew se souvint de ne pas le juger avec trop de sévérité.

— Vous savez si M. Elder avait un petit ami ? Ou une petite amie ?

— Il marchait à voile et à vapeur, hein ? rétorqua Maurice. Non, pas vraiment. Il y a eu un type, c'était il y a quelques mois – grand, baraqué, cheveux châtains courts –, mais il n'est pas resté longtemps. Le plus drôle, c'est que lui, ce Jake, je ne le croisais pas souvent. Je voyais plutôt ses visiteurs. La journée, c'était tranquille comme tout, mais dès que la nuit tombait, ils étaient là à traîner devant sa porte. Trois, quatre, parfois plus, en une seule nuit. On peut bien dire ce qu'on veut sur son compte, en tout cas, il travaillait dur.

McAndrew lui sourit, cette fois avec sincérité. En dépit de ses penchants voyeuristes et de sa langue trop bien pendue, Maurice avait un sens de l'humour sympathique.

— Je n'ai jamais bien compris ce qu'il faisait, même si, à mon âge, je peux le deviner. Ça se passait en toute discrétion, mais ils arrivaient et repartaient toujours à l'heure pile. Pas besoin d'avoir beaucoup d'imagination, hein ?

McAndrew allait l'interrompre mais Maurice lui coupa l'herbe sous le pied une fois de plus.

— Chacun son truc, ça a toujours été ma devise. Sauf qu'on vit tous ensemble, les uns à côté des autres, ici. Des enfants, des retraités, des parents. Et qui sait le genre d'individus qu'un endroit comme ça va attirer. Et puis, il y a le marché de l'immobilier. Dès que ça se saura qu'il y a un bordel dans le quartier… Pardon ma belle, je vous ennuie ?

McAndrew avait laissé son regard glisser vers la fenêtre, vers l'appartement de Jake. Elle se ressaisit et se concentra à nouveau sur Maurice.

— Pas du tout.

— Vous êtes gentille mais vous ne savez pas mentir, et je me doute que vous êtes très occupée. Bon, j'ai bien noté quelques numéros de plaques d'immatriculation au cas où la police viendrait un jour s'en mêler. Laissez-moi voir si je les retrouve…

D'un pas leste pour son âge, il se dirigea vers le buffet. McAndrew le remercia, contente de ne pas avoir perdu son temps avec lui. Les enquêtes de voisinage étaient dures, elles apportaient leur lot de déceptions, surtout lorsqu'on savait que d'autres procédaient au vrai travail d'investigation ailleurs…

— Bon, commençons par le commencement… Là, ça remonte à mars 2013, annonça Maurice d'un ton enjoué en ouvrant la première page d'un grand cahier en même temps qu'il s'asseyait.

McAndrew poussa un nouveau soupir. Maurice détenait peut-être des informations capitales pour l'enquête. Peut-être pas. Quoi qu'il en soit, elle était partie pour rester en sa compagnie un bon moment.

26

— Ne dites rien. Laissez-moi deviner. J'ai l'œil pour ce genre de choses.

Helen ne répondit pas. Elle venait de vivre deux heures décourageantes à arpenter une zone industrielle et n'était pas d'humeur pour les devinettes. Deux des commerces notés sur sa liste étaient en liquidation, le propriétaire d'un autre avait refusé de parler sans la présence d'un avocat et elle avait fait chou blanc dans deux autres établissements : rien dans le registre de leurs récentes transactions ne correspondait aux articles qu'elle recherchait.

— Je vous regarde et je vois… Des pinces à tétons, des moufles de bondage et peut-être bien une cage de chasteté pour votre cher et tendre, dit l'homme barbu d'une voix traînante.

— Regardez plutôt ça, rétorqua Helen en brandissant sa plaque. Il y a un endroit où on peut discuter ?

— Vous n'obtiendrez rien de moi sans un mandat.

Ils étaient assis sur des cartons dans une espèce de réserve que Steven Fincher voulait faire passer pour son bureau. L'homme se pensait en terrain conquis et comptait bien en tirer avantage.

— Si c'est comme ça que vous voulez la jouer, d'accord, répondit Helen. Mais votre manque de coopération laisse entendre que vous avez quelque chose à cacher.

— N'importe quoi.

— Une investigation officielle de votre activité ratissera large. Dois-je en conclure que vous êtes à jour dans le paiement de vos impôts, de vos assurances et ainsi de suite ?

Fincher plissa les yeux sans piper mot.

— Il serait peut-être plus judicieux de me répondre et de faire ce que je demande. Avez-vous la liste de vos dernières ventes ?

— Bien sûr. J'exerce en toute légalité.

— Tant mieux. J'imagine que vous vendez ce genre de produits : bandes de compression, brides en cuir, scotch professionnel ?

— En effet.

— Avez-vous vendu ces articles au cours des trois derniers mois ? Séparément ou ensemble.

Maugréant, Fincher ouvrit un classeur à proximité dont il sortit un registre taché d'un rond de thé. Helen l'observa avec attention tandis qu'il faisait courir son doigt le long des colonnes. Les recherches d'Edwards n'avaient rien donné ; pas plus que celles des autres lieutenants : ils allaient être bientôt à court d'options.

— Ça pourrait être ça, annonça Fincher d'un ton prudent.

— Je vous écoute.

— Trois bandelettes de compression bleues, deux ceintures en cuir couleur fauve avec boucle en or, et un rouleau de gros scotch gris.

Helen hocha la tête, dissimulant l'excitation qui montait en elle. Elle s'était montrée délibérément vague dans son énumération des articles et Fincher venait de lui décrire dans le détail les armes du crime.

— Ils ont été achetés en magasin ?

— Non, ils ont été livrés.

— Savez-vous qui s'est chargé de la livraison ?

— Un peu, mon neveu. C'était moi.

— Vous l'avez vu alors ? demanda Helen aussitôt. L'acheteur, celui à qui vous avez livré le matériel ?

— Non. La maison était abandonnée. Mais c'était la bonne adresse et les instructions précisaient de glisser le colis dans la boîte aux lettres en l'absence du propriétaire. Je n'ai pas eu de réclamations, alors j'ai supposé que tout était en ordre…

— Comment l'achat a-t-il été réglé ? poursuivit Helen, le ton durci par la déception.

— Carte de crédit.

— Vous avez encore le numéro ?

— Bien sûr, répondit Fincher en farfouillant dans un autre classeur. J'ai le numéro de carte, le nom de son détenteur…

Il sortit un duplicata de facture d'un geste théâtral avant de terminer :

— Et j'ai même l'adresse du domicile.

27

— Qui est-ce ? Qu'est-ce que vous voulez ?

Emilia réprima un sourire. Il était encore tôt à Los Angeles et David Simons paraissait à moitié endormi. Sa voix fêlée et son débit de parole hésitant laissaient penser qu'il avait dû sortir une bonne partie de la nuit. Ce n'était pas idéal : s'il était encore soûl ou défoncé, il risquait d'être à fleur de peau ; mais le but était de lui mettre le grappin dessus avant les flics. Ils avaient dû tenter de le joindre mais ils étaient déjà bien occupés avec cette affaire qui promettait d'être retentissante. Simons travaillait comme cameraman indépendant, et son site Internet contenait toutes ses coordonnées. Elle l'appelait sur son portable depuis le début de l'après-midi et tombait chaque fois sur son répondeur. Enfin, il avait rallumé son téléphone et elle avait obtenu ce qu'elle voulait.

— Je m'appelle Emilia Garanita. Je suis journaliste.

— C'est au sujet du film ? Vous devriez contacter l'attaché de presse…

— Non, c'est à propos de Jake Elder. Je me demandais si vous étiez au courant ?

Silence à l'autre bout du fil. Emilia imaginait très bien son interlocuteur ensommeillé se redresser dans son lit, essayer de comprendre ce qu'on lui racontait.

— Au courant de quoi ? finit par demander Simons.

— Je suis navrée d'avoir à vous l'annoncer comme ça… mais Jake est mort la nuit dernière.

— Je ne comprends pas. C'est une blague ?

— Ça fait un choc, je comprends, et je vous présente mes sincères condoléances. Je sais que vous étiez très proches tous les deux.

Nouveau long silence. La respiration de Simons était hachée et irrégulière.

— Mort comment ?

— On l'a tué. Dans une boîte de nuit à Southampton qui s'appelle Le Cachot. Vous connaissez ?

C'était sa première question piège, histoire de voir s'il allait lui mentir.

— Oui, je connais. Mais je ne comprends toujours pas. Il s'est retrouvé mêlé à une bagarre ou quoi ?

— Non, ce n'est pas ça.

— Il y a eu un accident ? Quelque chose a mal tourné ?

Même avec la friture sur la ligne, Emilia entendit le tressaillement dans la voix de David Simons.

— Il semblerait qu'on l'ait assassiné. Et, comme tout un chacun, nous essayons de découvrir pourquoi. Puis-je vous demander quand vous l'avez vu pour la dernière fois ?

— Seigneur… Je… C'est une nouvelle difficile à encaisser.

— Je sais et je suis désolée d'être celle qui vous l'annonce, mais j'ai pensé quc vous voudriez le savoir sur-le-champ.

— Pourquoi ? Qui êtes-vous ?

— Je travaille pour un journal local mais je connaissais Jake aussi. Étant donné que vous étiez proches, j'ai pensé que vous voudriez être informé.

Long silence à nouveau.

— J'imagine que vous allez vouloir revenir en Angleterre au plus vite. Ce qui signifie interrompre votre travail, payer un billet d'avion depuis Los Angeles. Je voulais vous offrir de prendre en charge vos dépenses.

— Je ne suis pas sûr…

— Je ne demande que dix minutes de votre temps en échange. Qu'en dites-vous ?

L'affaire était déjà conclue : elle sentait qu'il avait envie de s'épancher, de découvrir ce qui était arrivé à son ex. Emilia adopta l'attitude compatissante de rigueur, le ton réconfortant adéquat et présenta une nouvelle fois ses condoléances. Elle prétendait être désolée d'être celle qui annonçait la mauvaise nouvelle mais la vérité était tout autre.

Jouer l'oiseau de mauvais augure avait un côté très exaltant.

28

— Je ne t'ai jamais vue.

L'homme, vêtu entièrement de cuir noir, attrapa Sanderson par le menton et lui tourna la tête de façon à admirer son visage fardé.

— Je viens d'arriver en ville.

— Et c'est quoi ton petit nom, la nouvelle ?

— Rose.

— Une rose pleine d'épines, j'en suis sûr. Viens par ici, je vais te présenter aux autres…

L'homme à la solide carrure guida Sanderson le long d'un couloir interminable. Des douilles sans ampoule pendaient du plafond et seules deux appliques faiblardes aux murs les sauvaient de l'obscurité totale. Sanderson fut rassurée de sentir le métal froid de sa matraque contre sa cuisse tandis qu'ils s'éloignaient de la lumière.

Ils se retrouvèrent bientôt devant une autre porte. Son compagnon – qui lui avait dit s'appeler Dennis – frappa. Quelques secondes plus tard, un panneau mobile fut tiré.

— Viande fraîche, annonça Dennis, un petit sourire aux lèvres.

La porte s'ouvrit et ils s'engouffrèrent à l'intérieur. Sanderson s'inquiéta de savoir si son portable aurait du réseau ici, à plus forte raison maintenant qu'ils s'enfonçaient vers une sorte de sous-sol. Elle n'osa toutefois pas risquer un regard à son téléphone. Dennis ne la quittait pas des yeux.

Les participants au Munch se réunirent peu après. Quinze fervents sadomasochistes, installés en cercle resserré, à savourer l'aspect subversif et secret de leur rassemblement. En temps normal, ils auraient discuté des meilleures pratiques érotiques et comparé leurs notes, mais aujourd'hui un seul sujet de conversation les intéressait. Il s'était écoulé moins de vingt-quatre heures depuis le décès tragique de Jake Elder, et toute la communauté était déjà sous le choc.

Dennis fit asseoir Sanderson à côté de lui et se coula avec aisance dans le rôle d'ami et de sponsor, même s'il ne la « connaissait » que depuis cinq minutes. Elle était entrée en contact avec lui via un site Internet, La Confrérie, et après un échange de messages destinés à se jauger, il lui avait envoyé un e-mail assez sec avec une adresse et un horaire. Elle était arrivée un peu en avance, assez pour s'assurer que les renforts étaient en position, puis elle avait sonné. Dès lors, Dennis ne l'avait pas lâchée d'une semelle. Se conduisait-il ainsi avec tous les nouveaux venus ou avait-elle droit à un traitement de faveur ?

— Je connais un type de Bevois Mount à qui il est arrivé la même chose, racontait un homme déguisé en satyre. Il a ramené un mec qu'il venait de rencontrer chez lui. Le gars l'a ligoté et ensuite il l'a cambriolé.

— J'ai connu une fille – une belle petite vicieuse, celle-là, ajouta sa voisine, recouverte de plastique souple des pieds à la tête à l'exception de sangles qu'elle portait à l'entrecuisse. Elle prétendait chercher des partenaires de jeu et quand quelqu'un se présentait, son copain et ses potes l'attaquaient. Ils en ont tabassé deux presque à mort.

— Celui à qui il ne vaut mieux pas se frotter, c'est mon ex, déclara un autre à l'approbation générale. Les mauvais soirs, il peut te tuer d'un seul regard. S'il ne tirait pas deux ans en taule, je dirais que c'est lui.

— Mais c'est différent, là, non ? intervint Sanderson, en écartant toutes ces hypothèses d'un revers de la main. Je crois que c'était un crime de haine.

— Non, se hâta de répliquer Dennis. Si c'était un crime de haine, ç'aurait été plus explicite. Le coupable polluerait les réseaux sociaux à parler de tapettes et de monstres de foire…

— Quoi alors ? insista Sanderson.

— C'est un membre de la communauté qui a fait ça, quelqu'un qui donne dans les jeux extrêmes.

Cette perspective fut accueillie sans grand enthousiasme et un débat virulent s'ensuivit. Sanderson participa peu, satisfaite du répit que la discussion animée lui procurait. Elle savait le spectre du BDSM assez large, et à son extrémité, il existait des jeux sexuels dans lesquels le soumis était privé d'oxygène et amené à la limite de la mort, mais ses connaissances s'arrêtaient là et elle n'était pas en mesure de se joindre à la conversation.

— Tu penses à quelqu'un en particulier ? interrompit Sanderson au bout d'un moment. Tu as l'air d'en connaître un rayon.

La remarque s'adressait à Dennis et contenait la bonne dose d'espièglerie pour susciter une réponse.

— En tout cas, moi, j'étais chez moi, répliqua Dennis, feignant de s'offusquer de l'insinuation. Ma mère ne se sentait pas bien et je suis resté avec elle ; alors, on peut m'oublier.

La santé de la mère de Dennis alimenta la discussion pendant plusieurs minutes. Sanderson dissimula au mieux sa frustration, dans l'attente d'une occasion de revenir sur le sujet qui l'intéressait.

— Bon, je ne vais prendre aucun risque tant que je ne saurai pas ce qu'il se passe, annonça-t-elle en profitant d'un temps mort dans la conversation.

— Tu aimes quand ça fait mal, hein ma belle ? renchérit l'adepte du PVC.

— Pas autant que Dennis, répliqua-t-elle d'un air entendu qui lui valut un autre demi-sourire de la part de son nouvel ami. Oh allez, tu connais le milieu. Tu peux bien filer un tuyau à une petite nouvelle. Je n'ai pas envie d'avoir des problèmes pour ma première fois ici.

Dennis réfléchit quelques instants avant de déclarer :

— Il y avait bien quelqu'un… On aime tous repousser un peu les limites, mais cette personne était cruelle. Complètement détruite, en thérapie la plupart du temps, sous médocs et toxico, presque toujours à l'ouest. Je n'ai eu peur qu'une seule fois dans ma vie, et c'était avec elle.

— Qui c'était ? demanda Sanderson en tâchant de garder un ton neutre. Ne nous fais pas languir, Dennis.

Il plongea son regard dans le sien, puis observa chaque participant avant de poser à nouveau les yeux sur Sanderson.

— J'aimerais bien te le dire, mais pour ça, il faut d'abord que je te fasse confiance. Et la confiance, ça se gagne, pas vrai, Rosie ? dit-il tandis que tous les regards se tournaient vers Sanderson. Alors, si tu nous racontais ton histoire ?

— Je te montre la mienne si tu me montres la tienne, c'est ça ?

— À peu près, oui. Et commence par le commencement, poursuivit-il en se s'adossant à son siège. Je veux tout savoir de toi.

29

Sur le seuil de la maison, Helen resserra les pans de son manteau autour d'elle pour essayer de se réchauffer un peu. Le soleil s'était couché et la température avait chuté brutalement. Helen vit son souffle dessiner des volutes devant elle tandis qu'elle appuyait sur la sonnette pour la troisième fois.

La carte de crédit qui avait servi pour l'achat des instruments de torture utilisés sur Jake appartenait à Lynn Picket, mère célibataire domiciliée à Totton dans un logement à loyer modéré. Helen n'avait obtenu aucune réponse les deux premières fois où elle avait sonné mais elle entendait à présent qu'on s'approchait de l'autre côté de la porte. Elle se prépara à la confrontation.

— J'ai l'air de quelqu'un qui se sert de ces machins-là ?

Helen se tenait maintenant dans le salon de Lynn, assise en équilibre au bord d'un canapé qui avait connu des jours meilleurs. Le moment n'était sans conteste pas idéal pour une visite : Lynn avait trois enfants qui se situaient chacun à un stade différent de l'évolution infantile et qui oscillaient entre l'outrage, le chagrin et la crise de nerfs. Pour autant, Helen ne se laissa pas déconcentrer, pas plus qu'elle ne fut découragée par la réponse acerbe de Lynn. Elle savait de source sûre que les adeptes du bondage pouvaient se cacher derrière les apparences les plus banales.

— Eh bien non, renifla Lynn. Je n'ai ni le temps ni l'argent pour ça.

— Possédez-vous un ordinateur ?

— Même pas, non.

— Une tablette ?

— J'ai un petit ordinateur portable que les enfants utilisent. Si vous voulez y jeter un œil, ne vous gênez pas. Mais ils ne s'en servent que pour regarder les dessins animés. Vous ne trouverez rien de ce genre dessus, dit-elle en examinant la liste des articles sadomasos qu'Helen lui avait donnée.

— Un smartphone, peut-être alors ?

— Évidemment, qui n'en a pas ? Allez-y, regardez.

Elle jeta son téléphone à Helen. La coque était toute cabossée et l'écran fêlé.

— Vous êtes catégorique, vous n'avez pas acheté ces articles ?

— Je sais quand même ce que j'achète ou pas ! En plus, je ne sais même pas à quoi sert la moitié de ces trucs. C'est quoi une bandelette humidifiée ? Ça me fait penser aux lingettes hypoallergéniques que j'utilise pour ma fille…

— Quelqu'un d'autre que vous a-t-il accès à votre carte de crédit ? l'interrompit Helen. Un fiancé ? Un membre de la famille ? Des amis ?

— Non, je la garde toujours avec moi et je ne la confierais sûrement pas à un mec.

— Vous faites des achats sur Internet ?

— Oui, mais pas sur ce genre de sites, et si vous ne me croyez pas, regardez mes relevés de compte. Je les ai gardés, je dois encore avoir ceux d'il y a trois voire quatre ans.

Elle sortit en trombe de la pièce pour aller les chercher. Restée seule, Helen en profita pour examiner l'historique des appels dans le téléphone portable de Lynn ; plus par automatisme que par conviction, cependant. Elle la croyait. Et cela signifiait donc que quelqu'un avait cloné sa carte bancaire.

Cette idée était pour le moins alarmante, et impliquait un niveau de sophistication criminelle qui dépassait ce à quoi Helen s'attendait. À l'évidence, le tueur n'était pas un amateur : il était méthodique, expert en technologies et doué pour couvrir ses traces. Ces éléments réunis donnaient matière à réflexion : à quel jeu jouait-il exactement ? Et quel serait le prochain coup de cet insaisissable assassin ?

30

Charlie fixait la maison sans ciller. Paul Jackson avait quitté la banque au coucher du soleil, Charlie à sa suite. À son grand étonnement, la filature s'était révélée plus difficile que d'habitude : Jackson était à vélo et elle risquait sans cesse de le perdre dans la circulation dense du centre-ville. Malgré tout, une petite voix lui soufflait que ses efforts seraient récompensés ; alors elle ne le lâcha pas et le suivit jusque chez lui. Les résultats ADN n'étaient pas encore revenus, mais elle était persuadée qu'il lui avait menti. En tout cas sa visite l'avait énervé.

Elle étouffa un bâillement et attrapa le dernier Dorito dans le sachet. Minuit approchait, elle se trouvait en planque depuis quatre heures déjà, et jusque-là, sa patience n'avait pas payé. Jackson était rentré chez lui, il avait embrassé sa femme et tous deux s'étaient installés pour dîner devant la télé. Vers 22 heures, Jackson était monté à l'étage. Aucune lumière ne s'était allumée à l'avant de la maison, Charlie avait alors fait le tour du pâté. Les demeures du quartier possédaient des jardins à l'arrière tout en longueur. Elle avait grimpé sur une poubelle dans la rue adjacente et aperçu une lumière qui brillait dans une petite pièce.

Était-ce un bureau ? Un grenier aménagé ? Qu'est-ce qu'il y fabriquait ?

Elle s'était attardée encore une vingtaine de minutes, mais le froid glacial de la nuit et les pubs qui commençaient à se vider lui avaient fait abandonner son poste pour regagner la chaleur relative de sa Twingo. Quelques minutes plus tard, sa persévérance fut récompensée : Paul Jackson revint dans le salon, embrassa sa femme qui allait se coucher. Lui se remit devant la télé, levant de temps à autre les yeux vers le plafond.

Sortirait-il ce soir ? Charlie consulta l'horloge de sa voiture. Steve, son compagnon, n'avait pas été ravi lorsqu'elle l'avait appelé pour le prévenir qu'elle avait du travail. En général, elle prenait le relais pour le bain et le coucher de Jessica et, même s'il était habitué aux imprévus de son métier, qu'elle ne rentre pas le mettait de mauvaise humeur.

Tout à coup, elle se sentit ridicule d'être plantée ici toute seule alors qu'elle pourrait être bien au chaud dans son lit auprès de sa famille. Son travail d'enquêtrice empiétait de plus en plus sur sa vie familiale, mais comment faire autrement ? Elle voulait procéder à une arrestation dans les règles, marquer le coup, ne serait-ce que pour se défaire de son sentiment d'être en période d'essai. Le regard de travers de Sanderson et la remarque sexiste d'un jeune agent avaient suffi à lui donner l'impression d'avoir encore besoin de faire ses preuves, et ce malgré sa promotion.

Elle ne repartirait pas tout de suite, non. Même si minuit avait sonné depuis longtemps, elle attendrait encore une heure.

31

— Le moment était venu de changer d'air. C'est vrai, personne n'a besoin de se faire traiter ainsi, hein ?

Sanderson était plongée dans son récit à propos d'un petit copain violent et négligent. En dépit du fait qu'elle était célibataire depuis bientôt dix-huit mois, elle s'en sortait plutôt bien et saupoudrait son histoire de multiples détails bien choisis.

— Qu'est-ce que tu as fait alors, petite fleur ? demanda Dennis, le regard toujours rivé sur elle.

— Je l'ai dépouillé et je suis passée à autre chose. Il avait économisé presque dix mille livres pour se payer une Mazda customisée, et je lui ai tout pris.

L'un des participants poussa un sifflement d'admiration, Sanderson le remercia d'un sourire.

— Si vous aviez vu les textos qu'il m'a envoyés ! Ils étaient exécrables. J'ai répondu à certains, puis j'ai foncé sur la M25 et jeté mon portable par la fenêtre.

— Le début d'une nouvelle vie, commenta l'adepte du vinyle.

— Tout à fait.

— Et depuis combien de temps tu fais *ça* ? s'enquit Dennis en montrant d'un geste de la main l'alcôve dans laquelle ils étaient à présent installés.

— Quasiment depuis que j'ai l'âge.

— Pourquoi ?

— À quoi bon marcher droit ? La vie est plus amusante quand on fait des zigzags.

— Tu es quoi, alors ? En haut ou en bas ?

— En bas. J'aime qu'on me discipline.

— Tu es venue au bon endroit dans ce cas.

Dennis se leva et s'approcha du mur où il fit courir ses doigts sur les lourdes chaînes qui y étaient accrochées.

— Et si on faisait un petit essai ? Histoire de voir si tu aimes la façon « Southampton »…

Des gloussements étouffés parcoururent le groupe qui reporta son attention sur Sanderson. Était-ce ce qu'ils étaient venus voir ? Dennis ne plaisantait peut-être pas à propos de la « viande fraîche ».

— Chaque chose en son temps. Je dois apprendre à te connaître un peu mieux d'abord.

— Tout est là. Y a rien d'autre à découvrir que ce que tu vois, répliqua Dennis en ouvrant les bras.

— Hum hum, répondit Sanderson. Tu me caches encore des choses pourtant, Dennis. Tu étais sur le point de me mettre en garde.

— On peut dire ça comme ça, gloussa le satyre.

— Tu pensais à quelqu'un en particulier tout à l'heure ? insista Sanderson en ignorant la boutade. Quelqu'un dont je devrais me méfier.

— Pourquoi ça t'intéresse autant ?

— Parce que, de toute évidence, cette personne t'a fait du mal.

— Peut-être bien.

— Pourquoi ne veux-tu pas en parler ? Tu as peur d'elle ?

— Bien sûr que non, répondit Dennis d'un ton sec qui ne convainquit pas Sanderson.

— C'est quoi, alors ?

Dennis marqua une hésitation. Ce mystérieux individu l'intimidait-il ? Ou n'était-ce simplement pas dans les habitudes de dénoncer les autres ?

— Elle s'appelle Samantha. C'est une transsexuelle à moitié opérée.

— Qu'est-ce qu'elle t'a fait ? demanda Sanderson en prenant soin de mémoriser le nom.

— Elle a failli me tuer, voilà ce qu'elle a fait ! éclata Dennis.

Sanderson compatit d'un hochement de tête. Dennis allait développer, il lui fallait seulement quelques secondes pour se reprendre.

— Elle m'a immobilisé avec des menottes hogtie et m'a mis une cagoule-bâillon. Si tu portes ce truc-là plus d'une heure, tu deviens fou, et elle me l'a laissé pendant cinq heures ! J'ai paniqué, je n'arrivais plus à respirer, et elle, elle prenait son pied. Elle m'a injurié, elle disait que je le méritais. À un moment, elle a même éclaté de rire.

À ces mots, la voix de Dennis trembla. Il n'avait plus rien du bonhomme imposant et jovial qu'il feignait d'être. Il avait cru sa dernière heure arrivée pendant cette expérience.

— Elle est du genre à assister au Grand Gala annuel ? demanda Sanderson.

— Elle ne le rate jamais.

— Où on la trouve d'habitude ? Elle habite où ?

— Ah ! Ça, c'est la question à un million de dollars !

— Tu le sais ou pas ?

— Peut-être bien que oui, peut-être bien que non. J'en ai déjà trop dit. Je n'ai aucune sympathie pour Samantha, crois-moi, mais j'en ai encore moins pour la flicaille. Alors je crois que le moment est venu pour toi de partir.

Lorsqu'il prononça ces mots, tous les yeux se tournèrent vers elle. Sanderson ouvrit la bouche, prête à répliquer, mais Dennis la devança.

— Va falloir bosser un peu ton jeu d'actrice, *Rose*. L'expression de terreur dans ton regard quand je t'ai proposé de se bécoter a suffi à te trahir. À part la position du missionnaire, tu pratiques rien d'autre, pas vrai ?

À présent, il la fixait avec une hostilité non déguisée. L'ambiance avait viré et Sanderson n'avait plus qu'une envie : ficher le camp de cette cave au plus vite. Elle avait dévoilé son jeu, poussé sa chance trop loin. Il ne restait plus qu'à battre en retraite. Elle se leva et se précipita vers la sortie, sentant dans son dos le feu d'une dizaine de regards accusateurs.

32

— Je ne vais plus pouvoir venir.

Angélique s'interrompit un instant.

— Il y a un problème ?

— C'est à cause du travail, expliqua Helen. Je vais être beaucoup en déplacement, alors…

Le mensonge n'était pas son fort et cela se voyait. Par chance, le contexte ne se prêtait pas aux questions embarrassantes.

— Il faut qu'on fasse une séance d'exception, dans ce cas, répondit Angélique. Pour que tu ne m'oublies pas.

La dominatrice à la silhouette élancée s'avança et attrapa le poignet d'Helen.

— Pas de liens, ce soir, annonça Helen d'une voix ferme.

Angélique s'immobilisa. À l'expression de son visage, il était clair que des reparties lui brûlaient les lèvres. La jeune femme était connue dans le milieu sadomaso et nul doute qu'elle était au courant pour le meurtre de Jake. Si elle avait été plus proche d'Helen, elle aurait peut-être abordé le sujet ; toute la communauté était secouée. Mais elles se connaissaient à peine, et quoi qu'Angélique ait sur le cœur, elle se garderait de le partager. Ces trois derniers mois, Helen était venue la voir plusieurs fois. Elle avait tenté de décrocher, mais le besoin avait fini par devenir trop intense, et elle avait recherché de la compagnie. Cette fois, elle s'était adressée à une femme, dans l'espoir d'éviter toute attirance sexuelle ; ce qui avait causé sa perte à plusieurs reprises avant.

Dans l'ensemble, leur relation fonctionnait plutôt bien et Helen se réjouissait de pouvoir faire appel à ses services. Pourtant, cette rencontre serait la dernière. Elle allait devoir se faire discrète le temps de l'enquête. Comment comblerait-elle ce vide ? Difficile à dire… Elle courait déjà trois fois par semaine et fumait bien trop. Quelle nouvelle obsession allait-elle développer pour compenser l'absence d'Angélique ? Sur sa moto en repartant de chez Lynn Picket, elle s'était efforcée de réprimer son désir de venir. Malheureusement, son esprit déjà en proie aux ténèbres ce soir avait cédé lorsqu'elle avait appris que la mission sous couverture de Sanderson avait échoué.

Elle adressa un signe de tête à Angélique puis relâcha ses muscles dans l'attente du premier coup. Elle avait passé une horrible journée sur bien des plans et elle ne parvenait pas à se débarrasser des images détestables qui tournaient en boucle dans sa tête. L'expression de dégoût sur le visage méprisant de Mike Elder alternait avec celle de son propre père, tandis que des visions de Moira la soumise se superposaient à celles de sa mère qui détournait le regard quand sa brute de mari frappait, torturait et violait la chair de sa chair. Helen n'avait pas d'enfants – elle savait au fond de son cœur qu'elle n'en aurait jamais – mais elle éprouvait quand même une rage primale, féroce, contre ceux qui infligeaient une telle cruauté à leurs proches. Les événements du jour l'avaient renvoyée à son enfance, lui avaient remis en mémoire la terreur sourde, l'impuissance et la paralysie que seul un enfant peut ressentir. Ce souvenir la remplissait de fureur mais aussi d'une profonde tristesse. Son enfance lui avait été volée, tout comme à Jake.

La cravache vint mordre son dos, l'extirpant de ses pensées. C'était comme ça : l'endorphine se ruait en elle tandis qu'elle se concentrait sur le rythme et la puissance des coups. Plus que jamais en ce jour sombre elle avait besoin de cet exutoire. Aussi, lorsque Angélique leva une nouvelle fois sa cravache, Helen ferma les paupières et murmura seulement :

— Plus fort.

33

Le talon de ses bottes claqua sur les pavés lorsqu'elle s'éloigna dans la ruelle sombre. Tout était désert, plongé dans un silence de mort. C'était une des raisons pour lesquelles Helen avait choisi Angélique : son appartement était situé dans un entrepôt réhabilité près des docks, loin de l'effervescence de Southampton. L'endroit était discret et à l'écart, tel que l'aimait Helen.

Sa séance avait été éprouvante, pourtant la tension l'habitait encore. En temps normal, elle en serait sortie le cœur plus léger, satisfaite et optimiste. Ce soir, elle sentait un poids peser sur sa conscience. Les événements difficiles de la journée n'étaient pas seuls en cause. Non, si son esprit ne trouvait pas la tranquillité, c'était parce qu'il lui restait une tâche à accomplir.

Elle l'avait compris à la seconde où elle avait découvert le visage sans vie de Jake, et sa conversation avec Charlie le lui avait confirmé. Si insensible que ce soit, elle devait rompre pour de bon tout lien avec Jake. Elle avait beau se répéter que c'était pour avoir les mains libres dans sa traque de l'assassin, elle ne s'en sentait pas moins déloyale et indigne, comme si elle avait honte de sa relation avec lui.

Elle descendit la fermeture à glissière de la poche de son blouson et sortit un vieux téléphone Samsung. Il venait du marché de Portsmouth. L'appareil avait sûrement été volé mais Helen l'avait payé sans ciller avant de se rendre à un autre étal pour y acheter une carte SIM à prix réduit. Les deux combinés lui fournissaient un téléphone non enregistré duquel elle pouvait envoyer des messages sans qu'on puisse remonter à elle. Elle possédait toujours son portable personnel bien sûr, pour les affaires courantes, et celui-ci n'était destiné qu'à l'organisation de ses rendez-vous privés. D'abord avec Jake Elder, ensuite avec Max Paine, un autre dominateur, et enfin avec Angélique. Un moyen discret de gérer cet aspect de sa vie qu'elle souhaitait garder secret.

Toutefois, ce numéro finirait par surgir dans le cadre de l'enquête, Helen le savait, puisque son équipe passait au crible toutes les anciennes communications de Jake. À l'époque, elle lui envoyait des messages régulièrement, pour prendre rendez-vous, confirmer l'horaire, à l'occasion annuler une séance lorsque le devoir la retenait. Ces derniers temps, leurs échanges étaient devenus beaucoup plus sporadiques, mais il lui avait écrit quelques mois plus tôt. Un texto assez innocent – il lui proposait de reprendre leur relation professionnelle et Helen, par bonté d'âme, avait refusé. Son numéro n'en apparaîtrait pas moins sur la liste des contacts à vérifier. Aucune preuve n'indiquait sa présence dans la discothèque et il y avait peu de risque que son numéro retienne l'attention des enquêteurs compte tenu de l'utilisation irrégulière qu'elle en faisait. Mais il n'était pas impossible que son équipe tente de localiser le propriétaire de ce téléphone, ce qui pourrait engendrer une situation gênante : Helen le gardait souvent sur elle au travail.

Cette partie de sa vie devait par conséquent s'arrêter ce soir. Une fois de plus, elle s'était rapprochée de quelqu'un, et cette personne avait connu une fin effroyable. Il y avait des jours comme ça où Helen se demandait sincèrement si elle était maudite. Tous ceux à qui elle tenait, toutes les personnes qui entretenaient une relation, de quelque nature que ce soit, avec elle finissaient par en souffrir. Sa sœur Marianne et Robert, son neveu, en avaient pâti, tout comme son ancien amant Mark Fuller, et aujourd'hui Jake. Était-elle le dénominateur commun ? Était-elle responsable des horreurs qu'ils avaient endurées ?

Helen se rendit compte tout à coup que, perdue dans ses pensées, elle s'était arrêtée au milieu de la rue. Maudissant sa désinvolture, elle se remit en marche tout en examinant la chaussée. Bientôt, elle trouva ce qu'elle cherchait et se dirigea vers le caniveau. Là, elle retira la batterie et la carte SIM du téléphone puis, après avoir vérifié qu'il n'y avait personne dans la rue qui la voyait, elle jeta les trois éléments du portable dans les canalisations.

Et voilà. Le geste était brutal, rapide et définitif. Elle venait de donner les derniers sacrements à sa relation avec Jake Elder.

34

Qui avait eu la brillante idée d'installer des miroirs dans les ascenseurs ?

Déjà énervée parce qu'elle était en retard au poste après avoir assisté à la présentation en classe de sa fille ce matin – présentation dont elle avait oublié qu'elle avait lieu aujourd'hui –, Charlie se crispa encore plus en voyant son reflet dans la glace qui courait du sol au plafond de la cabine. Si sa tenue était correcte, elle la serrait un peu peut-être, sa tête en revanche était à faire peur. Certes, l'éclairage n'était pas flatteur, mais quand même… Elle avait le teint blafard, les traits tirés, de grands cernes noirs sous les yeux. Elle ne faisait pas bonne publicité aux mères actives.

Les portes s'ouvrirent dans un tintement et Charlie se détourna du miroir accusateur pour parcourir à grandes enjambées le couloir jusqu'à la salle des opérations. Avant d'entrer, elle marqua une pause, prit le temps de lisser ses cheveux puis poussa la porte avec une énergie qu'elle était loin de ressentir. Sa surveillance jusque tard dans la nuit n'avait rien donné : Jackson n'avait pas bougé de chez lui. Elle payait maintenant le prix de son manque de sommeil. Sa seule consolation, si tant est qu'on pouvait prendre les choses sous cet angle, c'était que Sanderson n'avait pas fait mieux.

Charlie se dirigea droit sur son bureau. À mesure qu'elle s'en approchait, elle ralentissait le pas, étonnée de voir deux officiers chargés des relations avec la presse en train de discuter avec Helen dans son bureau. Ceux-ci n'intervenaient qu'en cas d'événement majeur. Charlie observa alors ses collègues autour d'elle : tous affichaient une drôle d'expression aujourd'hui, mélange d'optimisme et d'énergie renouvelée.

Elle fit signe à Edwards de la rejoindre et lui demanda sans détour ce qu'il se passait.

— Les résultats ADN sont revenus ce matin, lui apprit-il.

— Et ?

— On a une correspondance. Paul Jackson. Il est directeur de…

— De l'agence Santander à Shirley, oui je sais. Je l'ai interrogé hier.

— Ben voilà.

Edwards tourna les talons mais Charlie le retint.

— On aurait dû me prévenir.

— Je t'ai appelée, mais ça sonnait dans le vide. Je voulais te le dire dès ton arrivée, mais on t'attendait un peu plus tôt.

— J'ai eu un empêchement, se contenta de répondre Charlie d'une voix tendue. Peu importe… Nous devrions aller le trouver…

— On s'en occupe, répliqua Edwards d'un ton sec.

Charlie balaya la salle du regard. Un mauvais pressentiment l'envahit et, sans surprise, elle entendit Edwards ajouter :

— Le capitaine Sanderson est partie l'arrêter.

35

Il avait beau s'y attendre, l'expérience n'en fut pas moins violente, bien plus qu'il ne l'aurait cru.

Il se trouvait en plein comité régional, l'occasion pour les responsables de toutes les agences locales de se rassembler autour d'un thé et de petits-fours. Ces réunions avaient tendance à s'éterniser, chaque directeur cherchait à se positionner pour décrocher une promotion tout en partageant les anecdotes du terrain, mais il y trouvait tout de même un certain attrait. Dans cet environnement, il était roi. Il appréciait les égards qu'on lui accordait, les plaisanteries échangées et, il fallait bien le reconnaître, le pouvoir que cela lui procurait.

La salle de conférences entièrement vitrée permit à toutes et tous de les voir arriver. Son assistante, la redoutable Mme Allen, fournissait de gros efforts pour conserver un air professionnel, mais en réalité elle tremblait comme une feuille. Elle ouvrit la porte sans un mot et fit entrer la grande femme à la mine grave dans la salle. Il ne la connaissait pas, ce n'était pas celle de la veille, mais il se doutait à sa posture qu'elle était de la police. Ce qu'elle confirma en présentant sa plaque.

— Capitaine Sanderson. Je souhaiterais vous parler, monsieur Jackson, dit-elle d'une voix basse mais distincte.

— Bien sûr. Mon bureau est juste…

— Il vaudrait mieux que vous m'accompagniez au commissariat.

Sa traversée humiliante de l'agence fut rapide, pourtant elle lui parut interminable : il sentait le regard curieux et accusateur de chaque employé posé sur lui. Ses collègues s'écartèrent en silence pour le laisser passer et peu après, il longeait le couloir brillamment éclairé qui menait à la sortie.

Très vite, il se retrouva à l'arrière d'une berline qui fonçait dans la ville. Au moment de quitter la banque qui était pour lui comme un foyer depuis des années, il avait aperçu ses confrères de la direction qui l'observaient derrière la baie vitrée de la salle de conférences.

Voilà. C'en était fini de son ancienne vie. Un jour nouveau commençait.

36

— Qu'est-ce qu'on dit à la presse ?

L'excitation transparaissait dans la voix de Gardam mais Helen le savait suffisamment professionnel et expérimenté pour ne pas se laisser emporter.

— Cette affaire suscite déjà un intérêt médiatique massif et je ne voudrais pas jeter de l'huile sur le feu, poursuivit-il. J'imagine que vous avez vu l'édition de demain de l'*Evening News* ?

Helen lui confirma qu'elle était au courant avant d'essayer de chasser de son esprit les quatre pages épouvantables écrites par Emilia Garanita. L'article était rédigé sur un ton qui se voulait compatissant envers le défunt, mais c'était en réalité une critique virulente du mode de vie de Jake et de ses « semblables ». Emilia devait espérer que cette histoire lui donnerait matière à écrire un bon moment et Helen se réjouit d'être sur le point de lui gâcher son plaisir.

— À mon avis, il faut jouer cartes sur table, poursuivit Helen. Nous déclarons qu'un individu nous assiste dans notre enquête, sans entrer dans les détails.

— Ils sauront qu'il est en garde à vue. Le capitaine Sanderson y a veillé. Quels éléments pouvons-nous divulguer ?

— Le sexe, l'âge si vous voulez, mais rien de plus, répondit-elle non sans noter dans un coin de sa tête de toucher deux mots à Sanderson plus tard. Nous ne voulons pas d'une chasse aux sorcières.

— On en aura une quoi qu'il arrive. Mais vous avez raison. Je leur donnerai le strict minimum. Si vous avez envie de vous joindre à nous pour dire quelques mots…

— Je pense être plus utile en salle d'interrogatoire, commissaire.

— Comme vous voulez. Il est déjà en bas je crois, alors je ne vous retiens pas. Je m'occupe des journaleux et je vous laisse faire ce pour quoi vous êtes douée. Plus vite on réglera cette affaire, mieux ce sera.

Helen le remercia puis se dirigea vers les ascenseurs. Paul Jackson était un suspect improbable sous bien des aspects, mais il avait un historique avec Jake, un goût pour l'inconnu, ainsi qu'un accès aux coordonnées bancaires de ses clients. Un assassin pouvait prendre n'importe quelle forme, se cacher derrière n'importe quel masque, et Paul Jackson avait des explications à fournir. Pourrait-il lui révéler pourquoi son ami avait été tué avec une telle brutalité ? En descendant vers la zone de détention, Helen ressentit un élan d'excitation, elle avait le sentiment qu'ils avançaient. Et à moins que son imagination ne lui joue des tours, elle aurait parié que Gardam éprouvait la même chose.

37

Charlie attendit que Paul Jackson soit confié à l'agent de garde pour passer à l'action. Après l'avoir appréhendé et informé de ses droits, Sanderson disposait de dix minutes pour reprendre ses esprits pendant que lui passait l'appel de rigueur. Dix minutes suffisaient largement à Charlie pour dire ce qu'elle avait sur le cœur.

— Je n'aurais jamais cru que tu t'abaisserais à ça.

Sanderson pivota, surprise par l'arrivée soudaine de sa collègue. Une expression fugace – de l'embarras, peut-être ? – voila une seconde son visage mais elle retrouva très vite contenance.

— Voyons, Charlie. Tu sais comment ça marche. Nous avions une piste, j'étais l'officier supérieur en service…

— Jackson était *mon* suspect. J'ai passé la moitié de la nuit à surveiller sa maison…

— Il paraît, oui, répliqua Sanderson avec sarcasme.

— Ne me cherche pas, cracha Charlie, la colère bouillonnant tout à coup en elle. Je l'ai interrogé, j'ai rédigé le rapport. C'est moi qui ai prélevé son ADN, bon sang !

— Personne ne dit le contraire. C'était du bon boulot. Mais tu sais comment est la patronne dans ces cas-là. Elle veut tout, tout de suite.

— Génial. Maintenant, c'est sa faute…

— Bien sûr que non.

— Nous avons le même grade, tu ne peux pas me voler mes pistes. Tout ça parce que ta mission sous couverture a été un fiasco…

— Tu n'étais pas là, Charlie, l'interrompit Sanderson. Qu'est-ce que j'étais censée faire ?

— M'appeler. C'est ce que n'importe qui aurait fait. Mais tu es tellement occupée à essayer d'impressionner Maman que tu…

— Tu dépasses les bornes.

— Dis-moi que ce n'est pas vrai alors. Regarde-moi dans les yeux et dis-moi que tu ne m'as pas volé délibérément mon arrestation pour te faire bien voir de…

— Va au diable.

— Ça te plairait, hein ? Comme à la belle époque…

— Qu'est-ce qu'il se passe, ici ?

Charlie qui se trouvait nez à nez avec Sanderson s'écarta prestement en entendant la voix d'Helen.

— Nous avons un suspect en garde à vue, reprit Helen en approchant à grands pas. Il y a des dizaines de pistes à suivre. Alors expliquez-moi pourquoi mes deux capitaines se hurlent dessus comme des poissonnières !

Ni Charlie ni Sanderson ne répondirent. Mieux valait se taire, à en juger par l'expression sur le visage d'Helen.

— Vous faites toutes les deux partie de la maison depuis assez longtemps pour savoir que les différends doivent être réglés en privé, pas étalés au vu et su de tout le commissariat.

Charlie glissa un œil vers l'agent de garde qui n'avait rien raté du spectacle.

— Capitaine Brooks, vous allez m'accompagner en salle d'interrogatoire. Capitaine Sanderson, vous retournez en salle des opérations pour diriger le reste de l'équipe.

Sanderson ouvrit la bouche, prête à protester.

— Et n'envisagez pas un instant de me contredire, tonna Helen en la réduisant au silence.

Sans ajouter un mot, Helen tourna les talons et franchit les portes battantes avec vigueur. Charlie la suivit au pas de course, sans un regard à Sanderson ; inutile, elle savait très bien ce qu'elle ressentait en cet instant. Mais ce n'était pas une consolation : elles étaient toutes les deux dans un beau pétrin et la route serait longue pour en sortir.

Pas de doute, la journée de Charlie, qui avait déjà bien mal commencé, venait encore d'empirer.

38

— Vous commettez une erreur monumentale et lorsque tout ceci sera réglé, j'exigerai des excuses en bonne et due forme.

Paul Jackson avait réussi à surprendre Helen Grace deux fois déjà au cours des dix minutes qu'ils venaient de passer ensemble. Qu'il accepte de répondre aux questions avant l'arrivée de son avocat était inhabituel, tout comme son choix d'adopter un ton aussi agressif. Soit il avait une confiance absolue en la preuve de son innocence, soit il était un menteur hors pair.

— Comme je vous l'ai déjà expliqué, vous êtes ici car votre ADN correspond à celui retrouvé sur le corps de la victime, répondit Helen avec calme. Il y avait votre salive sur sa joue et sur son oreille. Je doute que notre laboratoire se soit trompé à ce point : ils ont vérifié les résultats à trois reprises…

— On entend tout le temps parler d'erreurs judiciaires, l'interrompit Jackson. Des boîtes de Petri qui n'ont pas été nettoyées correctement, des preuves qui ont été contaminées. Les flics qui arrêtent les mauvaises personnes à cause de cafouillages dans les labos.

— Je vous concède que des erreurs peuvent survenir, mais le fait reste le même : c'est votre ADN. Pour qu'il y ait pu avoir contamination, il aurait fallu qu'un échantillon de votre ADN soit déjà conservé au labo dans le cadre d'un autre incident. Est-ce que c'est le cas ? Avez-vous déjà fourni un échantillon de votre ADN à la police ?

— Non.

— Alors la seule possibilité, ce serait que votre salive ait atterri par accident sur le visage de M. Elder. Voyez-vous une explication à cela ?

— Aucune idée. Nos chemins se sont peut-être croisés sur le trajet du travail, ou bien nous allons à la même salle de sport…

— M. Elder exerçait à domicile, ses horaires étaient très différents des vôtres et, à notre connaissance, il ne fréquentait pas de club de gym.

— Je ne l'explique pas alors.

— Vous ne l'avez jamais rencontré ?

— Jamais. Je l'ai déjà dit trois fois à trois officiers différents. Peut-être que si vous m'écoutiez, nous pourrions avancer.

Helen s'apprêtait à lui répondre lorsque la porte s'ouvrit sur l'avocat de Jackson qui entra sans se faire inviter. Jonathan Spitz était un homme de loi astucieux et expérimenté et il ne perdit pas une seconde pour réprimander Helen d'avoir interrogé son client en son absence. Ignorant ses protestations, celle-ci poursuivit :

— M. Jackson a affirmé qu'il ne connaissait pas M. Elder et ne peut expliquer la présence de son ADN sur le visage de la victime.

Spitz parut soulagé qu'aucun dégât irréversible n'ait été causé.

— Je souhaiterais interroger votre client sur l'historique de ses appels téléphoniques. Je montre à présent un iPhone noir. Monsieur Jackson, pouvez-vous me confirmer qu'il s'agit de votre portable ?

Celui-ci acquiesça.

— À voix haute, monsieur Jackson s'il vous plaît, pour l'enregistrement.

— Oui.

— Lors de notre conversation d'hier, intervint Charlie, vous avez déclaré n'avoir jamais contacté M. Elder, que ce soit par e-mail, SMS, téléphone...

— En effet.

— Pourtant, des dizaines de messages Snapchat ont été envoyées depuis cet appareil à M. Elder. J'ai les dates de certains d'entre eux ici...

Charlie sortit une feuille de papier de son dossier avant de poursuivre :

— Le 10 août, le 14 août, le 1er septembre, le 6 septembre, le 14. Et il y en a d'autres.

— Je n'ai pas envoyé ces messages. On a dû cloner mon téléphone...

— Il est curieux de noter que l'absence de messages la dernière quinzaine d'août correspond à la période où votre épouse et vous étiez en vacances à Santorin. Les frais d'itinérance sur votre relevé nous indiquent précisément vos déplacements, et bien sûr nous vérifions tout cela avec Sally.

Pour la première fois depuis le début de l'interrogatoire, Helen vit Jackson se crisper. À l'évidence, que sa femme soit mêlée à cette affaire ne lui plaisait pas.

— En outre, nous avons eu l'occasion de consulter certains des autres messages et textos que vous avez envoyés depuis ce téléphone et il est intéressant de noter qu'on retrouve les mêmes tics grammaticaux dans vos SMS personnels et dans les messages Snapchat reçus par M. Elder. Vous laissez toujours un espace avant un point d'interrogation, par exemple, et vous êtes très pointilleux sur l'utilisation de la virgule. Tout le monde ne soigne pas autant ses messages instantanés de nos jours.

Le compliment lancé avec un sourire ne suscita aucune réaction de la part de Jackson.

— Il s'agit de preuves indirectes, intervint Spitz. Avez-vous le moindre élément probant contre mon client ?

— En dehors de son ADN, vous voulez dire ? rétorqua Helen. Je précise qu'aucun autre ADN n'a été retrouvé sur la victime, d'où notre intérêt pour votre client.

Helen laissa à ses paroles le temps de faire leur chemin avant de poursuivre.

— J'aimerais à présent que nous discutions de vos allées et venues le soir du 14. Vous avez déclaré à ma collègue avoir quitté votre bureau à 19 heures pour vous rendre au Saracen's Head.

Jackson ne répondit pas. Il semblait attendre qu'Helen abatte sa carte avant de s'impliquer.

— C'est étrange car le signal de votre téléphone a été enregistré dans le secteur de Banister Park, tout près du Cachot, aux alentours de 20 heures le soir en question, puis à minuit trente. J'imagine qu'entre-temps vous vous trouviez dans le sous-sol de la boîte de nuit où l'on ne capte pas.

— Je ne sais rien au sujet du Cachot ou de Banister Park. De toute évidence, quelqu'un s'est planté…

— Encore une erreur. Décidément, vous n'avez pas de chance…

— Je suis allé au Saracen's Head, j'ai regardé le match, bu quelques pintes…

— Pourquoi le Saracen's Head, dites-moi ? Vous travaillez à Lansdowne Hill, vous habitez à Freemantle. Ça vous fait faire un sacré détour pour ce pub près de l'hôpital.

— Nom de Dieu ! Leurs bières sont bonnes, alors…

— Quelles marques servent-ils ?

— De la Shepherd Neame, je crois… De l'Adnams, quelques bières locales.

— Ils ne servent plus de Shepherd Neame depuis plus de deux ans, intervint Charlie. Je suis allée sur place hier après-midi, j'ai parlé aux employés. Personne ne se souvient vous y avoir vu mardi soir. En fait, je n'ai réussi à trouver personne pour corroborer votre version des événements.

Spitz interrogea son client du regard, attendit un nouvel acte de défi, mais rien. Helen reprit la main, adoptant un ton plus doux.

— Vous êtes dans le pétrin, Paul. Vous pensez à Sally, aux jumeaux, à ce que cette histoire va leur faire. Mais mentir ne vous aidera pas. Nous avons la preuve indéniable que vous connaissiez Jake et que vous êtes actif dans le milieu sadomaso. Grâce à votre téléphone, nous savons que vous vous trouviez à proximité de la scène de crime, votre ADN, et seulement le vôtre, a été retrouvé sur le corps de la victime, et je suis convaincue que les participants au Grand Gala du Cachot pourront témoigner de votre présence sur place ce soir-là. Alors, reprenons depuis le début, voulez-vous ?

Helen plongea son regard dans celui de Jackson.

— Racontez-moi ce qu'il s'est vraiment passé mardi soir.

39

Il était déjà trop tard lorsqu'elle la vit arriver.

Assistante dans un centre social et familial, Sally Jackson s'évertuait à expliquer à un père furieux pourquoi ses rencontres avec ses enfants qu'il connaissait à peine devaient être supervisées. La conversation devenait pénible et l'agacement commençait à la gagner lorsqu'elle avait reçu l'appel. Elle avait été tentée de ne pas décrocher. Patience et finesse étaient de rigueur lors de ces discussions qui ne souffraient aucune interruption, mais les sonneries incessantes avaient piqué sa curiosité. La secrétaire de Paul, prenant les devants, lui téléphonait pour la prévenir que son mari venait d'être arrêté et conduit au commissariat central de Southampton…

Au début, elle n'avait pas su quoi répondre. C'était une plaisanterie, non ? Sandra Allen était-elle sûre et certaine de ce qu'elle avançait ? Mais le ton de l'assistante – ferme, grave, avec une légère pointe d'embarras – avait convaincu Sally du sérieux de la nouvelle. Que faire dans ce genre de situation ? Comment réagir ? Sally, prétextant une migraine, avait abandonné son poste et foncé à sa voiture. Mais une fois à l'intérieur de l'habitacle, elle s'était figée, incapable du moindre mouvement, tandis qu'elle essayait de donner un sens à ce qu'elle venait d'apprendre. Pourquoi Paul ne l'avait-il pas prévenue lui-même ? Prise de peur et de panique, elle avait envisagé de contacter un ami avocat avant de rejeter cette option ; elle avait ensuite pensé aller trouver sa sœur. Pour finir, elle n'avait rien fait de tout cela et elle était rentrée chez elle. Son esprit était comme passé en pilotage automatique et lui faisait regagner l'endroit où elle se sentait le plus en sécurité.

— Madame Jackson ?

Elle venait tout juste de descendre de voiture lorsque la femme l'approcha. Elle avait un physique curieux : belle d'un profil et défigurée de l'autre. Et l'expression d'inquiétude qu'elle affichait rendait la situation encore plus surréaliste. Comment pouvait-elle déjà savoir ? Qui était-ce ?

— Je suis Emilia Garanita de l'*Evening News*. Je crois savoir que vous venez de subir un terrible choc.

Sally resta pétrifiée et sans voix, prise au dépourvu par la brusque apparition de cette femme. L'attendait-elle ?

— Vous ne pouvez absolument pas rester seule dans un moment pareil. Et si je vous tenais compagnie jusqu'à l'arrivée d'un proche ?

Avec étonnement, Sally vit la femme la prendre par le bras et la guider vers l'entrée de sa maison.

— Vous tremblez, ma pauvre. Donnez-moi vos clés, que je nous ouvre. Ensuite, nous prendrons une bonne tasse de thé.

Elle se planta devant elle avec un sourire, la main tendue. Elle paraissait si confiante et sûre d'elle que Sally se retrouva à fouiller dans son sac à la recherche de son trousseau. Au moment de le sortir, cependant, son regard tomba sur la petite photo de Paul et elle avec les jumeaux qui ornait le porte-clés. Ils l'avaient prise environ six mois plus tôt, au sommet de Scafell Pike. Un grand sourire éclairait chacun de leurs visages, ils avaient l'air fatigués mais grisés par leur ascension victorieuse.

— Pardon, mais qui êtes-vous, déjà ? demanda-t-elle en serrant les clés dans sa main.

— Je travaille au *Southampton Evening News*, répondit l'autre, son sourire un peu plus crispé. Vous devez vous demander ce qu'il faut faire et j'aimerais vous apporter mon aide. Dans l'heure qui vient, des journalistes, des reporters télé et des cameramen vont envahir votre pelouse. Je peux m'occuper d'eux. Laissez-moi vous aider, dit-elle en jetant un regard de l'autre côté de la rue où une camionnette était en train de se garer. Sinon, croyez-moi, ça va devenir une vraie foire d'empoigne ici. Et personne n'a envie de ça. Surtout pas vous.

— Je ne vous connais même pas.

— Voici ma carte, fit-elle en fourrant une carte de presse plastifiée dans la main de Sally. Vous pouvez appeler mon bureau pour vérifier mon identité si vous le souhaitez. C'est maintenant ou jamais, Sally.

Celle-ci repéra le reporter du journal local qui remontait la rue dans sa direction.

— Je suis désolée. Je ne veux parler à personne, dit-elle en retrouvant enfin ses esprits.

— Vous allez être obligée de parler à quelqu'un…

— Je vous prie de quitter ma propriété, l'interrompit Sally avant d'ouvrir la porte pour s'engouffrer à l'intérieur de sa maison.

Elle se retourna et vit que la femme commençait à la suivre – ces gens-là ne manquaient pas d'air ! Elle se dépêcha de claquer la porte. Elle courut se réfugier dans la cuisine mais avant même d'y parvenir la sonnette retentissait. Cette fois, une voix masculine l'implorait de lui ouvrir. Elle ne répondit pas. Il était hors de question de parler à qui que ce soit. Elle devait penser aux garçons, et puis, qu'est-ce qu'elle dirait de toute façon ? Elle n'avait aucune information sur la raison pour laquelle Paul avait été arrêté, ni sur ce qu'il se passait ou quand il rentrerait.

Tout ce qu'elle savait, c'était que leur vie heureuse et bien ordonnée était sur le point d'imploser.

40

Il saisit la barre métallique et l'abaissa de toutes ses forces. Les poids à l'autre bout de la corde se soulevèrent d'un coup sec et il les maintint en suspension sans trembler, les muscles de ses épaules contractés. Il décompta les secondes dans sa tête – trente, vingt, dix – avant de faire redescendre les poids. Ils se posèrent au sol sans un bruit, ce qui lui arracha un sourire. Être fier de la délicatesse avec laquelle il accomplissait l'exercice était un peu stupide, mais tous n'en étaient pas capables, alors pourquoi se priver ?

Max Paine se leva du banc et balaya la salle du regard. Ce club de gym était de loin le plus cher de tout Southampton mais la qualité se payait. L'endroit, discret, offrait un panorama sur le Solent, disposait d'équipements dernier cri et attirait les amoureux de la gonflette. Deux filles aux muscles parfaitement dessinés passèrent devant lui tandis qu'il s'épongeait avec sa serviette ; il en profita pour admirer leurs fessiers bien rebondis. Elles feignaient d'être plongées dans leur conversation mais savaient qu'il les reluquait et elles adoraient ça. Max se dit qu'il devrait aller leur parler avant de partir.

Il les observait toujours qui s'avançaient vers les tapis de course quand son regard fut attiré par l'un des grands écrans plasma au mur. Il y en avait partout ici, qui diffusaient du sport, des émissions spécialisées, des feuilletons et bien sûr les jeux télévisés qui engorgeaient la grille des programmes en journée. Il n'accordait en général aucune attention aux images qui s'y succédaient – lui venait ici pour s'entraîner –, mais cette fois ce qu'il vit le stoppa net.

Les infos diffusaient une conférence de presse de la police du Hampshire. Max ne connaissait pas le type qui s'exprimait et ses écouteurs n'étaient pas branchés, si bien qu'il n'entendait pas ce qu'il disait ; mais ses yeux se posèrent sur le bandeau au bas de l'écran qui indiquait : « Meurtre au Cachot. » Il laissa tomber sa serviette sur le banc et tapota sur sa console pour se régler sur la bonne chaîne.

« … en garde à vue. Nous ne dévoilerons aucun nom pour l'instant, mais nous sommes en mesure de confirmer qu'il s'agit d'un homme d'une quarantaine d'années, domicilié dans la région. »

Max Paine ouvrit grand ses deux oreilles. Il était allé au Cachot à de nombreuses reprises et depuis qu'il avait appris le décès de Jake Elder, il épluchait les journaux en quête d'informations.

« Nous n'avons rien de plus à ajouter pour le moment. Comme vous le savez, le commandant Grace dirige cette enquête, et j'ai la conviction que nous allons progresser sans tarder. Il n'y a aucune inquiétude à avoir, cette affaire est considérée comme un incident isolé. »

Max se pétrifia. Son ouïe lui jouait-elle des tours ? Non, l'homme avait bien mentionné le commandant Grace. Il partit soudain d'un grand éclat de rire, s'attirant les regards interloqués des bodybuilders alentour. C'était trop beau pour être vrai. C'était même inestimable.

Son envie de s'entraîner envolée, il se dirigea vers la sortie à grandes enjambées, l'esprit bouillonnant des milliers de possibilités que ce revirement de situation inattendu engendrait. Il avait là une occasion en or de se faire de l'argent. Un bon paquet de fric. Ce qu'il avait à dire pourrait financer son onéreux abonnement au club de sport, et bien d'autres choses encore.

41

— C'était donc votre troisième visite au Cachot ?

— En effet, répondit Jackson en se gardant bien de développer.

Helen approuva d'un signe de tête, sans insister. De toute évidence, il ne s'était jamais confié à personne sur le sujet auparavant.

— À quelle heure êtes-vous arrivé sur place ?

— Vers 20 heures.

— Étiez-vous accompagné ou…

— J'étais seul.

Au ton de sa réponse, Helen comprit qu'il était « seul » depuis longtemps.

— Ce n'est pas un aspect de ma vie que je partage, poursuivit-il de lui-même. Ni que je souhaite partager. Je suis en plein processus.

— Vous l'avez dit à Jake Elder en revanche.

Jackson leva d'un coup les yeux sur Helen avant de les rabaisser à nouveau.

— Comment l'avez-vous rencontré ?

— J'ai participé à un Munch. C'est…

— Nous sommes familiers du concept. Continuez.

— Eh bien, j'avais un peu fureté sur le Net. J'imagine que j'ai toujours été attiré par les hommes, mais je n'en avais jamais parlé à personne, et je n'avais jamais rien fait en ce sens jusqu'à récemment. C'est peut-être parce que les enfants sont grands, ou parce que je dispose de plus de temps libre. Ne vous méprenez pas, j'aime ma femme, mais une part de moi…

Helen hocha la tête sans rien dire. Elle attendait la suite.

— J'aime le sadomasochisme. J'ignore pourquoi. J'ai un métier stressant, une vie bien remplie… mais c'est peut-être une fausse excuse…

— Et M. Elder ?

— Quelqu'un au Munch l'a mentionné, alors j'ai pris contact avec lui. Nous avons eu une séance chez lui, dans son appartement et… En fait, ça a été un peu comme une révélation pour moi.

Helen acquiesça de nouveau. Comme il était étrange d'entendre un autre exprimer des sentiments qu'elle avait éprouvés. Elle conserva néanmoins un visage impassible. Elle attendait davantage que ce préambule qui n'en finissait pas.

— Je le voyais aussi souvent que je le pouvais. J'ai dépensé des fortunes avec lui. Au bout d'un moment, ce n'était plus viable, alors j'ai décidé de m'aventurer dans la communauté sadomaso, histoire de voir si je pouvais trouver un peu de… compagnie.

— Une démarche plutôt risquée, intervint Charlie.

— En effet, compte tenu de ma situation… Mais il existe une sorte de règle tacite dans ce genre d'endroits. Si vous y voyez quelqu'un que vous connaissez – une personne de votre vie « normale » – vous ne dites rien.

— Ce qui se passe dans le milieu reste dans le milieu.

— Quelque chose dans ce goût-là.

— Et mardi soir, alors ? interrogea Helen pour reprendre le contrôle de la conversation. À quel moment et de quelle façon avez-vous retrouvé Jake Elder ?

— Je l'ai aperçu sur la piste de danse. Il avait l'air de s'ennuyer. Il avait l'air… triste.

— Pour quelle raison ?

— Aucune idée.

— Et ensuite ?

— Je l'ai salué, répondit Jackson d'un ton prudent. Je lui ai fait signe et il s'est approché. Je lui ai proposé… de m'accompagner quelque part.

— Y a-t-il eu un contact physique ?

— Un peu, oui. Je l'ai caressé pour le mettre dans l'ambiance.

— Comment expliquez-vous la présence de votre salive sur sa joue et son oreille ?

Jackson poussa un soupir, remua sur son siège.

— C'est parce que je l'ai léché.

— OK.

— Je lui ai murmuré à l'oreille ce que nous pourrions faire et ensuite, j'ai léché son lobe. Je ne sais pas ce qui m'a pris…

— Et après ? insista Helen.

Elle sentait que Jackson rentrait dans sa coquille. Ces confessions lui coûtaient.

— Il m'a rembarré.

— Pour quelle raison ?

— Aucune idée ! rétorqua Jackson avec un rire amer qui lui valut un regard empli de reproches de la part de son avocat. Il a prétendu qu'il ne voulait pas mélanger le personnel avec le professionnel. Mais qui sait ?

Helen considéra Jackson d'un œil attentif. L'excuse était pratique et Jake n'était plus là pour confirmer ou infirmer ces informations. L'amertume qu'il exprimait n'était-elle qu'une parade ? Jouait-il la comédie ?

— Êtes-vous allé dans une chambre privée à l'arrière du club ?

— Non.

— Vous nous certifiez que nous n'y découvririons aucune preuve de votre présence ? Ni cheveux ni empreintes, rien ?

— Je ne m'en suis pas approché.

— Pourquoi pas ?

— Je ne sais pas, à vous de me le dire. Peut-être que ce n'était pas mon soir, c'est tout.

— Un bel homme comme vous ?

— Chacun ses goûts, cracha-t-il avec aigreur.

— Vous êtes bien sûr que Jake n'a pas accepté votre invitation et ne vous a pas emmené dans un endroit plus intime ?

— Écoutez, je vous ai dit ce qu'il s'était passé. Si vous ne me croyez pas…

— Vous aimez la brutalité dans le sexe ?

— Ne répondez pas, intervint l'avocat.

— Voyons, Paul ! Nous sommes en train d'examiner l'historique Internet de votre téléphone. Nous avons récupéré vos ordinateurs professionnel et personnel. Nous allons découvrir ce qui vous attire, alors inutile de me cacher quoi que ce soit maintenant.

— Oui, j'aime que ce soit un peu violent.

— Paul… tenta de l'avertir avec délicatesse son avocat, mais il ne parut pas l'entendre.

— Vous intéressez-vous aux jeux extrêmes ? Avez-vous déjà regardé des vidéos ? Y avez-vous assisté en vrai ?

— Oui.
— Y avez-vous déjà participé ?
— Ça m'est arrivé.
— Avez-vous déjà pratiqué la momification ?
— Oui, mais ça ne veut pas dire que…
— Dire quoi ?
— Que j'ai fait du mal à Jake.
— Pourquoi pensez-vous cela ? Je n'ai pas mentionné la momification en rapport avec sa mort. Pas plus que les médias. Alors comment êtes-vous au courant ?
— Je ne le savais pas… Je disais ça comme ça.
— L'avez-vous tué, Paul ?
— Non.
— L'avez-vous entraîné dans une des salles privées ce soir-là, l'avez-vous ligoté…
— Non ! Je vous le répète : non.
— L'avez-vous puni comme il le méritait ?
— Je ne ferais jamais ça.
— Pourquoi ?
— Parce que ce n'est pas mon truc.
— Vous vous contredisez, Paul. Vous venez de reconnaître que vous aimiez…
— J'aime la brutalité, oui, mais…
— Mais quoi ?
— Mais je suis en bas, OK, jamais en haut, finit-il par lâcher en fusillant Helen du regard.
— Pardon, je suis un peu perdu… intervint son avocat.
— En bas, c'est le soumis. En haut, c'est le dominant, expliqua Helen, désireuse de garder l'attention sur Jackson.
— Je… Je n'aime pas soumettre, dit Jackson d'une voix hésitante. J'aime être humilié, violenté, souillé.

C'est pour ça… que je n'aurais jamais pu faire une chose pareille.

Jackson releva la tête pour croiser le regard d'Helen. Avec surprise, elle vit qu'il était sur le point de pleurer.

— Je vous en prie, croyez-moi. Je n'ai pas tué Jake Elder.

42

— Est-ce qu'il ment ?

Helen et Jonathan Gardam s'étaient retranchés dans la cour pour fumer, loin des oreilles indiscrètes de leurs collègues, des avocats et de la secrétaire de Gardam.

— Difficile à dire. Il semble sincère, mais plusieurs éléments le relient à Elder ainsi qu'à la scène de crime. De plus, Lynn Picket possède un compte bancaire à la Santander. Ç'aurait été du gâteau pour lui de récupérer son numéro de carte dans leur système informatique et de l'utiliser à ses propres fins.

— Est-ce qu'il prendrait vraiment un tel risque ?

— Comment faire le rapprochement ? Il y a près d'une centaine d'employés dans cette banque, des milliers ont accès au système informatique.

— Bon, quelle est la prochaine étape ?

— Je vais retourner voir Meredith, elle aura peut-être quelque chose qui rattache Jackson à la scène de crime. Ils ont prélevé des tonnes d'indices : des mégots de cigarettes, des bouteilles de bière, des cheveux, de la salive, du sperme… Si nous parvenons à déterminer qu'il se trouvait dans cette chambre privée, nous aurons la preuve qu'il a menti.

— Et sinon ? Que vous souffle votre instinct ?

— Je ne crois pas franchement à l'instinct du flic, répliqua Helen en jetant son mégot par terre.

La nicotine ne lui apportait aucun apaisement aujourd'hui, mais elle n'en avait pas moins envie d'en griller une autre sur-le-champ.

— Vous devez bien avoir une opinion quand même, insista Gardam.

— Je serais tentée de le croire, en l'absence de preuve du contraire.

— Pourquoi ça ?

— Il se trouvait sur place à l'heure correspondante mais… ça ne lui ressemble pas, selon moi. Ce meurtre n'est pas ordinaire, il est élaboré et provocateur. C'est une déclaration : l'auteur de ce crime veut attirer notre attention. Il joue peut-être très bien la comédie, mais j'ai plutôt l'impression que Jackson ne souhaite pas qu'on sache qu'il aime les hommes, ou les pratiques sadomasos.

Gardam hocha la tête, le regard posé sur la cigarette abandonnée par terre. La trace du rouge à lèvres d'Helen sur le filtre était encore visible.

— Il est marié, père de jumeaux, poursuivit Helen. Il mène une double vie et je pense qu'il ne veut pas que ça change.

L'ironie de cette remarque ne lui échappa pas – cette affaire n'en finissait pas de lui revenir en pleine figure – et elle joua avec son briquet pour éviter de regarder Gardam dans les yeux.

— Vous voulez le maintenir en garde à vue ? lui demanda celui-ci en interrompant le flot de ses pensées.

— Ce n'est pas utile, à mon sens. Il ne risque pas de s'enfuir ; toute sa vie est à Southampton. Et je ne veux pas lui mettre trop la pression au cas où nous aurions tort. Il me paraît assez fragile psychologiquement.

— Je vous soutiendrai quelle que soit votre décision.

— Merci.

Gardam offrit une autre cigarette à Helen, qui l'accepta sans une seconde d'hésitation.

— Ce n'est pas bon pour la santé, je le sais, dit-il en allumant sa cigarette avant d'en prendre une pour lui. Mais je n'arrive pas à m'en passer. Je ne peux fumer qu'ici puisque Sarah pense que j'ai arrêté.

Helen esquissa un petit signe de la tête, sans entrer dans son jeu. Elle n'avait jamais été à l'aise avec cette façon qu'avaient ses collègues masculins de tromper leur épouse puis de s'en vanter.

Après un bref silence, Gardam demanda :

— Vous allez bien, Helen ?

— Bien sûr. Pourquoi cette question ?

— Vous êtes un peu pâle, c'est tout. Y a-t-il un problème ?

— Non, mentit-elle. Je suis toujours un peu sur les nerfs lors d'une grosse enquête. Je ne dors déjà pas beaucoup en temps normal…

— Je suis pareil, répondit Gardam. Vive le café et les cigarettes, hein ?

— C'est ça.

Ils fumèrent en silence un moment puis Helen annonça :

— Je ferais mieux d'y retourner.

Gardam acquiesça et Helen s'éloigna, aspirant une dernière bouffée de nicotine en route. Gardam la regarda traverser la cour, les yeux rivés sur elle, jusqu'à ce qu'elle disparaisse de son champ de vision et qu'il se retrouve seul.

43

Elle regarda dans le miroir et n'y vit que de la noirceur.

Ce n'étaient pas les griffures sur ses bras ni les bleus sur son visage qui la choquaient, mais ce qu'elle découvrait dans ses yeux. Une lumière qui se mourait, le vide qui se propageait. Elle ignorait depuis combien de temps elle était assise là, à se morfondre, mais elle finit par trouver le courage de se remuer. Ces deux derniers jours l'avaient beaucoup ébranlée.

Elle descendit les dernières gouttes de sa vodka puis attrapa son mascara pour achever de se préparer. Presque toute sa vie, elle avait été seule, sans amis, et la seule constante – en dehors de l'autodestruction, de la drogue et des poupées, bien sûr – c'était ça. Sa peinture de guerre faisait partie d'elle depuis toujours et sans, elle ne se sentait pas complète. Il y avait un côté apaisant, excitant et libérateur dans ce rituel d'amélioration personnelle ; et puis elle adorait la sensation des pinceaux sur sa peau. Ces choses-là lui avaient toujours plu – une fois, sa mère lui avait dit qu'elle possédait une grande intuition pour la

« texture ». Un des rares compliments qu'elle lui ait jamais faits.

Elle reposa son pinceau, approcha le pot de gel. Elle en prit une bonne dose dans le creux de sa main et l'appliqua sur ses cheveux. Souvent elle se coiffait en pétard, une coupe savamment négligée, mais pas aujourd'hui.

Les paumes pressées avec force sur son crâne, elle plaqua sa chevelure. Elle aimait cette allure sévère et androgyne et elle tenait à ce que pas un cheveu ne dépasse.

Une fois satisfaite, elle se leva et se dirigea vers la penderie. C'était la partie la plus douloureuse, aussi mieux valait s'en débarrasser au plus vite. Elle sortit le corset à baleines de l'armoire et l'enfila. Elle saisit les liens et tira dessus de toutes ses forces. Le corset lui comprima la cage thoracique, expulsant tout l'air contenu dans ses poumons. Elle ne pouvait plus respirer mais ne lâcha pas, elle tira encore plus fort. Elle aimait cette sensation d'étouffement et d'essoufflement, de douleur. Au bout de trente secondes, elle céda et relâcha les liens d'un cran avant de les nouer. Elle s'examina dans le miroir et se réjouit du résultat. Elle était élégante, douce et maîtresse d'elle-même.

Le temps pressait maintenant, alors elle se glissa dans sa combinaison, passa la main par-dessus son épaule pour remonter la fermeture Éclair dans le dos. Puis, de retour dans la salle de bains, elle appliqua la touche finale. Des lentilles de contact colorées changèrent ses iris bleu clair en marron chocolat. Sa chevelure brune et brillante, son teint d'une pâleur peu habituelle et ce regard différent faisaient d'elle une étrangère. Elle ne se reconnut pas dans le miroir.

Elle espérait que les autres non plus ne la reconnaîtraient pas.

Ses préparatifs achevés, il n'y avait plus aucune raison d'hésiter. Elle éteignit la lumière et gagna d'un pas vif la porte d'entrée. L'heure du combat venait à nouveau de sonner.

44

— Je vais relâcher Paul Jackson.

Helen avait convoqué toute la brigade dans la salle de conférences. Cette annonce provoqua une onde de choc dans l'assemblée et affecta Charlie en particulier, mais Helen n'était pas d'humeur à discuter. Si Jackson jouait peut-être un rôle dans cette affaire, d'après Helen, il n'en était pas pour autant l'insaisissable tueur sadique qu'ils pourchassaient. L'admettre avait beau être accablant, ils étaient revenus à la case départ.

— Sous caution, et nous le mettons sous surveillance, mais je veux élargir les recherches et envisager d'autres possibilités. Pour l'instant nous partons de l'hypothèse que le meurtre de Jake Elder n'est pas un acte opportuniste. Le choix méticuleux du lieu, la fraude à la carte bancaire ainsi que les tactiques employées pour dissimuler l'achat des accessoires indiquent la préméditation.

— Doit-on en conclure que Jake Elder était visé en particulier ? Que l'assassin planifie son crime depuis longtemps ? s'enquit le lieutenant Reid.

— Des éléments dans les communications d'Elder ou ses récentes activités appuient-ils cette théorie ?

Aurait-il mis quelqu'un en colère ? se contenta de répondre Helen.

— On n'a rien trouvé du côté de la drogue ou de l'argent, intervint Lucas.

— Ni dans sa vie privée ni dans sa vie professionnelle, ajouta Edwards. Il semblait mener une existence plutôt… creuse, en toute franchise.

Helen ressentit la pointe acérée de la culpabilité lui transpercer le cœur, mais elle poursuivit coûte que coûte.

— Il faut donc envisager la possibilité que le meurtrier n'avait aucun grief personnel à l'encontre d'Elder.

— Plutôt contre ce qu'il représente, peut-être ? proposa Lucas.

— Ça pourrait être un crime de haine, intervint Sanderson. Antigay ? Anti-BDSM ?

— Possible, mais dans ce cas, il me semble que le meurtre aurait été revendiqué, répliqua Helen. Ou au moins que le coupable aurait fourni un semblant de justification à son acte. Restons vigilants sur ce front, voyons si quelqu'un se manifeste dans les prochaines vingt-quatre heures.

— C'était peut-être juste pour prendre son pied ? proposa Edwards. Le sentiment de contrôle, jouer au Dieu tout-puissant. L'idée, c'était peut-être de jouir du spectacle de la mort d'Elder…

— Il aurait pris un gros risque, n'importe qui aurait pu entrer dans la salle, le coupa Helen pour ne pas s'attarder sur cette vision.

— Sans doute, renchérit Edwards, mais d'après Blakeman, il existe une règle tacite au club qui veut qu'une porte fermée signifie « ne pas déranger ».

— Et si c'était un acte de dénonciation ? suggéra ensuite Sanderson. En tuant Jake Elder, son assassin révèle au monde entier ce qu'il était vraiment. Un dominateur, un « pervers »…

Helen hocha la tête, étouffant son inquiétude. Elle avait déjà vu ça dans l'affaire Ella Matthews : une jeune prostituée qui assassinait ses clients masculins pour dévoiler au grand jour leur vraie nature. Ce meurtre était-il l'œuvre d'un imitateur ?

— Mais cela voudrait dire que le meurtrier n'appartient pas à la communauté BDSM, riposta Charlie. Et ça ne tient pas la route, selon moi. Je crois que le tueur connaissait cette boîte de nuit, qu'il est familier du milieu sadomaso et que son choix de cible est délibéré.

Sanderson ne répondit pas. Ses collègues non plus. Comme Helen l'avait prévu, tout le monde était au courant de leur prise de bec et personne ne voulait s'en mêler.

— En l'absence d'éléments spécifiques, il nous faut garder l'esprit ouvert quant aux motivations du tueur, déclara Helen en décochant le même regard d'avertissement à Sanderson et à Charlie. Pour l'heure, occupons-nous de ce que nous savons. Le tueur est calme, méthodique…

— Ce ne serait donc pas son coup d'essai ? intervint Reid.

— Possible. Nous devons en tout cas envisager l'éventualité qu'il ait un passé criminel. Recherchons en priorité les crimes les plus évidents : crimes de haine, séquestration… Mais j'aimerais aussi que l'on s'intéresse aux individus inculpés pour fraude à la carte bancaire ces cinq dernières années et que l'on croise les noms avec la liste que nous avons déjà. Où en est-on avec les utilisateurs de Snapchat ?

— En plus de Jackson, nous avons retrouvé la trace de sept d'entre eux sur les vingt de la liste. Ils ont tous un alibi, répondit Charlie.

— Ça n'est pas suffisant. Il reste douze suspects potentiels qui dissimulent leur identité et ont un lien personnel avec le défunt. Retrouvez-les tous, et vite.

Charlie hocha la tête sans rien dire, Helen poursuivit :

— Edwards, je voudrais que vous creusiez un peu plus la piste de la carte de crédit. C'est la seule trace laissée par le tueur jusqu'à présent. Comment a-t-il obtenu les coordonnées bancaires de Lynn Picket ? Vérifiez les antécédents de ses amis, de sa famille, des travailleurs à domicile, quiconque aurait pu avoir accès à son sac à main. Renseignez-vous sur les magasins où elle fait ses courses, les sites Internet sur lesquels elle effectue des achats, et demandez à l'équipe technique de chercher si son numéro de carte a pu être vendu au noir sur Internet. Si le tueur aime l'anonymat, il doit utiliser un navigateur web libre et sécurisé.

— Je leur demande tout de suite.

— J'ai également chargé le capitaine Sanderson de dresser la liste des participants au Munch d'hier soir. Je suis sûre que la rumeur de notre présence sur les lieux s'est répandue comme une traînée de poudre, poursuivit Helen, et nous allons avoir du mal à infiltrer une autre réunion. Il ne nous reste donc qu'à exploiter les éléments déjà en notre possession.

— Je ferai passer la liste à tout le monde, s'empressa d'ajouter Sanderson. Notre principal suspect répond au nom de « Samantha ». C'est une transsexuelle à moitié opérée, d'homme à femme, qui pratique le BDSM extrême, avec des antécédents d'agression, coups et blessures, etc.

— Pour finir, conclut Helen, lieutenant McAndrew, je vous demande de tenir tout le monde informé des résultats des analyses médico-légales. Puisqu'il n'y a pas d'autre ADN que celui de Jackson sur le corps de la victime, nous devons nous pencher sur les autres indices recueillis dans la salle et ses alentours. Si une correspondance avec un individu ayant un casier – même pour délit mineur – en sort, il faut en tenir compte.

Le silence tomba sur la salle, chacun avait les yeux rivés sur Helen.

— Eh bien, bougez-vous ! aboya-t-elle. Il y a un meurtrier dans la nature !

Sur ce, elle tourna les talons et partit s'isoler dans son bureau.

45

Helen poussa la porte et jeta son blouson sur le canapé. Elle se sentait vidée et abattue, les grands espoirs qu'elle avait fondés ce matin étaient anéantis. Elle avait besoin de temps et d'espace pour rassembler ses pensées, se ressaisir. Cependant, elle avait à peine gagné son bureau qu'elle entendit la voix furieuse de Charlie.

— Tu aurais pu me prévenir !

Helen pivota et vit Charlie entrer et refermer avec colère derrière elle. Helen la considéra un instant puis posa son regard sur la porte, irritée par cet acte d'insubordination. Elle n'était pas d'humeur à être contrariée aujourd'hui.

— J'ignorais que je devais te soumettre mes décisions, rétorqua Helen qui peinait à contenir sa colère.

— Jackson est un bon suspect.

— Je confirme, mais tu étais présente avec moi dans cette salle d'interrogatoire. Tu crois sincèrement qu'il est coupable ?

— Il est trop tôt pour le dire. Il faut le questionner à nouveau.

— On le libère en ce moment même.

— Quoi ? Pourquoi, bon sang ? Nous ne l'avons interrogé qu'une seule fois. Nous pouvons le garder encore quarante-huit heures au moins…

— Parce que, s'il est innocent, je ne tiens pas à démolir sa vie. Il fait déjà l'objet de spéculations plutôt ignobles dans la presse…

— Je comprends que…

— Vraiment ? Sache qu'il y a des personnes qui, pour des raisons tout à fait valables qui ne regardent qu'elles, désirent maintenir séparés les différents aspects de leur vie, des personnes qui n'ont commis aucun délit…

— Mais Elder l'a repoussé. Jackson lui-même l'a avoué. Il voulait coucher avec lui et il s'est fait rembarrer. Il a un mobile solide…

— Tellement solide que deux semaines plus tôt il a commandé une panoplie d'articles de bondage pour planifier son meurtre ? Ce n'est pas un crime passionnel, alors n'essaie pas d'arranger les indices pour qu'ils collent à ta théorie.

— Tu n'en sais rien ! riposta Charlie en laissant éclater sa colère. Il pourrait très bien avoir acheté ces accessoires en toute discrétion, dans l'intention d'en faire un usage ludique, mais ce soir-là, le sentiment de rejet l'aurait…

— Prouve sa présence dans cette chambre, alors, rétorqua Helen. Apporte-moi la preuve qu'il se trouvait sur la scène de crime et nous pourrons en discuter.

Les deux femmes s'affrontaient maintenant, plantées en face l'une de l'autre. Helen jeta un œil par la baie vitrée de son bureau. Le reste de l'équipe ne perdait pas une miette de leur dispute. Elle devait y mettre un terme au plus vite.

— Je pense que nous commettons une erreur, déclara Charlie d'un air de défi.

— J'en prends note, répliqua Helen. Mais j'aimerais que tu réfléchisses à la raison pour laquelle tu tiens tant à considérer Jackson comme suspect. Aurais-tu quelque chose à prouver à Sanderson ?

— C'est moi qui le surveillais, il était mon suspect, c'était à moi de l'appréhender.

— Et maintenant que tu l'as récupéré, tu veux avoir raison. Te venger de ta collègue.

— C'est faux ! Oui, Sanderson a dépassé les bornes…

— C'est *moi* qui lui ai dit de l'arrêter. Parce que tu n'étais pas là.

Cette fois, Charlie ne trouva rien à redire, piquée au vif par le sous-entendu.

— Tu étais en retard et je ne laisserai le manque de professionnalisme de personne entraver cette enquête.

— C'est injuste ! répliqua Charlie, choquée par cette attaque personnelle. Je travaille plus dur que n'importe qui…

— Je fais un simple constat. Tu n'étais pas en poste quand tu aurais dû y être.

Charlie dévisagea Helen, sans voix.

— Mais je vais te dire : puisque tu es à ce point convaincue que Jackson est le coupable, tu peux te charger de sa surveillance.

— Voyons, c'est le boulot d'un lieutenant, ça.

— Eh bien maintenant, c'est le tien, assena Helen.

Charlie ouvrit la bouche pour protester mais Helen ne lui en laissa pas le temps.

— Apporte-moi la preuve de sa culpabilité. Prouve-moi que j'ai tort et je ravalerai mes paroles.

Elle traversa le bureau et ouvrit la porte avec ostentation.

— Sache une chose, en revanche, Charlie. Cette affaire ne tourne pas autour de toi. Tu penses peut-être le contraire, mais c'est faux. Elle concerne un homme innocent…

La voix d'Helen s'éteignit tandis que ressurgissait dans son esprit l'image du corps sans vie de Jake.

— Un homme innocent qui mérite qu'on lui rende justice, termina-t-elle.

— Pourquoi agis-tu ainsi ? demanda Charlie, soudain submergée par l'émotion.

— Parce que c'est mon travail. Tu ferais mieux de te rappeler le tien.

Elle fixa Charlie, la mettant au défi de lui répondre. Cette fois, elle n'en fit rien. À la place, elle tourna les talons et quitta le bureau d'Helen sans prononcer un mot. Helen se retrancha aussitôt derrière sa table et se mit en tête de consulter ses dossiers. Elle sentait son visage qui la brûlait, comme si elle était en faute. Elle devait se reprendre.

Le silence régnait dans la salle des opérations de l'autre côté. Tous faisaient de leur mieux pour paraître occupés et absorbés par leur besogne, mais ce n'était qu'une façade. Tandis qu'elle tournait d'un geste distrait les pages du dossier devant elle, Helen se doutait que les regards étaient posés sur elle. Tout le monde l'observait mais personne ne disait rien.

46

Max Paine feuilleta les pages du journal jusqu'à ce qu'il tombe sur ce qu'il recherchait. L'*Evening News* foisonnait d'articles à sensation sur le meurtre du Cachot mais c'était le cahier central qui l'intéressait. Là, dans le coin supérieur droit, se trouvait le portrait de la journaliste et son numéro de ligne directe.

Les impressionnantes cicatrices sur sa figure ne faisaient pas d'Emilia Garanita un canon, mais son visage était connu à Southampton, et son nom rattaché à plusieurs reportages d'investigation qui avaient fait du bruit. Elle ne craignait pas de s'aventurer là où les autres rechignaient à mettre le pied, de se mouiller et d'interroger quiconque pouvait lui fournir un scoop. Paine comptait bien tirer avantage de son audace.

Il rencontrerait Garanita et évoquerait les grandes lignes de l'information qu'il détenait et se proposait de la lui vendre. Il lui demanderait ensuite de lui faire une offre pour son exclusivité. Puis, sous prétexte d'y réfléchir, il contacterait Grace et verrait ce qu'*elle* était prête à débourser. Le plus offrant l'emporterait. Après tout, il ne menait pas une croisade morale. Il voulait juste s'en mettre plein les poches.

Il composa le numéro de Garanita sur son portable et se détourna pour plus d'intimité : inutile que les autres clients du café écoutent sa conversation. Pas de chance : il tomba sur le répondeur. Il décida de se montrer bref et concis.

— Je m'appelle Max Paine. J'ai des informations concernant le meurtre du Cachot, des informations qui pourraient vous intéresser. Rappelez-moi à ce numéro. J'attends votre appel.

Il raccrocha, satisfait d'avoir accompli cette première étape, mais contrarié de ne pas avoir parlé à Garanita en direct. Bon, il aurait tout le temps pour ça. Inutile de se stresser en début de partie.

Il termina son café, feuilleta d'un air distrait le reste de l'*Evening News* avant de partir. Il se faisait tard et il avait du travail. Il envisagea d'emporter le journal mais il avait maintenant le numéro de Garanita enregistré dans son téléphone ; il le jeta donc avec nonchalance sur la table en sortant. La serveuse nettoya derrière lui, ramassa la tasse vide et s'arrêta un instant devant la une du quotidien abandonné. Elle contempla avec une expression qui ressemblait à de la compassion le visage heureux et souriant de Jake Elder sous le gros titre tapageur :

MEURTRE À CARACTÈRE SEXUEL À SOUTHAMPTON.

47

Assis l'un en face de l'autre, ils se dévisageaient sans qu'aucun n'ose prononcer une parole.

L'énorme soulagement que Paul Jackson avait éprouvé en apprenant qu'on le relâchait s'était vite transformé en profonde angoisse lorsqu'il avait songé à ce qui l'attendait. Il ne se sentait pas le courage de téléphoner à Sally ; il n'était même pas sûr qu'elle décrocherait. Aussi s'était-il contenté d'un texto. Un message bref, informatif. Anodin comme ceux qu'il avait déjà envoyés des dizaines de fois auparavant. Il rentrait à la maison, ils se verraient bientôt. Pourtant, là, ces mots prenaient un sens différent.

Dans l'espoir d'éviter les journalistes, il s'était faufilé par une porte dérobée du commissariat central de Southampton, mais bien sûr, ils l'attendaient dehors. Et ils se trouvaient aussi devant chez lui lorsqu'il s'était garé dans sa rue. Impossible de passer par-derrière – le mur qui ceignait le jardin était trop haut pour être escaladé sans échelle. Sitôt descendu de voiture, il avait foncé comme une flèche vers le portail, percuté un journaliste et fait tomber un photographe par la même occasion. Personne ne lui barrait franchement la route mais tous entravaient d'une manière ou d'une autre sa progression. Ils cherchaient à le provoquer, à le faire sortir de ses gonds, mais il avait réussi à garder la tête baissée et ses émotions contenues jusqu'à sa porte d'entrée.

Sa main tremblait lorsqu'il avait glissé sa clé dans la serrure, et quand enfin il avait pu se réfugier à l'intérieur, la maison lui avait paru étrangement vide. Une autre maman avait récupéré les jumeaux à l'école et les deux garçons ignoraient encore tout des derniers événements. Sally, pour sa part, l'attendait dans la cuisine, assise à la table, les mains croisées devant elle.

Par habitude, il voulut l'embrasser, mais y renonça. Il tira une chaise, un des pieds produisit un bruit aigu et perçant sur le parquet, et il s'assit. Le grincement avait fait tressaillir Sally et, lorsqu'il posa les yeux sur elle, il vit qu'elle était au bord des larmes. Cette image le rendit malade. C'était sa faute. Toute cette… peine. Il en était la cause.

— Je n'ai pas pu sortir, annonça tout à coup Sally. Ils ont sonné, frappé à la porte. J'ai débranché le téléphone fixe, mais ils ont récupéré mon numéro de portable quelque part…

— Je suis tellement désolé, Sally. Je n'ai jamais voulu…

— Dis-moi que c'est un malentendu, je t'en prie, répliqua-t-elle aussitôt d'une voix vacillante. J'ai lu le journal, je sais de quoi il…

— Bien sûr que c'est une erreur, chérie. Je ne suis pas un homme violent. Je ne ferais jamais ça à qui que ce soit.

— Et pour le reste ?

Soudain, Paul se retrouva incapable de la regarder.

— Cet endroit. Là où l'homme est mort…

Elle n'en dit pas plus, mais la question sous-jacente était claire.

— Oui, j'y suis allé.

— Combien de fois ?

Paul ne répondit pas.

— Combien de fois y es-tu allé ? Et ne me mens pas, Paul !

— Six, peut-être sept fois.

— Pour quoi faire ?

L'espace d'une seconde, il fut tenté de mentir, d'édulcorer un peu pour atténuer le coup. Il pourrait prétendre qu'il y allait pour boire, ou danser... Pourtant, au final, il dit simplement :

— J'y vais pour rencontrer des hommes.

Sally acquiesça d'un léger hochement de tête puis se leva. Paul l'imita, esquissa un pas dans sa direction, mais elle l'arrêta d'un geste de la main. Sans un regard pour lui, elle tourna les talons et quitta la cuisine avant de se précipiter dans l'escalier. Paul entendit la porte de leur chambre claquer et, peu après, ses sanglots déchirants.

Il marcha jusqu'à la fenêtre, tira les rideaux afin de boucher la vue aux photographes qui se tordaient le cou pour les épier depuis le mur opposé. Précaution inutile... il était trop tard pour protéger sa famille. Jamais il ne s'était autant haï qu'à cet instant. Cela faisait des années qu'il n'avait pas entendu son épouse pleurer et voilà qu'en une seule horrible journée il avait détruit leur bonheur, sa tranquillité d'esprit et la foi qu'elle avait en lui.

Son arrestation médiatisée la mettrait dans l'embarras aussi bien à la maison qu'au travail. La révélation de sa bisexualité serait une blessure cuisante. Ils auraient peut-être pu trouver le moyen de résoudre la situation ensemble, pour le bien des garçons, s'il ne l'avait pas trahie. Il lui avait menti soir après soir, pour coucher avec des inconnus. C'était cela son plus grand tort en fin de compte, et jamais Sally ne lui pardonnerait. Et pour être honnête, lui non plus ne se pardonnerait jamais.

48

Depuis son point d'observation de l'autre côté de la rue, Charlie assista à la terrible scène qui se déroulait dans la maison. Elle avait beau ne pas être convaincue de l'innocence de Paul Jackson, elle n'en compatissait pas moins à son infortune. Tout comme elle, cette famille s'était levée ce matin sans se douter une seconde de ce qui allait lui tomber dessus. Ils attendaient peut-être même beaucoup de cette journée. Mais le temps que le soleil accomplisse sa course quotidienne, des secrets avaient été révélés, des accusations lancées et le bonheur d'une famille avait volé en éclats.

Son métier amenait Charlie à croiser la route de nombreux personnages déplaisants, mais peu étaient aussi désagréables et impitoyables que les journalistes qui campaient à présent devant le domicile des Jackson. Avec le temps, ils se disperseraient, attirés ailleurs par une nouvelle information, mais les prochaines quarante-huit heures, ils feraient vivre un enfer à la famille Jackson. Il existait des moyens légaux pour se protéger des intrus, mais la mise en place de ces mesures était longue. Et la meute médiatique, les journalistes télé et radio, les blogueurs et autres se seraient frayé un chemin jusqu'à leur porte bien avant qu'on le leur ait interdit.

Ils affirmeraient ne faire que leur travail, jouant du refrain habituel « on est dans un pays libre », mais au fond, ils adoraient ça. C'était de l'intimidation pure ; ils étaient tels des fauves prêts à fondre sur quiconque représentait une proie de choix pour eux. Ils escaladeraient les murs, monteraient aux réverbères, s'égosilleraient à travers la boîte aux lettres de la porte d'entrée, ils soudoieraient, menaceraient, flatteraient… Tout cela dans l'espoir de recueillir quelques mots des accusés ou de prendre une photo de l'épouse éplorée. Beaucoup de personnes en pensaient autant des flics : qu'ils ne servaient qu'à causer des problèmes et des soucis. Mais dans l'esprit de Charlie, les deux professions n'avaient rien en commun.

Le vent frais vint s'enrouler autour de Charlie qui, maudissant sa malchance, regagna sa voiture pour fuir la morsure du froid. Helen savait pertinemment que ce serait une perte de temps, et elle la punissait en lui assignant cette surveillance. S'il était facile de se mêler aux journalistes et aux badauds sans se faire repérer, il était aussi peu probable qu'avec une telle foule amassée devant chez lui Jackson commette un quelconque acte incriminant. S'il était malin, il ne bougerait pas jusqu'à ce que l'intérêt qu'on lui portait s'amenuise.

Charlie avait la troublante impression qu'Helen était remontée contre elle. Les paroles qu'elles avaient échangées un peu plus tôt étaient dures, les mots avaient ébranlé Charlie au plus profond de son être ; et même si elle reconnaissait qu'elle méritait une mise à l'écart à cause de sa dispute avec Sanderson, jamais elle n'aurait cru se faire réprimander de la sorte en public. Le comportement d'Helen en ce moment ne lui ressemblait pas – elle était irréfléchie et imprévisible – et Charlie en était déconcertée. D'autant plus qu'elle sentait qu'elle avait encore à faire ses preuves.

Elle espérait que son exil serait de courte durée. Sa famille lui manquait, elle détestait l'inertie relative aux planques et désirait plus que tout retourner au cœur de l'action. Mais cette affaire produisait un drôle d'effet sur tout le monde : sur Helen, sur Sanderson, sur elle-même. Elle se demandait si ses relations avec sa chef étaient entachées pour toujours. En toute franchise, elle n'avait jamais autant craint pour son poste que ce soir.

49

— Celle-ci pourrait coller.

Penchée par-dessus son bureau, Sanderson passa à Helen la feuille qu'elle avait imprimée depuis la base de données informatisée de la police. L'atmosphère était tendue après l'affrontement avec Charlie, et Sanderson fournissait de gros efforts pour se montrer efficace, professionnelle et productive. À l'instar de sa rivale, elle avait encore du chemin à faire.

— Il y en a plusieurs sur la liste mais c'est celle qui semble la plus probable d'après la description faite par Dennis. Son véritable nom est Michael Parker, c'est une transsexuelle opérée mais pas complètement, qui vit désormais en tant que femme. Elle a utilisé plusieurs identités différentes au fil des années…

— Sharon Greenwood, dit Helen en lisant la feuille, Beverley Booker et plus récemment *Samantha* Wilkes.

— Exact. Et regardez son casier : rixe, possession de drogues, vol, abus de confiance, séquestration…

— Qu'est-ce qu'on a sur cette dernière accusation ? demanda Helen.

— On l'a interrogée mais jamais inculpée. Il y a eu un incident avec un certain Julian Bown, un homme marié qu'elle aurait ramené chez elle. D'après Parker, la relation était consensuelle, Bown a prétendu le contraire, il a voulu porter plainte pour coups et blessures puis a laissé tomber au dernier moment.

— Et l'abus de confiance ?

Sanderson parcourut son dossier afin de trouver la page correspondante.

— Fraude à la carte bancaire, dit-elle en relevant les yeux sur Helen.

Elle dissimula avec brio l'excitation que faisait naître en elle la découverte d'une nouvelle piste. Mieux valait ne pas s'emballer alors que l'humeur de sa supérieure était encore incertaine.

— D'après Dennis, Samantha ne rate jamais un Grand Gala annuel, alors il y a des chances qu'on trouve des preuves de sa présence… poursuivit-elle.

— Interrogeons-la, décida Helen. Ce Dennis sait-il où la trouver ?

— J'imagine.

— Dans ce cas, je vais lui rendre une petite visite. Pendant ce temps, prenez contact avec les cliniques spécialisées dans le changement de sexe, à commencer par celles qui se situent à Southampton. Élargissez ensuite le champ d'investigation. Si Samantha n'a pas terminé sa transformation, on ne devrait pas avoir de mal à la retrouver. Et essayez de mettre la main sur Julian Bown. S'il habite toujours la région, nous l'interrogerons.

— Entendu, chef.

— On se tient au courant. Beau boulot, Sanderson.

— Merci.

— Mais ça n'excuse en rien ce qu'il s'est passé ce matin, ajouta Helen en baissant la voix. Vous en avez conscience, je n'en doute pas, alors je n'insisterai pas. Je dirai seulement que j'attends de tous les membres de mon équipe qu'ils travaillent ensemble quel que soit leur rang hiérarchique, leur tempérament ou leur vie privée. Est-ce que c'est clair ?

— Limpide.

— Je suis ravie de l'entendre.

Sanderson regarda Helen ramasser son blouson et quitter le bureau d'un pas décidé tout en distribuant les tâches à ses collègues. En matière de réprimande, celle-ci avait été brève et directe ; Sanderson savait qu'elle l'avait échappé belle. Cependant il lui restait du travail à accomplir. La libération de Paul Jackson avait peut-être mis Charlie en colère, mais elle jetait aussi une ombre sur Sanderson. De toute évidence, Helen ne croyait pas en sa culpabilité, et la décision de Sanderson d'une arrestation publique lui apparaissait désormais comme peu judicieuse.

Charlie avait raison à propos de ses motivations. Sanderson se sentait bel et bien menacée par elle, et l'opportunité de briller et de souligner l'absence de sa rivale avait été trop belle pour ne pas être saisie. Elle avait espéré que ça jouerait en sa faveur, mais cela s'était retourné contre elle. Tout n'était pas perdu pour autant et une nouvelle piste ainsi que des progrès dans l'enquête pourraient remettre les compteurs à zéro. Elle ferait tout ce qui serait en son pouvoir pour remédier à la situation car, au-delà de la trahison, de l'insécurité et de la confusion, une chose demeurait vraie : elle désirait plus que tout gagner l'estime du commandant Grace.

50

Emilia Garanita appuya sur la touche haut-parleur et composa le numéro. Il ne restait plus qu'elle dans le bureau et c'était son ultime corvée de cette journée aussi éprouvante que satisfaisante. Elle mettait un point d'honneur à retourner les appels et à répondre aux e-mails qu'elle avait reçus avant de quitter le bureau – une de ses petites fiertés de journaliste, qui la différenciait de ses confrères. Une fois son devoir accompli, elle rentrerait chez elle, ouvrirait une bouteille de vin et se plongerait dans l'édition du journal du soir.

C'était son péché mignon : elle ne se lassait jamais de voir ses mots imprimés. Ce n'était peut-être qu'un quotidien de province aux yeux de certains, mais pour Emilia ça avait toujours représenté bien plus. Il s'agissait d'un journal local, qui informait sur *sa* ville, et elle s'enthousiasmait encore de voir son nom et sa photo en haut de la page.

Le cahier central du jour était particulièrement bon. S'il était de notoriété publique que ceux qui occupaient des postes stressants et à hautes responsabilités évacuaient souvent la pression de manière peu orthodoxe, un directeur de banque respectable qui se révélait un homosexuel refoulé pratiquant le sadomasochisme était tout de même un cadeau du ciel. Cette histoire contenait tous les ingrédients les plus savoureux : meurtre, sexe, trahison… Et promettait de durer un moment. Pas uniquement parce que le tueur courait toujours, mais aussi à cause de la double vie que menait le principal suspect, Paul Jackson, heureux en ménage et père de deux enfants. La révélation de son implication dans le meurtre du Cachot avait été, à en juger par l'expression sur son visage, un véritable choc pour son épouse, sans parler de leurs amis et de leurs voisins.

C'était le genre d'histoire qui ferait jaser dans tout Southampton, qui inciterait chacun à s'interroger sur ses propres voisins, sur ce qu'ils fabriquaient à la nuit tombée. L'*Evening News* n'avait donc pas lésiné sur les moyens, offrant une nouvelle fois quatre pages à Emilia. Ils avaient fait un montage de la scène de crime, établi une chronologie possible des événements et développé à outrance les opinions d'un psychologue sur l'attrait du BDSM extrême. Cet angle en particulier avait contribué à étoffer un portrait plus large de Paul Jackson. Au début, ils avaient hésité à révéler son nom, mais une fois l'homme relâché sous caution, tous les coups avaient été permis. Qu'il fût coupable ou non. En un sens, peu importait. L'information restait explosive, cocktail détonant de secrets, de mensonges et de dépravation.

L'appel sonnait dans le vide ; Emilia raccrocha et recomposa le numéro. La fatigue la gagnait à présent, si bien qu'au bout de quinze sonneries elle capitula et s'en alla. Ce que Max Paine avait à lui dire pourrait bien attendre une journée de plus.

51

— C'est toujours agréable de voir un nouveau visage, déclara Max en s'asseyant à califourchon sur la chaise pour examiner la nouvelle venue. On ne se connaît pas, si ?

— Non, je suis de passage.

— Tu m'as l'air bien équipée pour quelqu'un qui ne fait que passer.

— Oh, ne te fie pas à ça ; je suis une débutante en fait.

Max Paine se fendit d'un sourire. Il aimait ces échanges taquins et participait toujours volontiers au jeu des clients disposés à faire du temps passé ensemble davantage qu'une simple transaction sans âme. Ceux-ci revenaient, devenaient des habitués ; avec eux, ce travail gardait son côté amusant et ne se transformait pas en corvée.

— Eh bien, laisse-moi te guider, suggéra-t-il en se levant pour marcher vers elle.

Elle était grande et mince, avec des cheveux noirs et lisses, un maquillage appuyé aux yeux. Un look berlinois classique qui lui allait à ravir. Il fit glisser ses doigts le long de son bras, s'arrêta pour masser son épaule. Elle poussa un soupir de contentement et il lui caressa alors le dos avant de ramener ses mains devant. Poursuivant ses caresses, il les fit courir sur sa poitrine avant de venir les poser sur son entrejambe. Le renflement mou et délicat qui commençait à durcir sous sa paume lui indiqua que les choses seraient encore plus intéressantes qu'il n'avait cru.

— Tu es une fille pleine de surprises ! s'exclama-t-il en tournant autour d'elle pour l'admirer.

— Et tu n'as encore rien vu, répondit-elle, espiègle.

Avec un sourire, Max s'éloigna pour gagner le placard fermé à clé au fond de la pièce.

— Nous avons deux heures devant nous pour cela. Qu'est-ce qui te ferait plaisir ?

Sur ce, il ouvrit la double porte de la penderie pour dévoiler son arsenal de cravaches, de fouets, de pagaies, de battes, de masses et bien d'autres instruments encore. Il n'y avait rien qu'il ne pouvait fournir à ses clients, rien qu'il n'avait essayé.

— Tu es adorable, mais je me demandais si on pouvait utiliser ce que j'ai apporté. Je ne m'en suis jamais servie et je vais avoir besoin d'un peu d'aide.

Sans attendre la réponse, elle alla fouiller dans le sac à coulisse qu'elle avait laissé tomber près de la porte à son arrivée. Max la regarda en sortir plusieurs entraves et une combinaison intégrale en élasthanne. La tenue paraissait flambant neuve, le tissu luisait sous la lumière des plafonniers.

— Je sais qu'on vient juste de se rencontrer, mais j'aimerais corser un peu les choses. Je voudrais tenter les jeux extrêmes. Tu peux enfiler ça ?

D'ordinaire, Max y allait en douceur lors d'une première séance, mais cette fille semblait savoir ce qu'elle voulait. Il hocha la tête et s'avança pour prendre la combinaison. Au moment où il s'en emparait, elle posa une main gantée sur son bras.

— Le truc, Max, continua-t-elle dans un murmure, c'est que je voudrais que ce soit *toi* mon esclave ce soir. Tu es prêt à être mon esclave ?

Il marqua un temps d'arrêt et l'observa avec plus d'attention. Elle était séduisante et autoritaire. Elle n'avait pas l'air d'une psychopathe, mais on n'était jamais sûr de rien.

— C'est un peu osé pour une première, dit-il. Peut-être quand on se connaîtra mieux ?

— Dommage, mais comme tu veux, répondit-elle en reposant la combinaison. Les temps sont durs. Tout le monde a peur en ce moment, c'est pour ça que j'étais prête à payer le prix fort. Mais bon, une autre fois…

— Combien ?

Il se détesta de poser la question, mais impossible de s'en empêcher. Il avait trois mois de loyer de retard et vivait dans la crainte constante d'être expulsé.

— Cinq cents livres en plus si tu es un vilain garçon. Mille si tu es vraiment très vilain.

Sa cliente sortit une liasse de billets de vingt qu'elle posa sur la table.

— Qu'est-ce que tu en dis, Max ? Tenté ?

Il la détailla de haut en bas ; elle n'était pas bien épaisse. Avec un haussement d'épaules, il céda. Il se rapprocha d'elle et lui dit en lui offrant son plus beau sourire :

— Je suis tout à toi.

52

— Vous pouvez pas débarquer ici comme ça !

— Je n'ai pas débarqué, Dennis. J'ai sonné et votre mère m'a fait entrer.

La mention de sa mère le fit tressaillir. Dennis approchait la cinquantaine, il était en surpoids et sous-employé, et à l'évidence ses sentiments sur le fait d'habiter encore chez ses parents étaient mitigés. Phyllis Fitzgerald était une septuagénaire mince et soignée, qu'on entendait maintenant préparer du thé dans la cuisine. Helen l'imaginait bien accomplir la tâche selon la tradition – chauffer la théière, utiliser des feuilles de thé – et se demanda si les règles de la maison aussi étaient méticuleuses et démodées. Ordonnait-elle encore à son fils adulte de ranger sa chambre ?

— On vous a pas assez vus, vous les flics ?

— Vous les flics ?

— Nous n'avons rien fait d'illégal, nous n'avons rien fait de mal. Vous n'avez pas le droit de venir nous espionner pendant nos réunions…

— Quand on refuse de nous parler, quel autre choix avons-nous ?

Dennis la fusilla du regard sans répondre.

— Toute la communauté BDSM prétend être choquée par le meurtre de Jake Elder, reprit Helen. Et malgré cela, personne ne s'est manifesté pour nous apporter son aide. Du coup, je m'interroge sur la sincérité de votre émotion.

— Allez vous faire foutre.

— Attention, Dennis, votre mère pourrait vous entendre…

L'homme lui décocha un nouveau regard noir. Le tintement de la vaisselle leur parvint depuis la cuisine.

— Je crois que vous cherchez à vous protéger. Vous pouvez prétendre que c'est parce que vous vous méfiez de la police, mais je pense qu'il s'agit plutôt de garder votre petit secret bien au chaud. Ne vous méprenez pas. Je comprends tout à fait et je n'ai aucune envie de vous compliquer la vie, alors…

— Comment vous m'avez trouvé ?

— Le site Internet de La Confrérie. L'adresse IP de l'administrateur est enregistrée ici. La liste électorale mentionne une Phyllis et un Dennis Fitzgerald à cette adresse. Il a fallu moins de cinq minutes à l'un de nos techniciens pour vous localiser. Pas terrible pour une société secrète.

— Et vous harcelez les autres aussi ?

— Non, juste vous, Dennis. Parce que vous détenez une information dont j'ai besoin.

Helen sortit la photo de Michael Parker de son sac et la lui tendit.

— Vous reconnaissez cette personne ?

Dennis y jeta un rapide coup d'œil avant de la lui rendre.

— Regardez la photo comme il faut, Dennis. Ou je vous promets que je vous arrête pour obstruction à une enquête policière.

Tandis qu'Helen haussait le ton, le bruit de vaisselle dans la cuisine s'arrêta. Des perles de sueur se formèrent sur le front de Dennis.

— Nous savons qu'il a un casier. S'agit-il de la personne qui vous a fait du mal, Dennis. Est-ce que c'est Samantha ?

Il ne répondit pas mais Helen nota les tremblements de sa main qui tenait la photo.

— Si vous craignez pour votre sécurité…

— Ce n'est pas ça…

— Ou que vous vous inquiétez de trahir un membre de votre communauté, je peux sans problème vous garantir l'anonymat.

Sa mère n'allait plus tarder maintenant, Dennis répondit avec précipitation :

— Je ne sais pas où elle habite, mais oui, c'est elle.

— Vous n'êtes jamais allé chez elle ? Ou à son travail ?

— Elle a pris contact avec moi par Internet, on ne s'est retrouvés que dans des endroits neutres. Des boîtes, des chambres d'hôtel…

— Allez, Dennis, fit Helen d'un ton enjôleur. Donnez-moi quelque chose d'utile.

— Je sais qu'elle se produit parfois au club Le Bout du Chemin.

Helen poussa un soupir de soulagement. Le Bout du Chemin était un bar gay dans le centre de Southampton, spécialisé dans les numéros de travestis et de cabaret.

— C'est une artiste ?

— Des fois elle sert derrière le bar, d'autres fois elle danse. Elle se fait appeler « Pandora » sur scène. Pour être honnête, je l'évite depuis… vous savez. Mais elle y bosse sans doute encore.

— D'après vous, elle pourrait être responsable du décès de Jake Elder ? Elle serait capable de tuer ?

Dennis prit quelques instants pour réfléchir puis lui rendit la photo.

— À mon avis, oui.

Avec un hochement de tête, Helen récupéra le cliché. À point nommé, la mère de Dennis apparut dans l'encadrement de la porte. Après avoir remercié Dennis pour son aide et assuré à la curieuse Phyllis qu'il n'y avait pas de quoi s'inquiéter, Helen prit congé.

Elle regagna sa moto d'un pas vif sans quitter du regard la photo dans sa main.

Était-ce là le visage du meurtrier ?

53

— Là, ça ne fait pas si mal, hein ?

Elle parlait d'une voix douce mais tendue. Max sentait qu'elle était excitée par ce qu'ils avaient fait. Et ce qu'ils allaient bientôt faire.

Il s'était déshabillé devant elle, pour son plus grand plaisir, puis il s'était glissé dans la combinaison qu'elle avait apportée. La forme était bien ajustée et elle le recouvrait de la tête aux pieds. Il songea que sa cliente avait bien plus d'expérience qu'elle ne le laissait croire. Max n'avait pas souvent enfilé de combinaison, cette pratique venue d'Asie n'était pas son truc, mais il aimait l'allure que ça lui donnait. Il ressemblait à un Spiderman dépravé, chaque centimètre carré de son corps recouvert de Lycra noir.

À l'intérieur, sa perception était altérée, étrange. Il entendait toujours mais les sons étaient étouffés, il voyait mais tout lui paraissait assombri. Il se sentait différent, comme s'il n'était plus lui-même. Et cette curieuse sensation était encore amplifiée par le fait que, pour une fois, il était celui qui subissait plutôt que celui qui infligeait les violences. C'était contraire à la règle et, compte tenu des récents événements, il avait été tenté de refuser. Mais sa partenaire semblait maîtresse d'elle-même et les coups qu'elle donnait étaient modérés. De plus, il avait tendance à ne pas prêter foi à la spéculation enflammée des tabloïds sur la présence d'un tueur au sein de leur communauté. Il ne serait pas du tout surpris si la mort de Jake Elder se révélait être un simple accident monté en épingle par la presse.

Soudain, Max remarqua qu'elle s'était arrêtée. Il était encore penché sur le cheval de bois. Lorsqu'il se releva, il vit qu'elle était de nouveau partie fouiller dans son sac à malice.

— Pieds et poings liés, annonça-t-elle en brandissant les menottes hogtie faites de chaînes et de cuir avec un air de triomphe. Je crois que nous avons assez pataugé dans le petit bain, non ?

Max traversa la pièce pour se mettre à l'endroit qu'elle lui désignait.

— Plus un mot à partir de maintenant. Tu fais ce que je dis, c'est tout, ordonna-t-elle.

Il hocha la tête, appréciant le jeu.

— À genoux. Maintenant, les bras dans le dos.

Max s'exécuta. Il sentit qu'elle lui ligotait les chevilles avec les menottes en cuir. Elle tira ensuite d'un coup sec ses bras en arrière, les rapprocha de ses pieds jusqu'à ce que les doigts de Max touchent la plante de ses pieds. Alors elle les attacha aussi. Les quatre menottes, deux aux chevilles, deux aux poignets, étaient rassemblées par de courtes chaînes aux maillons d'acier, rendant presque impossible le moindre mouvement de sa part.

Il était à genoux, et entièrement à sa merci. Sa bouche était sèche et son cœur battait à tout rompre dans sa poitrine. Elle l'avait prévenu qu'elle faisait dans l'extrême ; et il songea qu'il était sur le point de découvrir la définition exacte qu'elle donnait à ce mot. Il l'entendit qui se déplaçait. Elle vint se poster juste devant lui puis se mit à sa hauteur. Elle frotta sa joue contre la sienne, et il fut incapable de réprimer son excitation grandissante quand elle murmura enfin :

— Que les jeux commencent.

54

Paul Jackson pénétra dans le garage et referma d'un geste sec la porte derrière lui. Par trois fois maintenant il avait essayé de parler à Sally. À ses deux premières tentatives, sa femme lui avait simplement claqué la porte de leur chambre au nez, mais à la troisième, elle avait fini par retrouver l'usage de la parole et lui avait ordonné de faire sa valise et de s'en aller.

Il ne s'attendait pas à ça. Il avait cru qu'elle lui permettrait de rester pour qu'ils puissent réfléchir ensemble à la manière dont ils pourraient arranger les choses. Il avait supposé, à tort, que c'était en partie pour cette raison que quelqu'un d'autre s'occupait des garçons, pour qu'ils discutent en toute tranquillité.

Mais elle ne voulait pas de lui dans la maison. En fait, elle ne voulait plus et ne pouvait plus poser les yeux sur lui. Ces dernières vingt-quatre heures avaient été atroces, mais là, c'était la goutte d'eau qui faisait déborder le vase. Il avait sangloté en implorant son pardon. Il l'*aimait* – en dépit de tout ce qu'il avait fait, il l'aimait maintenant plus que jamais.

Elle était restée sourde à ses supplications, elle avait refusé de négocier. Et malgré sa terreur de devoir affronter la foule de journalistes, il avait obtempéré, attrapé sa petite valise sur l'étagère de l'armoire et jeté des bricoles dedans. Il ne partait jamais en voyage, n'effectuait aucun déplacement professionnel, et il avait l'impression de jouer dans une affreuse comédie de boulevard tandis qu'il fourrait chaussettes, chemises et nécessaire de toilette dans la valise, se préparant à un voyage qu'il n'avait aucune envie de faire.

Il déverrouilla la voiture d'un clic et ouvrit le coffre pour y ranger son bagage. Il tomba avec un bruit sourd qui se répercuta sur les murs de brique tout autour. Ils avaient fait refaire le garage quelques mois plus tôt seulement. C'était censé être son espace à lui. Quel gâchis et quelle perte d'argent cela lui paraissait maintenant.

Il grimpa sur le siège conducteur et s'empara de la télécommande de la porte. C'était donc ça ? Il quittait le domicile familial ? À l'intérieur, il n'y avait rien d'autre que la désolation et le désespoir. Qu'est-ce qui l'attendait au-dehors ? Une foule de journalistes lubriques, des badauds et des voisins enthousiastes venus profiter du spectacle de sa disgrâce, sans parler des deux garçons innocents qui ne regarderaient plus jamais leur père de la même manière. Cette idée était épouvantable.

Il reposa la télécommande sans appuyer sur le bouton d'ouverture de la porte et s'empara à la place de la clé de contact. Il descendit les quatre vitres et, bien installé sur son siège, il ferma les yeux et démarra le moteur.

55

Elle remonta la rue en courant, prenant garde à éviter les emballages de hamburgers, les verres à pinte vides et les mares de vomi qui minaient le sol par endroits. Un jeudi soir typique à Southampton, quand les buveurs étaient tous de sortie.

Le Bout du Chemin se situait au cœur de Sussex Place et Helen dut se frayer un passage à travers la foule qui se déversait des pubs pour y parvenir. Une longue file s'étendait devant l'entrée mais elle la remonta sans hésitation et se dirigea droit sur le videur à qui elle présenta sa carte de police.

À l'intérieur, la fête battait son plein. Les profondeurs du bar regorgeaient de plumes de paon, de sequins et de paires d'yeux au maquillage recherché – clients comme serveurs étaient accoutrés pour se faire remarquer. Dans sa tenue de moto en cuir souple et brillant, Helen ne détonnait pas trop, et sa progression difficile jusqu'au bar fut accompagnée de plusieurs sifflements d'admiration. Elle n'y prêta aucune attention ; une petite voix lui soufflait que le temps était compté.

Elle dut hurler pour se faire entendre. Sans enthousiasme, le serveur accéda à sa demande et partit chercher le patron. Avec un juron, Helen pivota pour observer l'endroit. Son regard fut aussitôt attiré par une affiche de Pandora, rongée sur les bords mais bien mise en vedette sur le mur du fond. Helen examina le visage avec attention : malgré l'ombre à paupières mordorée et l'épaisse couche de rouge à lèvres, la froideur qui se dégageait de ces traits était déroutante.

— Je peux vous aider ?

Helen fit volte-face et découvrit un homme chauve pas très grand derrière le comptoir. Craig Ogden était le propriétaire du Bout du Chemin et la présence dans son établissement d'un officier de police un jeudi soir de grosse affluence le rendait un peu nerveux.

— Je dois parler à Samantha. Vous la connaissez peut-être sous le nom de Pand…

— Je la connais sous ses deux noms.

— Elle travaille ici ?

— Elle est de service en fin de soirée. De quoi s'agit-il ?

— À quelle heure commence-t-elle ? demanda Helen en ignorant sa question.

— Elle aurait dû être là pour 22 heures. Mais elle s'est fait porter pâle.

— Quand ça ?

— À l'ouverture. Elle a téléphoné, répondit-il sans cacher sa frustration.

— Où est-ce que je peux la trouver ? Vous savez où elle habite ?

— Oui, mais elle a déménagé il y a quelques semaines. Elle ne nous a pas communiqué sa nouvelle adresse. Si ça se trouve, elle dort dans une benne à ordures. Qu'est-ce que j'en sais ? C'est pas le genre à aimer les questions, et savoir où elle passe ses nuits…

— Vous avez un numéro de téléphone alors ?

— Je vais regarder dans son dossier mais, franchement, elle a commencé sous l'ancien gérant, et la paperasse, c'était pas sa priorité à lui.

— Mais elle vous a téléphoné tout à l'heure, insista Helen. Vous devez…

— En numéro caché. Allez savoir pourquoi…

— Et ses amis ? reprit Helen dont l'agacement commençait à monter. Ou ses collègues ? Y a-t-il quelqu'un ici qui saurait me dire où la trouver ?

— Allez-y, demandez autour de vous, répliqua Ogden avec un haussement d'épaules. Pour vous dire la vérité, je garde mes distances avec elle. Des fois, on sait d'un seul regard qu'il y a un malaise, pas vrai ?

Ogden était lancé maintenant, mais Helen l'écoutait à peine. Elle se tourna pour examiner les centaines de fêtards entassés dans le club. Ce serait comme chercher une aiguille dans une botte de foin…

Helen mit un terme à la conversation et traversa la foule en jouant des coudes, pressée d'échapper au vacarme. Elle voulait retourner au commissariat, faire le point avec Sanderson et voir si le reste de l'équipe avait avancé. Après sa visite à Dennis, Helen avait espéré tenir enfin une piste sur l'insaisissable Samantha. Mais elle quittait Le Bout du Chemin les mains vides et le cœur empli de frustration, tenaillée par le sentiment que Samantha se faisait discrète pour une bonne raison. Elle avait juré de rendre justice à Jake mais elle était encore loin d'attraper son meurtrier.

Sa piste la plus prometteuse venait de partir en fumée.

56

La sueur dégoulinait sur son front, gouttait sur ses yeux. Il faisait une chaleur insoutenable dans la combinaison en Lycra et il s'y sentait de plus en plus mal à l'aise. Ce qui avait débuté comme un jeu transgressif et excitant devenait une épreuve désagréable et inquiétante.

Il secoua la tête pour chasser les perles de transpiration mais ne réussit qu'à se donner le tournis. Son cœur s'emballait, et le tissu élastique qui lui collait à la peau gênait sa respiration. Un instant, il crut qu'il allait s'évanouir ; une première ! Un désastre dans une expérience BDSM… Il se ressaisit et dit :

— Liberté.

C'était leur code. Il le prononça d'une voix fêlée et ne réussit à produire qu'un son faiblard. Normal que sa partenaire ne l'entende pas. Il répéta alors, un peu plus fort :

— Liberté.

Toujours rien. Il savait qu'elle était là, il l'entendait bouger. Pourquoi ne répondait-elle pas ? Dans ce genre de situation, ça n'avait rien de taquin. À l'annonce du mot, on stoppait tout.

— Liberté ! hurla-t-il, soudain saisi par la peur.

Il l'entendit se déplacer vers lui et les larmes lui montèrent aux yeux. Il était furieux contre elle mais si elle le relâchait sans tarder… Il perçut un bruit de déchirure. Qu'est-ce que c'était ? Découpait-elle le tissu pour le sortir de la combinaison ? Ses liens ? Et tout à coup, quelque chose le frappa au visage. Il bondit, surpris par l'impact, et comprit trop tard ce qu'il se passait. C'était du ruban adhésif qu'elle avait déchiré et elle venait d'en coller un morceau sur sa bouche pour le bâillonner.

— Laisse-moi partir.

Il s'époumona mais le scotch, bien en place, étouffa son cri.

— J'aimerais bien, mon chou, mais on ne fait que commencer.

Elle appuya tellement sur ce dernier mot qu'une seconde Max crut qu'il allait vomir. La terreur dominait tout son être désormais ; il comprenait la terrible imprudence qu'il avait commise en jouant le jeu de cette inconnue… Et il sut sans l'ombre d'un doute que son erreur de jugement allait lui coûter la vie.

57

Charlie étouffa un bâillement et consulta l'horloge. Il était presque minuit ; la relève n'arrivait que dans deux heures. Si Helen cherchait à la punir, elle n'aurait pas pu mieux s'y prendre. Steve s'était plaint d'être forcé de jouer le parent unique encore une fois ; ce qui avait agacé Charlie, déjà furieuse. Contre Sanderson, contre Helen, mais surtout contre elle-même. À quel moment était-elle devenue aussi insensible ? Avant, elle était l'officier de police drôle et sympa avec qui tous ses collègues s'entendaient. Aujourd'hui, elle était éreintée, irritable et paranoïaque. Elle ne regrettait pas une seconde d'avoir choisi de fonder une famille, mais celle-ci venait avec tout un tas de droits et de devoirs dont personne ne l'avait avertie, et elle commençait à en ressentir le poids.

Au-dehors, l'enthousiasme de départ de la meute médiatique s'essoufflait un peu. Il faisait froid, et une bruine tombait sur la rue et trempait les irréductibles. Les journalistes les plus chevronnés avaient regagné leur véhicule, conscients qu'on pouvait attraper la mort par une nuit pareille. Ceux dehors s'étaient enveloppés de gros blousons de ski et priaient pour que la météo s'améliore. Ils seraient rentrés chez eux depuis longtemps si un mince filet de lumière n'avait pas filtré sous la porte du garage : ils s'attendaient à tout instant à voir Jackson en sortir au volant de la voiture familiale.

Charlie aussi supposait que c'était Paul Jackson dans le garage car elle avait vu son épouse monter à l'étage des heures auparavant. Chacun, dans le troupeau de photographes qui envahissait la propriété, espérait voler une photo de lui en train de fuir son domicile. Avec un tel angle de prise de vue et dans ce contexte, le sujet était toujours coupable. Les rédacteurs en chef raffolaient de ce genre de clichés, et les reporters étaient prêts à affronter les éléments pour les obtenir.

Charlie égrena les stations de radio une nouvelle fois. S'il était futé, Paul Jackson éteindrait la lumière et irait se coucher. La meilleure façon de traiter avec les journalistes, c'était de leur refuser ce qu'ils mouraient d'envie d'avoir. En traînant ainsi à proximité, il les laissait espérer. Comme rien ne lui convenait, Charlie éteignit le poste et jeta un nouveau coup d'œil à la pendule. Minuit dix.

Paul Jackson avait-il été banni au garage ? Sans doute pas. La maison comportait plusieurs chambres, alors même si sa femme ne le voulait plus dans la sienne… Charlie observa de nouveau le garage. Les enfants dormaient ailleurs et l'épouse avait foncé à l'étage ; Paul Jackson se trouvait donc seul. Depuis plus de trente minutes.

Charlie ouvrit soudain sa portière et sortit sous la pluie. Les gouttes tombaient sur son visage, douces et fraîches, mais elle ne prit pas la peine de remonter sa capuche lorsqu'elle s'avança vers la maison. Si elle se trompait, qu'importe qu'elle soit un peu mouillée. Et si elle avait raison…

Elle marcha droit vers la porte métallique et y colla l'oreille. Une moto passa en rugissant dans la rue et deux ou trois scribouillards hurlèrent en plaisantant qu'elle faisait leur boulot à leur place. Elle leur fit signe de se taire, en vain. D'énervement, Charlie se mit à quatre pattes, les genoux trempés en un instant. Elle colla son oreille contre le bas de la porte, là où un petit interstice laissait filtrer un rai de lumière. Elle entendit le bruit du moteur, mais surtout elle remarqua l'odeur.

Sautant sur ses pieds, Charlie se mit à tirer sur la poignée. La porte du garage verrouillée de l'intérieur refusa de bouger d'un iota. Elle redoubla d'efforts, en vain.

— Venez m'aider ! cria-t-elle aux photographes perplexes.

Devant l'expression sans équivoque de son visage, ils s'exécutèrent.

— Il faut ouvrir tout de suite !

Tandis qu'ils s'échinaient sur la porte, Charlie se précipita à l'entrée de la maison. Elle appuya sur la sonnette une fois, deux fois, trois fois, avant de pousser le battant de la boîte aux lettres pour hurler à l'intérieur. L'heure n'était pas à l'hésitation, ni à la prudence. C'était une question de vie ou de mort.

58

Il avait beau s'étirer dans tous les sens, il n'arrivait à rien. Le tissu du costume était lisse et le parquet ciré, si bien que plus il se mouvait, plus il tournait en rond. Il n'avait prise sur rien et sa tortionnaire le regardait maintenant se débattre en vain. Un spectacle étrangement émouvant. Voilà à quoi ressemblait un être humain à l'agonie.

Tout s'était déroulé selon le plan. Le seul moment un peu périlleux avait été lorsque Paine avait hurlé pour être libéré. Une surprise en fait, comme une preuve de son instinct de survie ou un manque de confiance inné envers sa nouvelle « cliente ». C'était une erreur, mais une petite. Le bâillon de ruban adhésif y avait vite remédié.

Les préliminaires achevés, les préparatifs exécutés, l'heure du coup de grâce avait sonné. Le minable vermisseau qui se tortillait par terre avait-il fait le rapprochement avec le décès de Jake Elder ou était-il aussi ignare que les autres ? À le voir, il était encore en phase de déni, à tenter désespérément de ramper sur le ventre jusqu'à la porte. Que comptait-il faire une fois son but atteint ? L'ouvrir avec les pieds ? C'était la tentative de la dernière chance… Mais de peur qu'il ne cogne dedans et que le bruit n'alerte les voisins, son bourreau abaissa la corde accrochée à la poulie fixée au plafond et la passa dans les entraves avant de l'attacher fermement avec un nœud de pêcheur double sous les poignets de Paine.

Inquiété par le roulement de la poulie, Paine rua de plus belle. Mais au fond, quel espoir avait-il ? Son tourmenteur tira d'un coup sec sur la corde et Paine fut soulevé. Il n'était suspendu qu'à quelques centimètres au-dessus du sol mais ce changement de position l'angoissa. Il fit un ultime effort pour se libérer mais ne réussit qu'à se balancer d'avant en arrière au bout de la corde. Malgré la difficulté à supporter ce poids qui gesticulait, l'assaillant tint bon. Il avança vers le mur en tirant un peu plus sur la corde à chaque pas, jusqu'à ce que Paine se retrouve entre sol et plafond. Alors le bourreau fixa la corde à un crochet puis fit un pas en arrière pour admirer son œuvre : Paine, recouvert de Lycra de la tête aux pieds, tournoyant dans les airs comme un mobile obscène.

La tâche s'était révélée plus laborieuse que prévu mais le plus dur était fait. D'un pas rapide, le bourreau se rendit dans la chambre, glissa la tablette et le smartphone qui se trouvaient sur la table de nuit dans un sac de conservation transparent.

Satisfait, il se dirigea vers la porte. Là, il abaissa le capot en plastique du thermostat. Avec un dernier regard sur Paine, son bourreau monta le chauffage au maximum puis se faufila sans bruit hors de l'appartement.

59

Les portes s'ouvrirent à la volée et l'équipe médicale s'engouffra à l'intérieur. Paul Jackson était étendu sur un brancard, un masque à oxygène fixé sur sa bouche et son nez. Son épouse, le teint livide, courait à côté, la main sur celle de son mari qui restait sans réaction. Il était inconscient lorsqu'ils l'avaient trouvé.

Charlie suivait quelques mètres derrière ; malgré son envie de voir ce qu'il se passait, elle ne tenait pas à gêner les secours. Paul Jackson était mourant et chaque seconde comptait.

Au bout d'un moment, Charlie avait réussi à lever Sally Jackson qui, passé la surprise et l'incompréhension, avait fini par ôter la chaîne de sécurité de la porte d'entrée. Charlie avait alors fusé comme une flèche devant elle et foncé d'instinct vers la porte de communication avec le garage. Jackson l'avait verrouillée de l'intérieur, Charlie avait dû la défoncer d'un coup de pied.

Sitôt la porte ouverte, de gros nuages de gaz d'échappement avaient fondu sur Charlie. Elle n'y avait rien vu et les émanations avaient été atroces. La bouche couverte par son écharpe, elle s'était frayé un chemin à travers le brouillard toxique pour atteindre la voiture.

Par chance, Jackson n'avait pas verrouillé les portières, auquel cas c'en aurait été fini de la tentative de sauvetage… Charlie avait réussi à extirper de l'habitacle le corps inerte à l'instant où les journalistes au-dehors parvenaient enfin à soulever la porte du garage.

Elle avait passé ses bras sous les aisselles de Paul Jackson et l'avait tiré à l'extérieur où elle l'avait allongé en position latérale de sécurité à l'air libre. Quelques secondes plus tard, l'ambulance était arrivée et Charlie avait cédé sa place aux professionnels. Sally était montée dans l'ambulance avec son mari et Charlie s'était hâtée de rejoindre son véhicule, sous les regards emplis de respect des journalistes ; leur hostilité mutuelle oubliée pour quelques heures.

Malgré les efforts des ambulanciers, Jackson n'avait toujours pas repris connaissance à son arrivée aux soins intensifs. Son épouse n'était pas autorisée à l'accompagner plus loin ; après une hésitation, elle se tourna vers Charlie pour chercher conseil. La capitaine de police savait d'expérience que le seul désir de la famille était de se rendre utile, mais il n'y avait pas grand-chose à faire. L'état de Paul Jackson était désormais entre les mains de l'équipe médicale du South Hants Hospital. Un bras autour de ses épaules, Charlie guida Sally jusqu'à un siège vide. Il fallait qu'elle économise ses forces pour la suite.

Ce faisant, Charlie repensa à la grande irritation qui l'agitait plus tôt. Elle mesurait maintenant combien ces pensées étaient indignes d'elle, ses récriminations insignifiantes. La vie n'était pas facile et apportait son lot de frustrations, mais en vérité Charlie avait de la chance. Elle possédait une chose que Sally Jackson risquait de perdre à tout jamais : une famille heureuse, aimante et en bonne santé. Et pour cela, elle remerciait sa bonne étoile.

60

Helen déposa son bouquet de fleurs et embrassa la pierre tombale devant elle. Il était plus de 2 heures du matin et la pluie battante balayait le cimetière isolé. Helen s'attarda malgré tout, le front appuyé contre la pierre froide. Elle n'avait pas dormi depuis près de quarante-huit heures et se sentait trop énervée et bouleversée pour rentrer chez elle. Elle préférait s'occuper, faire quelque chose – n'importe quoi –, plutôt que les cent pas dans son appartement. De toute façon, c'était une corvée qu'elle ne rechignait jamais à accomplir. Marianne était sa famille. Tous les jeudis soir après le travail, Helen venait ici fleurir sa tombe et rendre hommage à la sœur qu'elle avait aimée et perdue.

Après d'ultimes paroles d'amour, Helen tourna les talons et redescendit l'allée. Elle avait espéré qu'un acte de bonté, de souvenir, dissiperait la noirceur qui enflait en elle ; mais elle avait le cœur trop lourd ce soir. Elle rentrait tout juste au quartier général quand Charlie avait appelé pour la prévenir : elle fonçait à l'hôpital, choquée et angoissée. La nouvelle avait été un coup de massue pour toute la brigade. Paul Jackson avait fait un bon suspect et voilà qu'il luttait pour rester en vie.

Avaient-ils poussé un innocent à attenter à ses jours ? Si les médias devraient endosser leur part de responsabilité, les officiers de police aussi. Qu'il s'en sorte ou pas, sa tentative de suicide pèserait lourd sur la conscience de Sanderson ; même si, au final, la faute revenait à Helen. La brigade était sous sa responsabilité et, parce qu'elle n'avait pas réussi à déceler l'hostilité croissante entre ses capitaines, elle avait commis une faute de négligence impardonnable. Tous devraient répondre de la mort de Jackson le cas échéant.

Arrivée aux grilles du cimetière, Helen s'arrêta un instant pour admirer Southampton en contrebas. La nuit était noire et opaque, des trombes d'eau fondaient sur la ville et les lumières scintillaient avec malice comme si elles se délectaient des sombres méfaits qui se produisaient sous le manteau nocturne. Helen songea que leur dernière hypothèse devait être la bonne : un membre de la communauté BDSM avait assassiné Jake. Samantha était un suspect potentiel. Mais si elle était coupable, pour quelle raison avait-elle basculé du mauvais côté ? Qu'est-ce que Jake avait fait pour mériter un sort aussi sauvage ? Et où se trouvait-elle en ce moment ? Comme toujours, trop de questions et pas assez de réponses…

La pluie continuait de battre le flanc de la colline, pourtant Helen demeura immobile. Elle était pétrifiée. Silhouette solitaire perdue dans ses pensées, de toutes parts entourée par la mort.

61

— C'est un plaisir de vous rencontrer. J'aurais préféré que ce soit en de meilleures circonstances.

Emilia gratifia David Simons de son plus beau sourire, entre joie et tristesse. L'ex-petit ami de Jake Elder était arrivé par le premier train en provenance de Londres et Emilia l'attendait de pied ferme. Il y avait peu de chance qu'un autre journaliste soit au courant de sa venue à Southampton, mais mieux valait ne courir aucun risque. Elle l'avait conduit directement de la gare au journal. Ils étaient maintenant réfugiés dans son bureau, devant un petit déjeuner composé de café bien noir et des meilleurs donuts qu'on pouvait trouver en ville. D'expérience, Emilia savait que le sucre était un excellent remède au chagrin.

Avec la fatigue de son vol long-courrier et sous le coup du décalage horaire, Simons était encore plus déboussolé et bouleversé qu'au téléphone. Emilia avait le pressentiment que les larmes n'étaient pas loin de couler et, puisqu'elle ne tenait pas à ce qu'il s'effondre tout de suite, elle l'incita en douceur à lui livrer son histoire.

— Donc, Jake et vous avez été ensemble pendant…

— Six, presque sept mois.

— Et vous vous voyiez régulièrement pendant cette période ?

— Quasiment tous les jours.

— Comment définiriez-vous votre relation ?

— Bonne. C'était super au début. Il était si généreux et gentil…

— Et après ?

Simons leva les yeux sur elle, les traits un instant déformés par la colère. Qu'elle l'arrache aux souvenirs heureux pour le ramener à la douloureuse réalité l'agaçait. Emilia fit comme si de rien n'était et le laissa poursuivre.

— La plupart du temps, c'était chouette. Mais assez vite, il est devenu clair qu'il y avait des… limites à notre relation.

Emilia se pencha en avant, attentive.

— Comment ça ?

— J'en voulais plus que lui.

D'un hochement de tête, Emilia lui signifia qu'elle comprenait.

— Contrairement aux idées reçues, tous les homos n'ont pas des mœurs légères, continua-t-il. Je n'ai eu que des relations sérieuses. Je ne vois pas l'intérêt sinon.

— Et vous espériez que Jake serait le bon ?

— N'est-ce pas ce que tout le monde recherche ?

Emilia se fendit d'un sourire, gardant ses idées pour elle. Était-ce ce qu'elle recherchait ? Elle avait eu des histoires de cœur, bien sûr, mais toutes de courte durée ; son emploi du temps professionnel et ses responsabilités familiales complotaient de concert pour anéantir toutes ses liaisons potentielles. Et aujourd'hui, après tout ce temps, elle doutait être capable de s'engager avec sincérité.

— Quel était le problème, alors ? finit-elle par demander avec une curiosité qui n'était pas que professionnelle.

— Son cœur n'était pas libre.

— C'est-à-dire ?

— Vous êtes toujours aussi brusque ?

Sa colère était maintenant palpable. Emilia avait sous-estimé la fragilité de son interlocuteur et elle s'empressa de se reprendre.

— Pardon si je vous parais un peu brutale. Je ne suis pas du matin, c'est pour ça, et j'ai tendance à mettre les pieds dans le plat. J'essaie juste de me faire une idée de ce que vous avez traversé. Je serais ravie de vous mettre en relation avec la police si vous préférez, afin que vous puissiez obtenir des réponses de leur part.

Ses petites excuses produisirent l'effet escompté. De toute évidence, les flics avaient déjà contacté Simons, mais Emilia avait l'intuition qu'il s'était montré évasif quant à la date de son arrivée en Angleterre. Il semblait vouloir éviter tout contact avec les forces de l'ordre aussi longtemps que possible. En attendant, Emilia était une source d'information utile pour lui ; la garder dans sa poche lui serait profitable, malgré son désarroi évident.

— Excusez-moi, je suis très fatigué…

— Je m'en doute, répondit Emilia avec douceur en lui proposant un autre beignet. Et nous ne sommes pas obligés de parler de ce que vous ne…

— Il était amoureux de quelqu'un d'autre, voilà. Il m'aimait d'une certaine manière mais il y avait une part de lui qui m'échappait.

— Je vois. Savez-vous qui était cette autre personne ?

— Je les ai vus discuter ensemble une fois. Mais ce n'était pas quelqu'un que je connaissais.

— Pourriez-vous me le décrire ?

— *La*. En fait, c'était une femme. Grande, les cheveux aux épaules, jolie.

Intriguée, Emilia nota la description avant de demander :

— Que s'est-il passé ensuite ?

— Je l'ai interrogé. Il a nié avoir des sentiments pour elle mais il mentait, donc j'ai insisté. Il m'a un peu raconté et… Bref, j'étais très contrarié, alors j'ai mis fin à notre relation. J'avais déjà vécu ça avant. Et je préférais qu'on arrête avant de trop souffrir.

— Vous vous êtes séparés ?

— J'ai accepté des missions aux États-Unis. Je voulais mettre autant de distance que possible entre nous. Je ne suis pas sûr d'y être parvenu par contre…

Emilia ne le quitta pas du regard tandis qu'elle écrivait « partenaire féminine ? » sur son calepin. Les larmes qui menaçaient un peu plus tôt finirent par couler. Emilia eut la forte impression que ce pauvre type, qui avait tant aimé Jake durant sa courte vie, l'aimait encore plus dans la mort.

62

Il frappa à la porte avec sa canne mais n'obtint aucune réponse. Qu'est-ce qui ne tournait pas rond chez ces gens ? Ils croyaient que le loyer était en option ou quoi ?

Laissant échapper un juron, Gary Lushington baissa les yeux sur le petit livret qu'il tenait à la main. C'était écrit noir sur blanc : arriérés de loyer sur trois mois. Paine était un locataire correct au début, si on faisait abstraction de la manière dont il gagnait sa vie, mais ces derniers temps, il était fuyant et grincheux, ce qui inquiétait Gary. Ce genre de comportement signifiait en général qu'il allait en être de sa poche. Et il ne comptait pas se laisser faire.

Avec un grommellement, il s'appuya contre la porte et sortit son trousseau de clés en quête de son double. Une étrange sensation le pénétra alors. Son dos était chaud contre la porte, cuisant même. Gary s'écarta d'un mouvement vif et se tourna pour observer la porte.

Il remarqua alors qu'il faisait beaucoup plus chaud dans ce couloir que dans ceux des autres étages où il venait d'effectuer sa tournée. Il avait cru qu'il transpirait à cause de l'effort fourni pour gravir les escaliers.

Les monter devenait plus difficile à présent qu'il se déplaçait avec une canne. Mais il comprenait maintenant que la chaleur émanait de l'appartement. À quoi pensait ce satané Paine ? Pour une journée d'automne, la matinée était douce, bon sang ! Inutile de mettre le chauffage à fond !

Soudain, un mauvais pressentiment envahit Gary. Paine était peut-être parti en laissant le chauffage ? Si ça se trouvait, il avait peut-être même pris le large et décidé de laisser une facture exorbitante en guise de doigt d'honneur.

Résolu à en avoir le cœur net, Gary enfonça la clé dans la serrure, la tourna puis poussa la porte. Il appela Paine d'une voix forte et hargneuse tout en faisant un pas dans l'appartement. Il recula aussitôt, chancela et vint percuter le mur du couloir. Il resta pétrifié, abasourdi et sans voix. La température dans l'appartement était étouffante et une vague de chaleur asphyxiante s'en échappa, submergea le propriétaire sous le choc, avant de se répandre dans le couloir. Mais ce n'était pas cela qui rendait Gary Lushington muet, pas plus que la vue de la forme qui pendait du plafond. Non, ce qui le paralysait, c'était l'odeur.

63

Tous les regards étaient rivés sur elle. L'équipe s'était rassemblée dans la salle de conférences pour le point quotidien et attendait conseils et paroles d'encouragement de la part d'Helen. Malheureusement, elle n'avait ni les uns ni les autres à offrir ce matin ; malgré ses quelques heures de sommeil, elle était toujours épuisée et son esprit fonctionnait au ralenti. Et elle n'avait aucun élément nouveau à fournir. Jamais encore elle ne s'était retrouvée aussi démunie à ce stade d'une enquête. En plus, le récit cru de la tentative de suicide de Paul Jackson dans les journaux du jour n'améliorait pas son humeur. Tout le commissariat central de Southampton, des lieutenants au commissaire principal en personne, était secoué par la tournure inattendue des événements.

— La bonne nouvelle, c'est que l'état de Paul Jackson s'est stabilisé, déclara Helen. Il est toujours en soins intensifs, mais il est conscient et les premiers examens indiquent qu'il n'y aura pas de séquelles neurologiques ni pulmonaires. Il ne va pas fort mais les médecins sont confiants et son pronostic vital n'est pas engagé. Pour cela, il faut remercier le capitaine Brooks d'être intervenue avec autant de sang-froid.

Charlie accepta le compliment d'un petit hochement de tête, les yeux baissés. Évitait-elle de croiser le regard d'Helen ou celui de Sanderson ? Helen espérait que c'était la seconde réponse, la preuve que ses capitaines avaient décidé de ne pas pousser plus loin les hostilités.

— Nous sommes tous très choqués par les événements de cette nuit, je le sais, reprit Helen en s'adressant à l'assemblée. Mais pour l'instant nous devons rester concentrés sur l'affaire. Où en est-on du côté des utilisateurs de Snapchat ?

— Nous en avons éliminé dix-sept sur les vingt maintenant, les informa Edwards. Rien ne les reliait à la boîte de nuit. Une fois que nous aurons écarté les trois derniers, nous élargirons le champ des recherches. Nous passerons en revue les e-mails et les textos d'Elder…

— Nous venons également d'apprendre que David Simons se trouve sur le territoire, intervint Lucas. La police aux frontières a confirmé qu'il avait atterri à Heathrow hier soir. Nous le ferons venir au poste dès que possible, mais il n'a pas l'air pressé de nous contacter.

— Insistez. En parallèle, concentrons-nous sur les suspects potentiels au sein de la communauté BDSM, en particulier sur « Samantha », anciennement connu sous le nom de Michael Parker. Le Bout du Chemin nous a fourni un numéro de portable, mais il n'est pas en service en ce moment. Je veux tout savoir des derniers appels effectués sur ce téléphone, où et quand ils ont été passés. De plus, nous avons connaissance de trois anciennes adresses où Samantha a séjourné au cours des deux dernières années. Je veux qu'on interroge les voisins et les amis, quelqu'un aura peut-être une idée de l'endroit où elle se trouve actuellement. Aussi, interrogez une nouvelle fois les personnes présentes au Cachot, les chauffeurs de taxi de service cette nuit-là. Cherchons un témoin qui l'aurait vue au club. Je veux être informée sur-le-champ de tous les éléments pertinents, bons ou mauvais.

Helen s'apprêtait à distribuer les affectations individuelles lorsqu'elle vit l'officier de garde approcher. D'un signe de la tête, elle demanda à Sanderson de prendre la relève et entraîna l'agent à l'écart. À l'expression de son visage, Helen comprit que ce qu'il avait à lui annoncer était grave.

— La police a été appelée sur les lieux d'un décès suspect ce matin, dit-il à voix basse. Nous ne connaissons pas encore tous les détails mais il semble que la victime ait été suspendue au plafond dans une sorte de combinaison intégrale.

Le sang d'Helen ne fit qu'un tour. Elle se reprit en un quart de seconde et demanda :

— Il y avait des marques de coups sur le corps, des signes de violence ?

— Pas à ma connaissance. D'après les hommes qui se sont rendus sur place, l'appartement était immaculé et le tout ressemblait à une mise en scène.

Helen acquiesça, le cœur battant à tout rompre.

— Vous avez l'adresse ?

L'agent lui tendit une feuille de papier puis s'éloigna, une discrétion qu'Helen apprécia sitôt qu'elle lut l'adresse sur le document dans sa main. Une décharge électrique la traversa. Elle n'y était allée que deux fois mais elle savait parfaitement qui y habitait. Un homme qu'elle méprisait au plus haut point, et qu'elle avait espéré ne jamais revoir.

Max Paine.

64

C'était quoi son problème ? Elle devrait être soulagée, transportée de joie, excitée... Mais elle n'éprouvait aucun de ces sentiments. Son corps la faisait souffrir, sa tête l'élançait. Elle était dans un état pitoyable.

Allongée sur le sol de la salle de bains, Samantha avait le front posé contre le carrelage froid. À son retour chez elle hier soir, elle avait descendu toute une bouteille de vodka. Que ce soit à cause de l'adrénaline de la soirée ou de la mauvaise qualité de l'alcool, elle avait tout rendu une heure plus tard. Elle ne vomissait jamais, mais là, elle ne pouvait plus s'arrêter ; secouée de spasmes incontrôlables, elle avait fini par régurgiter de la bile quand elle n'avait plus eu rien d'autre dans l'estomac.

Si elle en avait eu la force, elle se serait tuée. Sa vie était comme d'horribles montagnes russes alternant entre grandes espérances et déceptions amères – chacune plus dure à encaisser que la précédente. La route était encore longue, elle en avait conscience, mais tout de même... Pourquoi connaissait-elle des hauts si hauts et des bas si bas ? Tous ses psy au fil des ans avaient peut-être raison en fin de compte : elle n'était pas quelqu'un de bien.

Samantha posa une main frêle sur le rebord du lavabo et se mit debout comme elle put. Elle ouvrit le robinet et but avec avidité l'eau qu'elle recueillait dans ses mains en coupe. Elle s'aspergea ensuite le visage, la chaleur irradiait de sa peau, et elle passa ses doigts mouillés dans ses cheveux. Un hoquet profond et violent lui souleva le cœur et elle se remit soudain à vomir, le peu de liquide qu'elle venait d'avaler disparaissant par la bonde avec une rapidité terrifiante. Comme si l'eau ne la supportait pas plutôt que le contraire.

Samantha se laissa retomber à terre, épuisée et vaincue. À quoi bon lutter désormais ? Autant s'abandonner au désespoir. Elle avait essayé de s'intégrer au monde, mais celui-ci ne cessait de la rejeter, la châtiant chaque fois avec plus de force. Elle avait disparu, elle était morte à l'intérieur, et elle se sentait vide, démunie et profondément seule.

65

Les techniciens de scène de crime avaient déjà détaché et descendu le corps puis retiré sa tenue pour analyses. La victime était désormais étendue par terre, complètement nue sous le champ stérile dont on l'avait recouverte afin de lui offrir un semblant de dignité. Ce n'était pas idéal mais c'était le mieux qu'on pouvait faire dans ces circonstances.

Helen s'accroupit et souleva un coin du drap de la pointe de son stylo. Elle savait à quoi s'attendre mais le spectacle n'en fut pas moins atroce. De son vivant, Max Paine avait été bel homme. Son visage était à présent cireux et marbré ; les nombreux petits vaisseaux éclatés transformaient son expression en mosaïque déplaisante. Il avait l'air d'avoir explosé de l'intérieur.

Un frisson fit tressaillir Helen. Elle détestait, non elle méprisait, Max Paine. C'était un homme violent et misogyne qui tyrannisait et humiliait les femmes pour le plaisir. Elle avait fait appel à ses services deux fois et avait amèrement regretté cette décision. Elle n'avait réussi à s'extirper de ses griffes que par une démonstration de violence acharnée. Malgré cela, elle ne lui aurait pas souhaité une telle fin. Toutefois, la situation ne semblait pas être la même ici, il ne s'agissait pas de

Paine qui aurait dépassé les bornes. Non, l'attaque était préméditée et parfaitement orchestrée. Une exécution.

Quel lien y avait-il entre Jake Elder et Max Paine ? Deux hommes aux personnalités diamétralement opposées qui avaient choisi d'exercer la même profession. Helen les connaissait tous les deux, l'un de façon intime, l'autre passagèrement. Cet élément était-il important ? Si oui, en quoi ? Max Paine n'était pas son ami et à sa connaissance le reste du monde ne le regretterait pas non plus. Quel intérêt sa mort représentait-elle dans ce cas ? Jake et lui avaient-ils été choisis spécifiquement ou avaient-ils juste croisé le mauvais client ? Il y avait fort à parier que leur assassin appartînt à la communauté BDSM. Quant au mobile… il restait obscur.

Helen laissa retomber le drap et se releva. Paine ne lui manquerait pas mais son décès la peinait et l'inquiétait en même temps. Si les deux victimes étaient liées, Helen était le dénominateur commun. Si elles ne l'étaient pas, la perspective était encore pire. Helen et son équipe s'étaient démenées pour trouver le lien entre Jake Elder et son meurtrier, mais s'ils n'avaient pas cherché dans la bonne direction ? Le meurtre en lui-même plutôt que l'identité des victimes motivait peut-être le tueur.

Auquel cas, impossible de savoir quand il s'arrêterait. Tuer était une drogue ; le besoin devenait plus pressant et plus intense à chaque nouvel acte. Si l'assassin prenait son pied à exercer un contrôle total sur ses victimes et à frapper avec une apparente facilité sans attirer l'attention, qu'est-ce qui pourrait bien le pousser à arrêter ? Helen avait le mauvais pressentiment qu'il venait juste de trouver son rythme.

Après avoir échangé quelques mots avec Meredith, Helen prit la sortie. L'introspection et la peur ne la mèneraient nulle part. Le coupable avait fait monter les enchères de manière significative et il fallait qu'elle réplique. Elle allait devoir puiser au fond d'elle-même et rassembler tout son courage si elle voulait l'empêcher de tuer à nouveau.

66

— Si on vous demande, vous répondez qu'il s'agit d'une affaire policière et vous les faites dégager. Aucune exception.

L'agent en faction à l'entrée de l'appartement consentit d'un hochement de tête solennel. Il n'avait quasiment pas décroché un mot à Helen depuis son arrivée. Était-ce par respect ? Par crainte ? Impossible à déterminer.

— Vous ne bougez pas tant que la relève n'est pas là, entendu ? Quelqu'un a réussi à accéder sans autorisation à la scène de crime, mercredi. Si cela devait se reproduire, je vous en tiendrais pour responsable. L'accès est interdit.

— Quel dommage ! J'ai sauté le petit déjeuner exprès pour arriver la première.

Helen reconnut aussitôt la voix. Elle fit volte-face et vit sans surprise Emilia Garanita qui s'avançait vers elle.

— Je parlais justement de vous, répliqua Helen.

— En bien, j'espère ?

Helen ne daigna pas répondre, elle tourna les talons et, alors qu'elle s'éloignait de l'immeuble à vive allure pour regagner sa moto, elle lança par-dessus son épaule :

— Je le découvrirai, vous savez.

— Quoi donc ? demanda Emilia, qui l'avait suivie d'un pas rapide pour rester à sa hauteur.

— Qui est votre taupe. Et lorsque je le saurai, je lui retirerai son badge et je vous poursuivrai pour corruption de fonctionnaire.

Emilia émit un petit claquement de langue désapprobateur.

— Pourquoi voyez-vous toujours le pire chez les gens ? Je ne suis qu'une journaliste qui fait son travail, qui suit les règles…

— Vous êtes un vautour qui fait commerce de la misère des gens.

— Voyons, Helen. Je me contente de rapporter les faits, ce que les gens lisent entre les lignes n'est pas de mon ressort.

Helen stoppa net et pivota pour faire face à Emilia.

— J'ai lu de quelle façon vous avez démoli Paul Jackson. Quel était le gros titre, déjà ? « La double vie du banquier qui aimait les fessées » ?

— Je ne rédige pas les gros titres…

— Conneries ! Cette accroche, c'est vous tout craché. Vous vous contrefichez des conséquences de votre journalisme irresponsable et nauséabond.

— Calmez-vous un peu. J'ai le devoir d'informer le public…

— Vous avez le devoir de vous comporter en être humain.

Une seconde, Emilia parut piquée au vif, comme si les accusations d'Helen avaient touché un point sensible. Puis, ses traits se relâchèrent, un mince sourire vint étirer ses lèvres.

— Y a-t-il une raison particulière pour que vous soyez aussi à cran sur cette affaire ?

Helen répondit d'un regard méprisant.

— Vous n'avez participé à aucune conférence de presse, si bien que je n'ai pas pu vous questionner sur votre réaction personnelle quant au décès de Jake Elder.

— Je n'ai rien à dire sur le sujet.

— Mais vous vous connaissiez. Vous étiez amis même…

Helen fusilla Emilia du regard sans prononcer un mot. Elle se doutait que ce moment allait arriver. Emilia n'était pas du genre à oublier un scoop croustillant ni une vieille rancune ; mais mise au pied du mur, Helen n'en était pas moins troublée. Il ne servait à rien de nier sa relation avec Jake, mais elle n'avait aucune envie de développer. Où cela la conduirait-il ? Chantage ? Dénonciation ? Et cette fois, elle n'avait aucune carte dans sa manche à abattre pour écraser la perfide journaliste.

— Nous étions amis, mais je ne l'avais pas vu depuis deux ans, et je dirige cette enquête comme n'importe laquelle.

— À d'autres, Helen ! répliqua Emilia. Vous étiez très proche de lui, vous devez être sous le choc. Je m'étonne qu'on vous ait autorisée à rester aux commandes.

— Vous êtes à côté de la plaque, Emilia, mentit Helen.

— Vraiment ? Je vous ai épargnée la dernière fois parce que vous m'avez convaincue que c'était le mieux à faire. Mais je commence sérieusement à remettre en cause le bien-fondé de ma décision…

— Vous m'avez *épargnée* ? répéta Helen d'un ton incrédule. Vous avez sauvé votre peau, oui. Si vous aviez publié votre article, je vous aurais mise au trou pour surveillance illégale. Arrêtez de vous prendre pour quelqu'un de bien, Emilia, parce que vous ne l'êtes pas.

— C'est ça, répondit celle-ci d'un ton laconique, agacée par ce dénigrement. Attendons de voir où ça vous mène, d'accord ?

Satisfaite d'avoir le dernier mot, Emilia fit volte-face et repartit vers l'immeuble. Elle venait de remporter la première bataille. La question était de savoir si elle gagnerait la guerre.

67

Helen rejoignit à moto le commissariat central de Southampton sans remarquer les autres automobilistes. Une fois n'était pas coutume, elle ne roulait pas vite ; elle avait besoin de temps pour réfléchir. Cette enquête se corsait encore et aucune solution immédiate ni évidente ne pointait à l'horizon. Ce qui avait débuté comme une affreuse tragédie personnelle s'était transformé en un drame plus sombre. Helen devait désormais mener le combat sur deux fronts – arrêter un meurtrier aussi retors qu'insaisissable et écarter la menace de dénonciation.

Bizarrement, cette dernière perspective l'effrayait tout autant que la première. Discrétion et respect de sa vie privée avaient toujours été ses mots d'ordre – elle ne savait pas vivre autrement –, mais voilà qu'elle se retrouvait acculée, prisonnière d'une situation inextricable. Contrecarrer les plans d'Emilia ne serait pas facile, pas plus que deviner ce qu'elle allait faire de l'information qu'elle détenait et conservait précieusement. Emilia devait se douter qu'une tentative d'extorsion était à exclure : Helen préférerait sacrifier sa carrière plutôt qu'être corrompue. Mais alors, quelle autre option avait-elle sinon publier son histoire ? Sortir un long portrait détaillé qui mettrait en exergue l'impossible conflit d'intérêts qu'Helen avait sciemment ignoré dans le but de rendre justice ? Elle imaginait très bien les répercussions hiérarchiques d'un tel article.

Il n'y avait qu'une solution envisageable. Pourtant, elle avait beau en avoir conscience, Helen y rechignait. Elle n'avait jamais laissé quiconque découvrir qui elle était vraiment, elle n'avait jamais permis à personne de devenir proche d'elle. Sa vie n'était pas ainsi sans raison. Mais son secret éventé, il ne lui restait qu'une seule chose à faire : tout avouer avant qu'Emilia ne la coiffe au poteau. Cette idée la rendait malade. Que dire ? Comment trouver les mots ? Hors de question de s'épancher et de voir ses confessions amuser la galerie. Non, si elle devait révéler son secret, elle le ferait de manière concise, contrôlée et ciblée. Et elle devrait agir sans tarder : Helen n'avait aucune idée des intentions d'Emilia et elle refusait d'être démise de l'affaire couverte d'opprobre.

Sa moto garée dans le parking du commissariat, Helen leva les yeux vers la fenêtre en hauteur. Repousser le moment ne servait à rien.

Elle devait parler à Gardam.

68

Charlie considéra le gros balourd mal rasé assis en face d'elle et s'efforça de dissimuler au mieux son dégoût lorsqu'il enfourna un sandwich aux œufs dégoulinant. Tout à sa mastication bruyante, le chauffeur de taxi âgé d'une cinquantaine d'années finit par lever les yeux et croisa son regard.

— Vous prenez quelque chose ? demanda-t-il.

— J'ai déjà mangé, mentit Charlie.

Elle essayait de perdre du poids et le menu proposé au café routier n'était pas des plus diététiques.

— Comme vous voudrez, répondit l'homme.

Il avala une gorgée de café avec un fort bruit de déglutition puis fourra une chipolata dans sa bouche. C'était Charlie qui régalait et il semblait décidé à profiter au maximum de sa générosité.

— Vous avez parlé à l'une de mes collègues hier ?

L'homme acquiesça.

— Vous lui avez dit que vous travailliez mardi soir.

— Je travaille tous les soirs, ma jolie. Pas le choix.

Charlie lui offrit un sourire compatissant.

— Et vous avez pris une course inhabituelle entre minuit et 1 heure du matin.

Il haussa les épaules avant de répondre.

— On voit de tout en bossant la nuit. Mais là, c'était un peu bizarre.

— Bizarre comment ?

— Ben pour commencer, c'était un mec. J'ai cru qu'elle… qu'il était une nana au début. Jambes longues, bien coiffée, maquillée, tenue élégante, tout ça. Mais sa voix était trop grave et il avait une pomme d'Adam, alors…

— Mais qu'est-ce qui était bizarre en fait ?

— À part ça, vous voulez dire ? rétorqua-t-il avec un rire gras.

— Voyons, il y a des tas de pubs gays et de cabarets dans ce secteur. Vous devez prendre ce genre de clients tout le temps.

— C'était plutôt l'état dans lequel il était, reconnut-il.

— Je vous écoute.

— J'ai à peine compris sa destination au début. Il était blanc comme un linge et ça se voyait qu'il avait chialé. Il essayait de le cacher, sauf que son maquillage avait coulé, s'esclaffa-t-il une nouvelle fois. Je voulais pas le faire monter mais il m'a filé un billet de vingt, alors…

— Où l'avez-vous conduit ?

— À une adresse à St Denys, sur Newton Street. La course ne coûtait que 10 livres mais il s'en fichait. Il a bondi du taxi dès qu'on est arrivés et il est parti sans rien dire. À mon avis, il était pas loin de vomir. Je sais pas ce qu'ils prennent dans ces clubs, mais…

— Vous pouvez me le décrire ?

L'homme marqua un temps d'arrêt avant de répondre :

— Grand, je l'ai déjà dit. Mince, très mince. Il portait une sorte de combinaison moulante alors ça se voyait qu'il était pas épais. Il était imberbe aussi, pas un poil de barbe ni rien.

— Et son visage ?

— Des yeux sombres, des sourcils dessinés…

— Des marques ou autre chose sur sa peau ?

— Maintenant que vous le dites, il avait une petite cicatrice sur le côté droit. Même avec son fond de teint, ça se voyait.

Charlie hocha la tête puis sortit une photo du dossier qu'elle tenait sur ses genoux.

— Est-ce la personne que vous avez transportée mardi soir ? demanda-t-elle en lui tendant le cliché.

Il le saisit entre ses doigts tout gras et, après quelques secondes d'examen, le lui rendit.

— Ouais, c'est lui.

Charlie reprit la photo et se fit confirmer l'adresse où il avait déposé son client. Elle remercia ensuite le chauffeur de taxi et partit sans tarder. Enfin, ils tenaient une piste sérieuse.

Un témoin avait vu Samantha à proximité de la première scène de crime.

69

— Merci de me recevoir tout de suite, dit Helen sans parvenir à dissimuler sa nervosité sous son ton assuré.

— Ma porte est toujours ouverte, affirma Gardam avec calme. C'est moche ?

— Très. C'est notre seconde victime. Aucun doute.

— D'où vous vient cette certitude ?

— Le mode opératoire diffère un peu, mais l'intention était sans conteste de faire souffrir la victime autant qu'il est humainement possible et l'exécution était d'une maîtrise professionnelle. C'est un message, comme pour Elder.

Gardam réfléchit un instant. Il semblait tout aussi dégoûté qu'Helen. Au bout d'un moment, il demanda :

— Donc l'appartement est au nom de Max Paine ? Est-ce qu'on est sûr que c'est lui ?

— À cent pour cent.

— Ah, reprit Gardam. Je croyais qu'on cherchait encore un proche pour l'identifier…

— En effet, mais je le connais. C'est ce dont je souhaitais vous parler.

— D'accord. L'avez-vous rencontré dans le cadre d'une affaire précédente ou… ?

Ce « ou » flotta un instant entre eux et Helen sut que le moment était venu de remplir le blanc. Si elle ne disait rien maintenant, elle n'en trouverait plus jamais le courage.

— Il m'est très pénible de vous avouer cela mais me taire serait contraire à l'éthique, commença Helen qui peinait à sortir les mots.

Gardam resta silencieux. Il la fixait d'un regard intense, ce qui rendait la situation pire encore.

— Je connais Max Paine. En fait, je connais les deux victimes. Parce que j'ai été leur cliente.

Gardam conserva un visage de marbre mais Helen devinait le choc qu'il éprouvait devant cette révélation.

— J'ai fait appel aux services de Max Paine. Deux fois. Il y a un peu moins d'un an.

Elle décida d'omettre le fait qu'elle l'avait passé à tabac. C'était déjà bien assez dur comme ça sans qu'elle avoue un acte criminel.

— Avant cela, j'employais Jake Elder, par intermittence. Je ne l'avais pas revu depuis deux ans.

— Bien. Je vois, finit par répondre Gardam à court de mots.

— Je ne tiens pas à entrer dans les détails, continua Helen. Mais j'ai pensé que vous deviez le savoir.

— Et vous n'avez pas cru bon de m'en informer tout de suite après la mort d'Elder ?

— Non, répliqua Helen avec fermeté. Je ne l'avais pas vu depuis des lustres et rien de ce que je pouvais dire n'aurait fait avancer l'enquête. Maintenant qu'un deuxième homme de ma connaissance est… Eh bien, je voulais être honnête avec vous et proposer de me retirer de l'affaire, si vous le jugez nécessaire.

Helen avait longtemps pesé le pour et le contre quant à une mise à l'écart, mais au final c'était ce que la déontologie lui dictait. La seule chose qu'elle puisse faire, compte tenu des circonstances.

Un long silence s'ensuivit. Tandis que Gardam réfléchissait à ce qu'il allait répondre, Helen étudia ses traits en quête d'un signe qui trahirait une réaction instinctive. Que pensait-il ? Avait-elle perdu pour de bon toute crédibilité auprès de son supérieur ?

— Je vous remercie d'avoir partagé ceci avec moi, Helen, dit enfin Gardam. Ça n'a pas dû être facile pour vous.

— En effet.

— Quelqu'un d'autre est-il au courant de vos liens avec les victimes ?

Helen se tut quelques secondes puis, les yeux fermés, elle lâcha sa bombe :

— Emilia Garanita sait pour ma relation avec Jake Elder.

— Merde !

— Mais elle a obtenu cette information de façon illégale et, si elle est maligne, elle ne dira rien. Elle ignore mon lien avec Max Paine.

Helen aurait pu en rajouter mais préféra se taire. En réalité, il y avait peu de chance qu'elle puisse empêcher Emilia d'agir simplement en la menaçant de poursuites. Il y avait prescription sur le délit initial. Mais elle se devait de jouer toutes les cartes en sa faveur auprès de Gardam pour espérer rester sur l'affaire.

Gardam médita quelques instants. Impatiente, Helen finit par exploser.

— Écoutez, si c'est trop bizarre, je peux prendre un congé maladie. Je n'en ai pas envie, mais si c'est ce qu'il convient de faire selon vous, alors nous devons considérer…

— Bien, repassons les faits en revue, l'interrompit Gardam. Vous connaissiez les deux victimes et avez un lien personnel avec cette affaire. Entreteniez-vous une liaison avec l'un d'eux ?

— Non. Bien sûr que non. J'appréciais beaucoup Jake en tant que personne mais ça n'allait pas plus loin. Paine ne représentait rien pour moi.

— D'accord.

Était-ce de la pitié qu'elle percevait dans son ton ?

— Êtes-vous capable de remplir vos fonctions en toute conscience professionnelle ? poursuivit Gardam.

— Absolument.

— N'êtes-vous pas trop impliquée ?

— Je ne pense pas. Je vous le dirais si c'était le cas.

— Comment être certains que Garanita se taira ?

— Nous n'avons aucune garantie, c'est sûr, mais je ne pense pas qu'elle parlera, prétendit Helen.

Gardam la dévisagea, l'esprit en ébullition. Helen se rendit compte tout à coup qu'elle retenait son souffle et elle poussa un long soupir silencieux pour se calmer.

— La décision n'est pas facile à prendre. Mais… Je suis tenté de laisser les choses en l'état pour l'instant, déclara Gardam avec autorité. J'ai besoin de mes meilleurs officiers pour enquêter sur ces morts suspectes.

Helen hocha la tête, plus soulagée qu'elle n'osait l'admettre. Avec gêne, elle sentit les larmes lui brûler les yeux.

— Et ne vous inquiétez pas, Helen, la rassura Gardam. Cela reste entre nous.

Helen le remercia et s'en alla, tête basse. Dehors dans le couloir, elle s'appuya contre le mur et chassa ses larmes. Si étrange que cela puisse paraître, elle était presque contente. C'était une conversation difficile, mais elle avait eu raison de prendre le taureau par les cornes. Mettre Gardam dans la confidence, dévoiler sa faiblesse, cela lui avait coûté, certes, mais maintenant elle se sentait libre de mener son enquête. Elle marcha d'un pas décidé vers la salle des opérations et sortit son portable pour composer le numéro de Meredith. Plus de délai, plus de revers. Jake Elder et Max Paine méritaient que justice soit faite et Helen allait y veiller.

70

Charlie but les dernières gouttes de son café et jeta le gobelet en carton à la poubelle. Pouvait-elle en prendre un autre tout de suite ? Elle était fatiguée mais surtout elle avait froid, et ce malgré le soleil automnal. Elle arpentait Newton Street depuis plus d'une heure, sans grand résultat, sinon un léger mal de tête et des pieds congelés.

Le chauffeur de taxi qu'elle avait interrogé était affirmatif : il avait déposé son client en haut de cette rue. Plusieurs immeubles la bordaient, mais grâce à une enquête de base auprès des commerçants, Charlie avait appris que Samantha avait été vue à plusieurs reprises en train de sortir d'Ellesmere Heights. L'ensemble d'appartements avait triste mine et personne n'avait répondu alors que Charlie avait appuyé sur toutes les touches de l'interphone, plusieurs fois. Il ne restait plus qu'à attendre. Elle s'était installée sur un banc devant la laverie automatique avec un café et un journal gratuit, armée d'un sac de linge rebondi mais vide pour faire illusion. Elle avait l'impression de passer sa vie en planque ces derniers temps et elle rêvait de défis plus stimulants. Sa consommation excessive de café crème ne l'aiderait pas à retrouver la ligne.

À mesure que les minutes puis les heures s'écoulaient, le doute s'insinua en Charlie. Avait-elle eu raison de garder cette piste pour elle ? Elle perdait peut-être son temps et, surtout, Helen avait insisté sur la nécessité de partager ses informations avec toute l'équipe. Mais bon… Jusque-là, Charlie avait fait chou blanc sur toute la ligne. Paul Jackson était un désastre et on n'avait toujours pas localisé David Simons, même s'il n'était pas vraiment suspect. Il restait donc Michael Parker, alias Samantha. Charlie ne se leurrait pas, elle savait très bien pourquoi elle gardait pour elle la piste Samantha. Tout comme elle avait conscience de la mauvaise image que cela donnait d'elle. Malgré tout, elle resta assise sur le banc, à ignorer les vibrations de son téléphone, bien décidée à aller au bout.

Combien de temps encore pouvait-elle attendre ? Elle devrait rendre des comptes sur son emploi du temps à un moment ou à un autre et plus elle s'attardait, plus il serait difficile de s'expliquer. Helen l'avait déjà dans le collimateur, alors pourquoi risquer de compromettre leur amitié en poursuivant sa guerre avec Sanderson ? Surtout si tout ce qu'elle récoltait pour ses efforts était un mauvais rhume.

Elle se leva pour retourner au café et, dans sa précipitation, manqua bousculer une passante. Alors qu'elle s'excusait, Charlie remarqua les yeux injectés de sang et la petite cicatrice sur la joue droite. Samantha. Celle-ci pressa le pas et Charlie se hâta de jeter son journal dans le sac de linge et de la suivre.

En temps normal, elle aurait patienté un peu, mais l'autre semblait si pressée de rentrer chez elle qu'elle craignit de la perdre. Samantha pénétra avec brusquerie dans Ellesmere Heights, la démarche vacillante et peu assurée. Derrière elle, la lourde porte se balança sur ses gonds avant de commencer à se refermer lentement. Charlie abandonna son faux sac de linge et se mit à courir. Si elle n'appréhendait pas Samantha maintenant, elle devrait transmettre son information à un autre officier et en subir les conséquences – et plutôt se pendre que de faire ça ! La porte n'était plus qu'à quelques centimètres de se fermer mais Charlie réussit à glisser le pied. Elle grimaça de douleur. Elle avait agi en silence et avec subtilité ; Samantha qui montait en trébuchant les escaliers au-dessus n'avait pas remarqué sa présence. Après avoir poussé la porte en douceur, Charlie se faufila à l'intérieur.

71

— J'ai un nom pour vous.

Helen faisait face à son équipe. Un nouveau dossier à la main, elle ne comptait pas perdre une seconde.

— Le propriétaire du logement a identifié la victime. Il s'agit de Maxwell Carter, plus connu sous son pseudonyme professionnel de Max Paine. C'était un dominateur qui travaillait à domicile, alors sans surprise nous allons commencer par enquêter sur ses clients d'hier soir, s'il en a eu. Nous n'avons retrouvé aucun document ou journal de bord sur les lieux. Lieutenant Reid, je vous prierai d'organiser l'interrogatoire du voisinage ; nous recherchons un témoin de l'activité d'hier soir dans l'immeuble. Il faut aussi se pencher sur sa présence en ligne : avait-il un site Internet ? Était-il sur Twitter, Tinder ? Aucun appareil n'a été retrouvé chez lui mais nous avons découvert des chargeurs pour iPhone 5 et pour tablette. Il faut donc vérifier s'il a fait des sauvegardes, et où. Mandats accélérés pour tout ; je veux savoir avec qui il a communiqué les jours qui ont précédé sa mort. McAndrew, vous vous en chargez ?

— Sans problème, répondit-elle avant de se lever pour filer.

— Max Paine a grandi ici, poursuivit Helen. Il a été marié et il a un fils, Thomas, âgé de six ans. Il a divorcé il y a trois ans. Sa femme Dinah habite aujourd'hui à Portswood avec leur petit garçon. Je lui parlerai quand nous en aurons terminé ici. Pour l'instant, on se concentre sur les faits. Comme pour Jake Elder, le tueur s'est montré d'une prudence et d'une précision extrêmes. Nous n'aurons pas les conclusions de Jim Grieves avant plusieurs heures mais déjà Meredith nous informe qu'elle n'a retrouvé aucune trace ADN au sein même de l'appartement.

Le choix de ses mots interpella certains officiers. De toute évidence, elle allait annoncer quelque chose.

— Cependant, elle vient de me confirmer que son équipe avait relevé une empreinte partielle dans le couloir de l'immeuble. Le lino y a été lavé récemment et comme il pleuvait hier soir et que le sol est terreux à l'extérieur du bâtiment, on a pu remarquer une empreinte de botte, pointure 39.

— Doit-on en conclure que nous recherchons une femme ? s'enquit Edwards.

— Ou un homme aux petits pieds. Nous avons une copie du dessin de la semelle ; il y a des crêtes et des ondulations. Lieutenant Lucas, vous vous chargez de trouver une correspondance ?

— Entendu.

Helen confia aux autres le reste des tâches : dépositions de témoins, poursuite de l'investigation sur les participants au Munch, enquête financière, historique familial. Enfin, elle mit un terme à la réunion. Elle se réjouissait de mener à nouveau l'enquête, mais quelque chose la tourmentait. Elle avait requis la présence de toute la brigade pour ce briefing, afin qu'ils avancent en cohésion, mais un officier brillait par son absence. Où donc était Charlie ?

72

Charlie tambourina à la porte mais n'obtint pas de réponse pour autant. Elle avait suivi Samantha jusqu'au quatrième étage tout en l'appelant par son prénom. Mais l'autre n'avait pas semblé l'entendre et, de toute façon, Charlie n'avait pas été assez rapide pour l'empêcher d'entrer dans l'appartement 15 et de claquer la porte derrière elle. Le temps qu'elle arrive sur le seuil, la musique jouait à plein volume. Une techno assourdissante faisait trembler les murs de l'immeuble et aucun coup sur la porte ne pourrait attirer l'attention de l'occupante. Que fabriquait-elle là-dedans ?

Charlie s'approcha de la fenêtre du palier pour observer la rue en contrebas. Après s'être râpé la peau des phalanges à frapper à la porte pendant cinq bonnes minutes, elle s'avoua vaincue et redescendit dans le hall. Tout près de l'entrée principale, à côté des consignes de sécurité en cas d'incendie, se trouvait le numéro du gardien. L'homme était de toute évidence habitué à ne s'occuper que de fuites au plafond et de toilettes bouchées, mais une fois que Charlie eut réussi à lui faire comprendre l'urgence de la situation, il accéda à sa demande avec joie. Pourquoi était-il si long à arriver maintenant ?

Charlie prenait un risque et elle le savait. Techniquement, elle aurait dû attendre d'avoir un mandat, mais tant qu'elle ne pénétrait pas dans l'appartement de façon illégale, elle s'en sortirait. Samantha n'était que locataire et le gardien avait toute autorité pour ouvrir la porte. En outre, Samantha n'avait pas obtempéré à un ordre direct lancé par un officier de police qui lui avait demandé de s'arrêter, alors… C'était un peu tiré par les cheveux, oui, mais Charlie devrait pouvoir raconter cette version sans ciller, au besoin. Helen ne serait pas dupe mais elle ne lui en tiendrait peut-être pas rigueur si l'arrestation se révélait capitale. Et une petite voix soufflait à Charlie qu'elle devait entrer au plus vite chez Samantha. Celle-ci pouvait être en train de faire n'importe quoi à l'intérieur. Détruire des preuves, préparer sa fuite, peut-être même se suicider ? Pourquoi la musique était-elle aussi forte ? Qu'essayait-elle de dissimuler ?

Un grincement de freins sortit Charlie de ses réflexions. Quelques secondes plus tard, la porte d'entrée s'ouvrit. Après avoir échangé une poignée de main avec le gardien, elle le conduisit au quatrième étage, devant l'appartement 15. L'homme parut hésiter, comme pour demander de manière tacite à Charlie si elle était sûre d'elle. Celle-ci n'était pas d'humeur à pinailler.

— Ouvrez, s'il vous plaît.

Il tourna la clé dans la serrure et poussa la porte.

— Vous voulez que je reste ? demanda-t-il avec une pointe d'espoir.

— Vous pouvez attendre dehors. Je vous appellerai si j'ai besoin de vous.

Il recula en grommelant. Tandis qu'il redescendait les escaliers d'un pas lourd, Charlie passa à l'action. Elle sortit son téléphone portable de sa poche et contacta le quartier général pour demander des renforts. Puis elle pénétra avec assurance dans l'appartement plongé dans la pénombre.

73

— Là, c'est lui à l'anniversaire de Thomas.

Helen était installée avec Dinah Carter dans son salon tristounet à regarder les photos de l'album de famille. Avec surprise, Helen découvrait que Paine avait une relation très forte avec son fils, laquelle avait pris fin brutalement. Le père de Thomas était maintenant étendu sur une table d'autopsie métallique à l'autre bout de la ville, confié aux bons soins de Jim Grieves.

— Quand avez-vous vu Max pour la dernière fois ?

— Maxwell, la corrigea Dinah. Il a toujours été Maxwell pour nous.

— Bien sûr, oui, répondit Helen non sans noter l'hostilité sous-entendue envers le pseudo professionnel de Max. À quand remonte votre dernière rencontre ?

— À deux semaines. Il est venu chercher Thomas pour l'emmener à son entraînement de foot.

Les larmes ne coulaient pas encore ; pour l'instant il n'y avait que stupeur et incompréhension. Dinah se débattait toujours avec ce qu'elle venait d'apprendre. Le chagrin viendrait plus tard.

— Comment vous a-t-il paru ?

— Bien.

— Et vous vous êtes parlé depuis ?

— Par textos. Pour des questions d'organisation. Mais c'est tout.

— Le dernier message qu'il vous a envoyé, de quand date-t-il ?

Dinah se mit à chercher du bout de l'index dans son portable.

— Dimanche soir.

Helen lut le message en question ; il était banal et anodin.

— Depuis combien de temps êtes-vous séparés ? demanda-t-elle ensuite.

— Nous sommes séparés depuis cinq ans. Divorcés depuis trois.

— Puis-je vous demander pourquoi votre mariage n'a pas tenu ?

— Nous avions des modes de vie différents.

— Qu'entendez-vous par là ?

— Sérieusement ? Vous posez la question ? répliqua Dinah d'un ton sec.

— Son choix de carrière ?

Elle acquiesça d'un signe de tête.

— Il n'exerçait pas comme dominateur quand vous vous êtes connus ?

— Non. Il travaillait dans le bâtiment, bon sang ! Je ne dis pas que c'était un saint. Personne ne l'est. J'étais ouverte d'esprit, notre vie sexuelle était satisfaisante. Mais il s'est mis à regarder plein de films porno, de plus en plus de trucs BDSM. Il voulait que je l'accompagne à des rencontres et des soirées. Et j'y suis allée, deux fois, pour lui ; mais ça ne m'a pas plu. Je n'étais pas à l'aise… Faire ça devant un public. Et quand je suis tombée enceinte, j'ai dit stop. Et je lui ai demandé d'arrêter aussi.

— Mais il n'a pas voulu ?

— Il a prétendu qu'il essayait, mais sans gros effort. Il était accro. Il disait que ça faisait partie de lui. Sauf que je n'y crois pas du tout. En fait, ça l'a changé.

— Changé comment ?

— C'était quelqu'un de généreux, de bon, qui aimait son rôle de père. Puis il a commencé à rentrer de plus en plus tard, à mentir sur l'endroit où il se trouvait. Je l'aimais, mais je n'aimais pas cette facette de lui et au final, ça a été trop pour moi.

— Vous avez mis fin à la relation ?

— Oui. Il a pris un appartement et peu après il a changé de nom et…

Helen hocha la tête. Il était on ne peut plus clair que Dinah méprisait l'alter ego de son ex-mari. Elle se disait peut-être que le changement de patronyme était un signe de rejet d'elle et de leur vie commune.

— Êtes-vous déjà allée chez lui ?

— Non, je ne voulais pas y mettre les pieds et je ne laissais pas Thomas y aller non plus.

— Êtes-vous déjà entrée en contact avec un de ses clients ? Quelqu'un avec qui il travaillait ?

— Non, répondit Dinah d'un ton où perçait l'impatience. Je ne voulais rien avoir affaire avec ça. Parce que ce n'était pas lui. Notre Maxwell m'offrait des fleurs tous les vendredis, il emmenait Thomas assister aux matches des Saints, il économisait pour nous payer des vacances. Quoi qu'il se soit passé ensuite, c'était ça le véritable Maxwell. L'homme que nous aimions, mon fils et moi.

Helen approuva d'un signe de tête, les yeux posés sur l'album devant elle. À regarder ces photos d'un Maxwell tout sourires, en train de rire et de jouer avec son fils, Helen songea combien les gens sont surprenants. Elle avait commis l'erreur de considérer Paine comme une brute misogyne, mais de toute évidence il était capable d'aimer, de faire preuve de tendresse et de dévouement. Il était peut-être impossible de vraiment connaître une autre personne dans la vie. C'était peut-être seulement dans la mort que la vraie personnalité apparaissait au grand jour.

74

— Samantha ?

La musique était assourdissante, elle couvrait totalement les appels de Charlie. De l'extérieur, c'était désagréable et agressif, à l'intérieur de l'appartement, c'était épouvantable : le rythme aigu de la musique électronique couplé aux battements violents des basses transperçait Charlie de toutes parts. Par réflexe, elle voulut repartir aussitôt : sa tête l'élançait et elle avait les jambes en coton, les vibrations se répercutaient dans tous ses os. Mais elle avait une mission à accomplir et elle comptait la mener à bien.

— Samantha !

Là encore, son cri se noya dans la masse sonore qui l'engloutissait. Voilà trois ou quatre fois que son appel restait sans réponse. Rassemblant son courage, Charlie s'avança. L'obscurité régnait dans l'appartement et la moquette, élimée et froissée par endroits, contrariait sa progression, menaçant de la faire glisser ou trébucher à tout instant. Charlie trouva un interrupteur sur le mur de droite mais l'ampoule à faible consommation d'énergie ne produisit qu'une lueur jaunâtre qui ne lui fut pas d'un grand secours.

Persévérant, elle atteignit l'embrasure d'une porte. Elle passa la tête avec prudence et découvrit une cuisine déserte. La porte du frigo était entrouverte et une pile d'assiettes sales remplissait l'évier. L'endroit paraissait inutilisé depuis longtemps. Juste en face se trouvait une autre porte ; celle-ci conduisait à une minuscule salle de bains vieillotte. Là aussi, la pièce semblait abandonnée, et l'écœurante odeur de vomi qui s'en dégageait fit battre Charlie en retraite.

Une nouvelle fois, elle marqua une hésitation. La musique tonitruante provenait du bout du couloir qui tournait sur la gauche, hors de vue. Charlie eut soudain peur de ce qu'elle allait trouver dans ces recoins dissimulés à ses yeux.

Elle sortit sa matraque de son étui et avança. Elle n'avait pas assez de place pour la brandir correctement, jamais elle ne pourrait prendre l'élan nécessaire pour assener un coup digne de ce nom. Elle la garda donc près d'elle. Elle savait par expérience que cette technique fonctionnait mieux en cas de combat au corps à corps dans un espace confiné.

Elle avança d'un pas prudent le long du couloir. Plus elle s'éloignait de l'entrée, plus il faisait sombre, et elle dut se repérer à tâtons passé l'angle du couloir. Le plancher craqua sous ses pieds, comme s'il allait s'effondrer. Charlie accéléra l'allure. Elle déboucha enfin devant une porte entrouverte. Un rai de lumière filtrait par l'entrebâillement, éclairant une affiche délavée d'un mannequin torse nu accrochée dessus. Toute la beauté, tout le prestige d'origine de la photo avait disparu sous le fatras de graffitis licencieux qui la recouvraient.

Prenant une profonde inspiration, Charlie s'empara de la poignée et poussa la porte. Cette fois, une vague de musique hurlante la frappa de plein fouet. Elle encaissa le coup et, les dents serrées, elle avança. La vue qui s'offrit alors à elle lui coupa le souffle.

La petite chambre était dans un état pitoyable : plancher nu, plâtre écaillé, fils électriques qui pendaient des murs. Il n'y avait pas de lit, aucun meuble. La pièce était remplie de poupées du sol au plafond. Chaque centimètre carré disparaissait sous une montagne de visages peints, de volants et de membres rembourrés. Charlie s'immobilisa, elle avait l'impression que des dizaines de paires d'yeux sans vie la fixaient pour lui reprocher son intrusion.

Voilà que les poupées bougeaient ! Charlie recula, leva sa matraque en position de défense, déployée sur toute sa longueur. Le monticule de jouets s'ouvrit soudain et une silhouette en émergea. Samantha. Telle que Charlie ne l'avait encore jamais vue. Elle était nue, sa peau pâle couverte d'hématomes sur ses côtes et de mascara qui avait coulé et séché sur son visage. Son expression était éteinte, ses yeux d'une froideur terrifiante, et lorsqu'elle ouvrit la bouche pour parler, Charlie remarqua les dents jaunies et tachées. Samantha jaugea l'intruse de haut en bas avant de déclarer :

— Je vous attendais.

75

Tout le monde se croit anonyme, mais personne ne l'est jamais. Quels que soient les efforts fournis pour tenter de se protéger, quels que soient les moyens employés, il est impossible de ne pas laisser de traces. L'assassin de Max Paine en avait laissé une dans le couloir devant l'appartement et peut-être en avait-il laissé une autre dans le monde numérique.

Mener des enquêtes en ligne relevait de plus en plus des fonctions de la police et le lieutenant McAndrew s'y connaissait en contenu de mandat et en cyberespace. Elle tourna sa tête pour faire craquer ses cervicales puis reporta son attention sur les écrans devant elle, non sans noter dans un coin de son esprit de ne pas oublier son cours de Pilates tout à l'heure. Les longues heures passées à étudier des données faisaient des dégâts sur sa posture et elle sentait que son dos commençait à souffrir du manque d'activité.

Clic, clic, clic. McAndrew et le reste de l'équipe travaillaient à partir de l'hypothèse que l'agresseur de Paine avait débarrassé l'appartement de ses appareils électroniques, tout ce qui pouvait recevoir ou envoyer des messages, de manière intentionnelle. Une telle précaution était peut-être efficace à court terme mais elle n'était que temporaire. Si Paine n'était pas le roi de la sauvegarde, les applications, les téléchargements et les messages de sa tablette et de son smartphone étaient de toute façon synchronisés avec le Cloud. McAndrew les passait en revue, en quête de l'indice capital qui leur échappait encore.

Elle examina les applications de rencontres, avant de trouver ce qu'elle recherchait vraiment : son agenda électronique. Elle se rendit sans attendre à la journée de la veille et examina ce qui y était noté : un rendez-vous médical à 11 heures du matin, un café avec un ami à midi, une livraison Tesco à 15 heures. Ensuite venaient les engagements professionnels : Paine était un travailleur de nuit. Un certain « Mike » à 18 h 30, « Jeff » à 20 heures, et un ultime rendez-vous à 21 heures. Aucun des noms ne leur apprenait grand-chose ; pas de patronymes et un prénom sans doute faux. Mais le dernier rendez-vous de la journée était encore plus obscur. Rien qu'une heure et une initiale.

« S ».

76

— Si vous me voulez, il va falloir venir me chercher.

Malgré les demandes répétées de Charlie, Samantha restait clouée sur place. Réfugiée dans son étrange cocon de poupées, elle refusait de bouger et Charlie, qui ne voyait pas ses mains, n'avait aucune intention de s'approcher d'elle. On l'avait déjà poignardée, agressée, étranglée dans l'exercice de ses fonctions et elle ne voulait pas courir le risque de revivre ça.

— N'y comptez pas, et les renforts vont bientôt arriver, aboya Charlie en allant éteindre la musique assourdissante d'un pas énergique.

— N'est-ce pas ce qu'on dit toujours, avant qu'un drame ne se produise ?

— Menacer un officier de police est un délit criminel, grogna Charlie, furieuse et contrariée.

— Je pense que ça m'ira bien, mon chou.

Charlie la considéra. Elle vivait la situation comme un jeu. Voulait-elle juste s'amuser ou préparait-elle un mauvais coup ?

— Ce qui vous irait bien, Samantha, ce sont des vêtements. Et si vous enfiliez quelque chose, hein ?

Mes collègues vont arriver. On va leur éviter la vue d'une femme nue, d'accord ?

— Surtout une femme comme moi, répondit-elle en se levant tout à coup.

Les poupées s'éparpillèrent autour d'elle pour dévoiler sa nudité tout entière. Elle était complètement imberbe, et d'une maigreur affolante. Avec son corps tonique et son maquillage aux yeux, elle pouvait sans problème passer pour une femme. Mais elle était trahie par l'appareil génital entre ses jambes. Charlie plongea son regard dans le sien.

— Vous voulez bien m'attraper quelque chose, chérie ? demanda Samantha avec un signe du menton en direction d'un placard encastré que Charlie n'avait pas remarqué. Il y a une combinaison sur la gauche qui devrait faire l'affaire.

Elle laissa les deux derniers mots s'étirer, amusée par son impertinence. Au loin, le faible son des sirènes retentit, mais Samantha ne sembla pas y prêter attention. Elle avait les yeux rivés sur Charlie.

Celle-ci se dirigea vers la penderie sans quitter Samantha du regard. Elle paraissait calme, détendue même. D'où le danger allait-il surgir ? Quelqu'un était-il caché dans le placard ? L'idée était folle. Après deux enjambées rapides, Charlie ouvrit la porte de la penderie d'un coup sec, sur le qui-vive.

Rien à part une collection de vieilles robes et de costumes. Gardant un œil sur Samantha, Charlie chercha sur la gauche comme indiqué. Une combinaison rouge foncé était suspendue au deuxième cintre. Charlie s'en empara et lorsqu'elle voulut le sortir, le vêtement s'accrocha à la barre ; un instant, elle se détourna pour le libérer. Samantha en profita pour passer à l'action. Elle bondit du milieu de la chambre où elle se tenait et fonça vers la porte ouverte. Elle avait attendu avec patience, joué la montre, et tentait maintenant le tout pour le tout.

Charlie laissa tomber le cintre et s'élança à sa poursuite. Samantha franchit le seuil de la porte et partit en trombe dans le couloir sombre, enjambant les détritus qui le jonchaient. Charlie n'avait que quelques secondes de retard sur elle mais peinait à tenir la distance.

Samantha prit le coude du couloir à toute vitesse, se cogna contre le mur, sans pour autant perdre l'équilibre. Charlie bondit en avant mais, dans l'obscurité, elle ne vit pas la bouteille de vodka par terre. Son pied dérapa dessus et elle tomba dans un bruit sourd. L'élan la fit glisser en avant mais elle se releva aussitôt, ignorant la douleur lancinante dans son épaule lorsqu'elle tourna au coin.

Une ligne droite s'offrait à elle maintenant. Le long couloir qui craquait menait à la porte d'entrée, à la liberté. Samantha avait une longueur d'avance et ses chances d'y arriver la première semblaient assurées, mais Charlie était résolue à l'arrêter. Elle mit les bouchées doubles et accéléra. Samantha n'était plus qu'à six mètres de la sortie.

Charlie avait refermé la porte derrière elle après être entrée et elle s'en félicita. Tandis que Samantha s'en approchait, elle dut ralentir. Et au moment où elle ouvrait la porte, Charlie saisit sa chance. Elle bondit dans les airs et percuta Samantha de plein fouet, plaquant son corps nu contre la porte. Toutes deux s'affalèrent au sol. Sonnée, Samantha tenta de se remettre tant bien que mal sur ses pieds, mais elle avait le souffle coupé et, en moins de deux secondes, Charlie avait calé son genou dans le creux de son dos. Elle lui tira les bras en arrière et lui passa les menottes dans un claquement sec avant de l'aider sans ménagement à se relever.

Elles se dévisagèrent un instant sans prononcer un mot, à bout de souffle et le corps endolori. Enfin, Charlie déclara :

— Je crois qu'on s'est assez amusées pour aujourd'hui, non ? Et si on s'habillait ?

Samantha la fixa sans un mot, elle tremblait comme une feuille alors même que la sueur dégoulinait le long de ses joues. Puis, sans prévenir, elle cracha au visage de Charlie.

77

— Mais qu'est-ce qui t'a pris, bon sang ?

Helen s'était précipitée à Ellesmere Heights dès qu'elle avait reçu l'appel de Sanderson. Charlie avait désobéi à un ordre direct en procédant seule à l'arrestation d'un suspect. Malgré la présence de Sanderson, de Lucas et des techniciens de scène de crime, Helen n'hésita pas à lui passer un savon.

— Tu aurais pu te faire tuer, être blessée… Tu appelles les renforts et tu les attends. On attend toujours les renforts.

— Parce que toi, c'est ce que tu fais, peut-être ? renvoya Charlie en essuyant de son visage les restes de salive.

— Pardon ? répliqua Helen, choquée par le ton agressif de Charlie.

— Tu as enfreint le protocole à plusieurs reprises. T'a-t-on jamais réprimandée pour ça ?

En temps normal, Charlie aurait fait profil bas. Mais elle venait tout de même d'appréhender le suspect numéro un dans leur affaire ! Et elle n'était pas d'humeur à ce qu'on lui fasse la leçon.

— Uniquement dans des situations de vie ou de mort. Et puis ce n'est pas pareil. Tu as une famille, toi…

— Ce qui est valable pour toi ne l'est donc pas pour le reste des flics ?

— Qu'est-ce qui t'arrive, Charlie ? demanda Helen plus qu'exaspérée. Tu n'as rien à me prouver, ni à toi-même. Te mettre ainsi en danger ne sert à rien.

— Je ne savais pas ce qu'elle fabriquait chez elle, répondit Charlie. J'aurais pu attendre cinq minutes de plus, mais j'ai eu peur qu'elle soit en train de se faire du mal. Tu vois bien dans quel état elle est : ivre, agitée, imprévisible.

— Arrête ton char, Charlie. Tu as toujours été impulsive. Mais il ne s'agit pas de ça ici. Tu voulais te venger de Sanderson. Elle était son suspect.

— Pourquoi ne l'a-t-elle pas arrêtée alors ? rétorqua Charlie avec un coup d'œil furtif à sa rivale qui rôdait près de l'entrée de l'immeuble.

— J'ai demandé à tous les membres de l'équipe de m'informer directement du moindre nouvel élément. Tu as gardé cette info pour toi délibérément. Tu as raté une réunion importante, tu as décidé de la jouer solo. Dans quel but ? Afin de prouver que tu étais capable de risquer ta vie pour ta carrière ? Il faut que tu te reprennes. Cette histoire est en train de fausser ton jugement et ta capacité à faire ton travail…

— Ça te va bien de me dire ça !

Helen semblait au bord de l'explosion mais Charlie poursuivit :

— Depuis la découverte du corps de Jake Elder, tu te conduis bizarrement.

— Ne va pas t'imaginer une seconde que notre amitié t'autorise à me parler ainsi. Je suis ta supérieure hiérarchique, aboya Helen, irradiant de colère.

— Agis en tant que telle, alors ! Tu étais bouleversée après la mort d'Elder et depuis, tu es agressive, hypersensible et imprévisible. Regarde-toi dans la glace, Helen. Ce n'est pas moi qui me conduis de façon irrationnelle. C'est toi.

Elle tourna les talons et s'éloigna en direction de sa voiture. Par réflexe, Helen voulut la rattraper mais, après avoir fait un pas dans sa direction, elle se rappela les spectateurs alentour. Hors de question de poursuivre cette dispute ici. Helen s'était déjà ridiculisée en se querellant en public avec un autre officier – la même faute pour laquelle elle avait réprimandé Charlie et Sanderson vingt-quatre heures plus tôt – et elle risquait de perdre toute autorité si leur affront tournait à la dispute personnelle.

Mais en vérité, ça l'était. Personnel. Charlie était l'amie la plus proche d'Helen et sa fidèle alliée au sein du commissariat central de Southampton, depuis toujours. Et Helen avait l'impression qu'elle venait de la renier pour de bon.

78

Certaines blessures sont-elles trop profondes pour guérir ? Un amour brisé est-il irréparable ?

Sally Jackson était assise au chevet de son mari, cramponnée avec obstination à sa main. Elle le veillait depuis qu'il avait quitté les soins intensifs, avec l'espoir que son soutien et ses encouragements accéléreraient sa guérison. Que le Paul qu'elle connaissait lui reviendrait.

Il était tiré d'affaire. Il avait toujours des difficultés à parler et dormait la plupart du temps, mais Sally s'en fichait. Se voir refuser l'accès aux soins intensifs ne lui avait pas plu, elle s'était sentie impuissante face aux événements et dans l'ignorance la plus complète quant à ce qu'il se passait de l'autre côté des portes. Ici au moins elle pouvait essayer d'aider. Lorsque Paul était réveillé, elle discourait sans discontinuer, elle lui racontait le quotidien de la famille, faisait des projets avec les garçons une fois qu'il serait rétabli.

Sally ignorait si elle disait vrai ou si elle l'espérait seulement très fort. Elle avait du mal à imaginer que les choses redeviendraient comme avant après le traumatisme des deux derniers jours. Paul avait été au plus mal, il s'était senti désespéré et rejeté, à tel point qu'il avait tenté de les quitter. À la place de Sally, certaines personnes auraient pu se sentir repoussées, mais pas elle. Elle n'éprouvait que de la culpabilité. Paul avait demandé qu'elle l'aide, qu'elle fasse preuve de compréhension, mais elle avait été trop faible pour lui offrir cela. Il l'avait trahie, oui, mais elle lui avait rendu la pareille, et elle en avait honte.

Son bavardage s'était tari depuis un moment maintenant. Malgré ses efforts pour rester optimiste, elle était encore dévorée par les idées noires. Tout à l'heure, elle avait surpris les infirmières qui discutaient de la découverte d'une seconde victime. Sally était presque sûre qu'elles se demandaient si son époux ne serait pas la troisième. Tout cela n'avait aucun sens et la remplissait d'appréhension. Oui, elle était présente, faisait ce qu'il fallait mais, au fond, quel avenir pouvaient-ils espérer quand la fracture de leur vie était aussi béante ?

Sally essuya une larme et se reprocha son humeur morbide. Regarder trop loin en avant ne servait à rien, elle devait garder l'esprit concentré sur l'instant présent. Le reste – le futur – leur était inconnu. Elle allait veiller et soutenir Paul, faire le nécessaire pour lui, pour les jumeaux. Elle resterait auprès de son mari parce qu'elle tenait encore à lui. Profondément. Elle ne savait simplement plus qui il était.

79

— C'est l'occasion pour vous de nous raconter ce qu'il s'est passé. À votre place, je la saisirais.

Samantha ne répondit pas. Elle avait été examinée par le médecin de garde au commissariat. Elle était un peu plus calme désormais, même si elle n'était visiblement pas à l'aise dans cet environnement. Elle ne tenait pas en place et s'agitait sur son siège, tirait sur ses vêtements, se lamentait sur ses ongles qui s'étaient cassés lorsqu'on l'avait escortée au poste. Plus d'une fois elle demanda des faux ongles de rechange, ainsi que du fond de teint, du rouge à lèvres, du mascara, mais Helen refusa. Elle pourrait se servir de ses demandes comme monnaie d'échange dans les heures à venir.

— Qu'aimeriez-vous savoir, Helen ? Je peux vous appeler Helen ?

— Si vous voulez.

Helen s'efforçait de garder une voix neutre, mais son énervement perçait. Elle ruminait toujours sa dispute avec Charlie et n'était pas d'humeur à se faire asticoter ou ridiculiser. Charlie ne lui avait jamais parlé avec une telle brutalité avant ; cet acte de défi ne compromettait pas seulement leur relation, mais aussi le moral de l'équipe. Il était tentant de rejeter la faute sur

Charlie et sa promotion inattendue, pourtant au fond, Charlie avait raison. Helen se conduisait bel et bien de façon irrationnelle. Cette affaire lui embrouillait les idées, lui faisait adopter un comportement qui n'était ni professionnel ni correct.

— Et moi, comment dois-je vous appeler ? demanda-t-elle en essayant de chasser ces pensées perturbantes de son esprit.

— Je m'appelle Samantha.

— Samantha Parker ?

— Juste Samantha.

Helen prit note de l'aversion que son nom de famille provoquait chez elle. Un signe discret mais révélateur. Helen ouvrit son dossier, en lut le contenu et s'accorda un instant pour se reprendre. La colère et l'embarras brûlaient toujours en elle. Elle trouva du réconfort dans les éléments de cette affaire et les rouages familiers de l'interrogatoire. Helen espérait recouvrer peu à peu l'équilibre dans le confessionnal feutré de la salle d'interrogatoire. Contrairement aux habitudes, elle se chargeait seule de questionner le suspect ; les circonstances exceptionnelles ne lui laissaient guère le choix. Qu'elle soit assistée de Charlie ou de Sanderson serait interprété comme du favoritisme. Inutile de jeter de l'huile sur le feu.

— Samantha, alors. Mais on vous connaît sous d'autres pseudonymes, n'est-ce pas ?

— Nous avons tous plusieurs personnalités.

— Et puis vos activités professionnelles de travesti vous obligent à avoir un alter ego.

— On appelle ça des performances artistiques, et oui, il faut savoir se montrer créatif.

— Vous êtes célèbre dans la programmation du club ?

— Plutôt, oui.

— Et dans la communauté BDSM ?

— C'est un univers plus vaste que vous ne le pensez, et oui, j'y joue un rôle.

Helen répondit d'un hochement de tête, non sans noter que Samantha semblait ravie de se laisser conduire tout droit dans un piège.

— Vous êtes déjà allée au Cachot alors ?

— Ça m'est arrivé.

— Vous y avez rencontré Jake Elder. Si vous avez besoin qu'on vous rafraîchisse la mémoire, voici une photo…

— Je crois que je l'ai croisé plusieurs fois, répondit Samantha sans un regard sur la photo. Dans des Munches ou des soirées…

— Et Max Paine ? Vous le connaissez ? Vous avez déjà fait appel à ses services ?

— Une ou deux fois. Il a une sacrée réputation, mais bon, quelle fille n'aime pas sa petite fessée de temps en temps, hein ?

Helen ignora la remarque et poursuivit :

— Il avait un rendez-vous hier soir. Avec « S », d'après son agenda. Est-ce que c'était vous ?

— Ne me dites pas qu'il lui est arrivé quelque chose, répliqua Samantha avec calme.

— Répondez à la question, je vous prie. Aviez-vous rendez-vous avec lui hier soir ?

Samantha se rencogna dans sa chaise.

— Oui.

— Vous y êtes allée ?

Samantha acquiesça d'un hochement de tête.

— Vous a-t-il frappée ?

— Pas plus que ça.

— D'où proviennent ces ecchymoses alors ?

Pour la première fois, Samantha marqua une hésitation, délaissant un instant son insolence.

— Je ne sais plus.

— Ce n'est pas une réponse, ça.

— Je ne m'en souviens plus, c'est vrai. J'étais complètement à l'ouest hier soir.

— Pour quelle raison ?

— C'est pas vos oignons.

Helen ne releva pas l'agressivité et continua :

— Où étiez-vous entre 22 h 30 et 6 h 30 cette nuit ?

— Chez moi.

— Quelqu'un peut-il en témoigner ?

— Non.

— Et mardi soir ? Il y a trois jours. Où vous trouviez-vous ?

— J'étais sortie.

Helen ne dit rien. Le silence dans la pièce était pesant.

— Je suis allée au Grand Gala, OK ? C'est un gros événement.

— Pour que l'on soit bien d'accord, vous étiez à la soirée annuelle de la boîte de nuit Le Cachot.

— La boîte de nuit Le Cachot. Seigneur, on dirait ma grand-mère.

— C'est oui ou non ?

— Oui.

Helen nota dans son calepin de penser à appeler Meredith. Il fallait confirmer ces aveux avec une preuve matérielle de la présence de Samantha au club ce soir-là. Sinon, il y avait un risque que la défense crie à la coercition policière ; un problème épineux dans les affaires retentissantes.

— Avez-vous croisé Jake Elder mardi soir ?

— Je l'ai vu traîner dans le coin, il était d'une humeur massacrante. Le pauvre semblait avoir bien besoin qu'on lui remonte le moral.

— Vous lui avez parlé ? Vous avez échangé ?

— Si on a… échangé ? répéta Samantha comme si elle goûtait les mots. Pas que je me souvienne, mais toute cette nuit-là est brumeuse dans mon esprit. Comme vos collègues vous l'ont sans doute expliqué, j'ai un problème avec l'alcool…

— Il ne s'est rien passé qui sortait de l'ordinaire alors ?

— Non. C'était comme d'hab.

— Avez-vous déjà pratiqué la momification ? demanda Helen en changeant brutalement de tactique.

— Bien sûr.

— Êtes-vous adepte d'autres techniques de contention ? Entraves ? Sangles en cuir ? Menottes hogtie ?

— Qui ne l'est pas ?

— D'après le chauffeur du taxi dans lequel vous êtes montée à la sortie du Grand Gala, vous étiez dans un état préoccupant. En colère, déprimée, imprévisible. Pour quelle raison étiez-vous aussi troublée ?

Samantha ne pipa mot mais Helen la vit plisser les yeux.

— Ce n'était pas « comme d'hab », ce soir-là, Samantha. Que s'est-il passé ?

Samantha laissa s'étirer un long silence tout en jouant avec l'un de ses ongles cassés. Au bout d'un moment, elle se pencha en avant, offrant à Helen une vue plongeante sur son décolleté, et murmura :

— À moi de savoir, à vous de deviner.

80

Gardam s'appuya contre la vitre sans tain, captivé par la bataille qui se déroulait de l'autre côté. À ses débuts, il adorait ce jeu du chat et de la souris entre le suspect et son interrogateur. Il appréciait les feintes et les ripostes, les pièges tendus avec minutie et les dérobades pleines d'élégance. Malheureusement, désormais l'occasion lui était rarement donnée d'en profiter. Il occupait un poste important, certes, mais il gérait plus qu'il n'agissait. Il restait loin de la ligne de front, loin de l'amusement. Du coup, il essayait de prendre plaisir par procuration, et regardait les autres accomplir le travail qu'il aimait tant autrefois.

L'expérience était toujours plus agréable lorsque l'interrogatoire se déroulait sous pression. La découverte d'un second cadavre et l'engouement médiatique qui avait suivi avaient mis tout le monde d'accord à Southampton : l'affaire devait être résolue dans les plus brefs délais. Deux hommes avaient été assassinés avec sadisme, mais le pire était que leur premier suspect languissait à présent dans un lit d'hôpital après sa tentative de suicide ratée. Southampton passait pour un repaire du vice et sa police pour incompétente. Gardam avait déjà été contacté par le commissaire divisionnaire, le député local et le maire.

Son joker dans ces cas-là était toujours Helen. Sa réputation était telle que personne – et les politiciens locaux qui aimaient paraître fermes en matière de maintien de l'ordre moins que les autres – ne pouvait s'opposer à la façon dont les enquêtes étaient menées. Oui, il y avait des faux départs et des accidents de parcours, et nul ne pouvait prédire comment les protagonistes de ces affaires allaient réagir, mais les résultats qu'Helen obtenait étaient sans pareils.

Gardam avait brandi cette carte de nombreuses fois pour arrondir les angles, assurer à ses détracteurs que justice serait rendue. Au fond de son cœur, il croyait sincèrement que cette affaire ne ferait pas exception. Pourtant, une autre part de lui savait que la situation était très différente. Helen et lui avaient déjà travaillé ensemble sur des enquêtes complexes, mais jamais en relation aussi étroite. Quelque chose de profond avait changé entre eux.

Était-il en train de tomber amoureux ? Il avait déjà eu des coups de cœur pour des collègues, mais jamais il n'avait été tenté d'y donner suite. C'était autre chose cette fois. Elle s'était ouverte, confiée à lui. Il avait repassé en boucle leur conversation dans sa tête. Se doutait-elle de ce qu'il éprouvait pour elle ? Savait-elle qu'il l'observait ? Il espérait que non car alors sa confession n'en était que plus spontanée. Elle lui avait ouvert son cœur, lui avait révélé des secrets qu'elle n'avait livrés à personne d'autre. Il avait le fort pressentiment qu'elle ne cherchait pas seulement à se soulager d'un fardeau, mais aussi qu'elle le testait, qu'elle voulait connaître sa réaction. S'il avait été choqué ou s'il avait porté un jugement, elle aurait pu se braquer. Mais il s'était montré tolérant et encourageant, et elle lui avait donné des détails, l'avait invité dans son monde. Il espérait qu'avec le temps, elle l'emmènerait plus loin encore.

Mais ce n'était pas pour aujourd'hui. Il leur restait du travail. Malgré tout, Gardam ne put s'empêcher de boire les paroles de sa subordonnée, de noter sa façon de parler, de se tenir, la manière avec laquelle elle jouait avec le suspect, l'attirait dans ses filets. Assister à cette danse était magique et Gardam savait que les autres tâches qui lui incombaient devraient attendre qu'elle en ait terminé ici. Tant qu'elle était là, à danser pour lui, le reste du monde pouvait bien patienter.

81

— Pourquoi l'avez-vous fait ?

Samantha arqua un sourcil sans dire un mot, concentrée sur ses ongles.

— Il s'agit de vous ? Des victimes ? Qu'ont-elles de particulier qui vous a énervée ?

— Pourquoi les haïrais-je ? Elles ne sont personne.

— Alors c'est par rapport à vous, Michael.

— Ne m'appelez pas comme ça !

— C'est pourtant votre nom. Michael James Parker.

Helen sortit deux autres pages de son dossier avant de poursuivre.

— Né dans la banlieue de Portsmouth, fils d'Anna et Nicholas Parker, frère de Leoni. Vos parents sont-ils toujours en vie ?

— Non, merci bien.

— Mais Leoni, oui. Elle a payé votre caution à plusieurs reprises, n'est-ce pas ?

— Si vous le dites.

— Je vois que vous avez été inculpé pour fraude à la carte bancaire. Dites-m'en un peu plus.

— Je travaillais dans un café. La direction récupérait tous les pourboires et j'avais besoin d'argent pour vivre…

— Alors vous avez piqué les cartes des clients, et ensuite quoi ?

— Je m'en suis mis plein les poches.

— Jusqu'à ce que vous vous fassiez prendre.

— C'est ça.

— Il y a aussi des accusations de coups et blessures, agression… et séquestration.

— C'étaient des conneries.

— Ce n'était pas l'avis de votre victime.

— C'était un jeu qui a mal tourné.

— Dans quel sens ?

— Je croyais que le type avait des couilles. Et en fait, non.

— Ce n'est jamais votre faute, hein ? Tout ce dont nous avons parlé jusqu'à présent…

— Pourquoi faudrait-il que ce soit ma faute ?

Samantha poussa un grognement en prononçant ces mots. Sa carapace féminine commençait à s'écailler, sa voix était basse et voilée, preuve de son côté masculin d'habitude dissimulé.

— Dites-moi, à quel moment avez-vous pris conscience que vous vouliez être Samantha plutôt que Michael ? demanda Helen en changeant une nouvelle fois d'approche.

— Je n'en ai pas pris conscience, je le savais.

— Donc depuis que vous êtes né.

— Évidemment. Je ne suis pas né comme il faut, c'est tout.

— Et ce désir d'être une femme, comment s'exprimait-il quand vous étiez enfant ?

— Qu'est-ce que vous croyez ? J'avais une mère et une sœur.

— Vous empruntiez leurs vêtements ?

— Oui. Ma mère prétendait ne pas être au courant, mais c'était faux.

— Et votre père ?

Samantha rejeta soudain la tête en arrière et éclata de rire.

— Alors lui, il ne savait rien, c'est sûr. Pas au début en tout cas…

— Et lorsqu'il l'a appris ?

— À votre avis ?

— Il vous a frappé ?

— Vous n'avez qu'à regarder mon dossier médical. Vous y trouverez un paquet d'accidents dans ma jeunesse.

— Ça a duré combien de temps ?

— Jusqu'à ce qu'il me foute dehors. Il a décidé que ma mère et ma sœur avaient une mauvaise influence sur moi. Alors il m'a envoyé en pension.

Helen considéra Samantha. La douleur de cette séparation forcée était encore palpable.

— Il n'y avait que des garçons, et j'ai détesté cette école. Je n'avais nulle part où m'habiller, personne à qui parler. Et puis il y a eu la puberté. L'horreur.

— Votre voix a mué ?

— Ça, plus les poils partout, et me déplacer avec une énorme paire de boules entre les jambes comme un putain de singe.

— Qu'avez-vous fait ?

— Je me suis mutilé, j'ai joué au con, j'ai raté volontairement presque tous les examens des matières que j'étudiais. J'étais quand même le souffre-douleur des autres. Les garçons de cette école n'appréciaient pas plus les femmelettes que mon père.

— Vous avez été victime de violences toute votre vie, alors ?

— En gros, oui. Et ils ont gardé le meilleur pour la fin. J'ai subi leurs injures et leurs mauvais traitements pendant cinq ans et puis j'en ai eu marre. Je me suis pointé à la soirée dansante de première habillé en Samantha. J'étais impeccable, bien plus canon que le reste des pauvres types présents. Et vous savez quoi ? Personne ne m'a rien dit, ne m'a rien fait de méchant. Non. Ils ont attendu que je rentre au dortoir. D'après les médecins, j'ai eu de la chance de ne pas finir aveugle.

Samantha fixait Helen droit dans les yeux, elle la transperçait du regard.

— Et la cicatrice… Sur votre joue ?

— Un cadeau de mon père quand j'ai fini par être expulsé.

Helen hocha la tête avec empathie. D'instinct, elle n'aimait pas beaucoup Samantha, mais son histoire n'était pas si différente de la sienne. Les blessures infligées par la famille étaient les plus profondes de toutes.

— Est-ce que vous continuez à vous mutiler ?

Samantha décocha à Helen un regard qui voulait clairement dire oui.

— Vous pensez que c'est la raison qui vous pousse vers la violence ludique ? Vers le BDSM ?

— Je ne suis pas psy, mon chou. Vous oui ?

Avec un sourire, Helen secoua la tête. Elle n'aimait pas son attitude mais au moins elle parlait, ce qui était positif.

— Dites-moi ce que vous aimez faire au cours d'une séance. Quels sont vos goûts ?

— Les trucs habituels.

— C'est-à-dire ?

— La contention, le jeu de rôle, le châtiment, les techniques d'isolement, les privations sensorielles…

— Les jeux extrêmes ?

— C'est courant.

— Vous pouvez me donner des exemples ?

Samantha considéra Helen. Elle s'était radoucie, elle était presque devenue loquace et ouverte, mais Helen la voyait maintenant hésiter.

— Dans l'agenda de Max Paine, à côté de précédents rendez-vous à votre nom – ou votre initiale en tout cas – il a écrit « Phénix ». Vous pouvez m'expliquer ?

Samantha plongea son regard dans celui d'Helen. Cherchait-elle une excuse pour ne pas répondre à la question ? Une échappatoire ?

— Nous n'avons pas l'obligation de faire de pause avant encore trente minutes, alors je vous remercie de me donner une réponse.

— Je voudrais un avocat, maintenant.

— Votre représentante légale est en route, elle sera bientôt là. En attendant, dites-moi ce que Paine entendait par « Phénix » ?

— C'est un scénario.

— Un scénario que vous jouiez ?

— Oui.

— Racontez-moi, Samantha. Vous pouvez détourner le regard tant que vous voulez, mais je vous promets…

— C'est un scénario dans lequel le bas prend le dessus sur le haut, OK ?

— Donc la victime – vous – a le contrôle.

— Exact. Parfois on joue un peu avant, le dominant maltraite verbalement le soumis, il le cogne un peu, puis la roue tourne.

— Et c'est donc vous qui finissez par infliger les punitions.

— La renaissance du Phénix.

Tandis qu'elle prononçait ces mots, un sourire se dessina sur ses lèvres. Samantha avait-elle le sentiment d'avoir enfin le dessus sur Helen aussi ?

— Avez-vous joué au Phénix avec Max Paine ?

— C'est arrivé.

— Je ne parle pas du passé, corrigea Helen. Je parle de jeudi soir. C'est ce que vous vouliez ? C'est ce qu'il vous a donné ?

Samantha réfléchit longuement à la question avant de répondre :

— Oui.

82

Le silence dans la pièce était assourdissant. D'ordinaire, la salle des opérations était l'épicentre de l'activité bourdonnante de la brigade criminelle – sonneries de téléphones portables, ronronnement d'imprimantes et discussions animées entre collègues, rires et échanges d'hypothèses. Mais pas aujourd'hui. L'ambiance était tendue et feutrée, le spectacle de Sanderson et de Charlie qui s'évitaient par tous les moyens mettait tous les autres mal à l'aise.

Sanderson but la dernière gorgée de son thé et envisagea d'aller s'en chercher un autre. Elle harcelait les techniciens informatiques depuis plus d'une heure pour qu'ils effectuent l'examen des données sur les appareils de Paine, mais en vain. C'était d'autant plus exaspérant que Charlie avait procédé à l'arrestation de Parker. Malgré sa dispute avec Helen, elle serait félicitée et recevrait tous les honneurs s'ils obtenaient des aveux de leur suspect principal. Sanderson avait commencé la journée d'humeur conciliante : elle avait envisagé de s'excuser auprès de Charlie pour arranger la situation. Mais sa collègue avait filé de son côté, elle avait agi dans le dos de l'équipe et maintenant elle avait l'avantage. Inutile de préciser que Sanderson avait ravalé ses excuses.

— Bien, mettons le smartphone de côté et intéressons-nous à la tablette, tonna-t-elle à bout de patience.

Son ton brusque lui valut un regard de reproche de la part de l'analyste, mais Sanderson s'en moquait. Elle était hargneuse, elle en avait conscience, pourtant elle ne pouvait pas s'en empêcher. Tandis que son collègue mécontent pianotait sur le clavier, elle balaya la salle du regard. Du coin de l'œil, elle vit Charlie qui feuilletait des dossiers. Cette image lui arracha un sourire. Charlie avait beau essayer de paraître occupée, Sanderson savait qu'elle ne pensait qu'à une chose : ce qu'il se passait quelques étages plus bas dans la salle d'interrogatoire où elle n'avait pas été conviée. Un bon point pour elle si les choses tournaient comme elle l'espérait.

— Voilà, annonça le technicien avec une pointe de triomphe dans la voix.

Sanderson se tourna, agacée contre elle-même d'avoir été distraite.

— Qu'est-ce qu'on a ?

— Quelqu'un est en train d'utiliser la tablette de Paine.

— Où ça ? demanda Sanderson, la curiosité tout à coup piquée.

— Je ne sais pas trop encore. Il passe par un serveur du centre-ville. J'aurai une localisation plus précise dans cinq minutes.

Sanderson se dirigeait déjà vers la sortie.

— Envoie-la-moi par message. Je m'y rends dès maintenant.

Sanderson poussa la porte et longea le couloir, courant à moitié. Elle ne voulait pas se faire trop d'illusions mais difficile de ne pas jubiler. Il restait une chance qu'elle puisse se racheter. Et encore mieux, il existait une possibilité que le capitaine Charlene Brooks ait arrêté la mauvaise personne.

83

— Alors, qu'en pensez-vous ?

Gardam avait attendu Helen à la sortie de la salle d'interrogatoire. Elle était pressée de rejoindre le reste de l'équipe mais il avait insisté pour avoir un compte rendu. Ils étaient donc de retour dans la cour des fumeurs pour faire le point.

— C'est un suspect valable, à mon avis. Elle a reconnu avoir eu une séance de BDSM extrême avec Paine le soir de sa mort ; elle connaissait Elder et je mets ma main à couper qu'on va pouvoir prouver qu'elle se trouvait sur les deux scènes de crime. Elle est sans conteste perturbée par les traumatismes subis tout au long de sa vie, la violence dont elle a été victime, et je pense que c'est d'ailleurs le seul langage qu'elle comprend. Et puis, il est évident qu'elle a un désir malsain de subjuguer les autres.

— Elle vous a raconté tout ça ?

— Ça n'a pas eu l'air de la gêner. En fait, elle semble plutôt apprécier l'exercice.

— Pourquoi n'est-elle pas passée aux aveux dans ce cas, si elle tient tant à parler ?

— Peut-être parce qu'elle est innocente – même si elle ne l'a jamais dit en ces termes. Ou parce qu'elle se retrouve acculée et qu'elle veut profiter du jeu aussi longtemps que possible. Ou bien, reconnaître ses actes est peut-être trop difficile pour elle. N'oubliez pas qu'elle aussi est une victime.

— Bon, qu'est-ce qu'on fait maintenant ?

— On continue de creuser. On essaie de trouver une preuve qui la relie à l'achat des articles sado-masos effectué avec les cartes de crédit volées. Tout ce qu'on découvrira pourra nous donner l'avantage.

Gardam hocha la tête et tira goulûment sur sa cigarette. Un bref silence s'ensuivit et le patio se drapa tout à coup d'une ambiance intime.

— Il faudrait vraiment que j'arrête, dit-il en soufflant la fumée.

— Moi aussi. Mais chaque fois que j'en prends la décision…

— Il se passe quelque chose.

Helen acquiesça.

— Ce sont les risques du métier, j'imagine, poursuivit Gardam en faisant tomber sa cendre par terre. Depuis combien de temps vous fumez ?

— Depuis que je suis gosse, répondit Helen. Il n'y avait pas grand-chose d'autre à faire quand on séchait l'école. C'est ma sœur qui m'a initiée.

— Pareil pour moi. Je voulais faire comme mes frères aînés. Bien sûr, ils ont tous les deux arrêté il y a plusieurs années et aujourd'hui, ils me narguent en participant à des triathlons.

Gardam termina sa cigarette et l'écrasa sur le mur derrière lui.

— On devrait peut-être essayer d'arrêter ensemble ? dit-il. On se soutiendrait comme ça.

— Ne brûlons pas les étapes, d'accord ? répliqua Helen en éteignant elle aussi sa cigarette. Nous ne sommes pas au bout de cette affaire.

— Vous avez sans doute raison.

Gardam rangea son paquet. Helen attendit qu'il la renvoie à son travail mais il n'en fit rien.

— Y avait-il autre chose, commissaire ?

— Non. Et ne vous sentez pas obligée de me donner du commissaire. Vous pouvez m'appeler Jonathan quand nous ne sommes pas avec les troupes.

— Bien sûr. Merci.

— Bonsoir, Helen.

Helen prit congé et se dirigea vers les bureaux de la brigade criminelle. Elle s'était peut-être trompée au sujet de Gardam. Contre toute attente, ils commençaient à bien s'entendre.

84

— C'est agréable d'avoir quelqu'un à qui parler. Quelqu'un qui comprend. Perdre votre père si jeune a dû être une épreuve terrible, mais vous vous en êtes bien sortie, n'est-ce pas ?

Emilia Garanita approuva d'un signe de tête et pressa le bras de Dinah Carter en guise de remerciement. Celle-ci était terrifiée, elle craignait que le décès brutal et soudain de son père ne soit un traumatisme trop lourd pour son fils et elle avait grand besoin d'une présence féminine pour la rassurer. Emilia était ravie de rendre service – elle était douée pour aider les gens à se sentir mieux et tout ce qu'elle avait dit jusqu'à présent était plus ou moins vrai. Que son père ne soit pas mort mais emprisonné pour trafic de drogue n'était qu'un détail insignifiant. Elle avait bel et bien souffert de devenir si jeune le parent de substitution de ses nombreux frères et sœurs ; mais au final, l'expérience avait été bénéfique et aujourd'hui elle ne regrettait rien. Son passé pouvait se révéler très utile, parfois. Comme maintenant.

Dinah Carter avait rechigné à lui parler. D'autres journalistes lui avaient déjà proposé de l'argent et l'avaient effrayée. D'après Emilia, ils s'étaient montrés trop agressifs, trop ostentatoires dans leur désir de profiter de Dinah. À l'opposé, Emilia avait tenté une approche plus douce, elle avait administré à bonne dose sa compassion envers l'ex-femme endeuillée. Et ça avait marché : Dinah Carter ne l'avait pas envoyée promener. Emilia se doutait que la grande cicatrice sur son visage avait aussi fait pencher la balance de son côté. Elle n'était pas très fière de son apparence mais elle avait son utilité. Les autres voyaient qu'elle avait souffert – aucune explication n'était nécessaire –, et souvent cela lui ouvrait bien des portes.

Elles avaient déjà discuté en long, en large et en travers du fils de Dinah, Thomas, mais l'intérêt que celui-ci représentait était limité, aussi Emilia dévia-t-elle la conversation. La majorité bien-pensante ne porterait que peu de sympathie à un homme au mode de vie alternatif comme Max Paine, peu importait qu'il ait été un père aimant les week-ends. Ce que tout le monde voulait savoir – Emilia en tête –, c'était qui l'avait tué.

— Le commandant Grace vous a-t-il informé de l'avancée de l'enquête sur le décès de Maxwell ?

Dinah secoua la tête tout en jouant nerveusement avec les boutons de son gilet.

— Ont-ils un suspect ? s'enquit Emilia.

Elle était au courant de l'arrestation d'un autre suspect – Michael Parker – pour interrogatoire, mais elle ignorait le sérieux de cette piste pour l'instant.

— Ils ne m'ont rien dit. Ils voulaient juste savoir quel genre d'homme était Maxwell. Je leur ai raconté comment il était avant, je leur ai parlé de ses bons côtés, mais à part ça…

— Et vous, vous soupçonnez quelqu'un en particulier ? Savez-vous si qui que ce soit voulait faire du mal à Maxwell ?

Pour la première fois, Dinah marqua une hésitation. Elle paraissait nerveuse, tendue.

— Quelqu'un lui a-t-il déjà fait du mal ? demanda Emilia qui sentait qu'elle touchait au but.

Après quelques instants de silence, Dinah finit par répondre :

— Je ne sais pas si je fais bien de vous dire ça.

— Je ne publierai rien sans votre accord, si c'est ce qui vous inquiète.

C'était un petit mensonge qu'Emilia avait déjà servi un bon nombre de fois. Dinah flairait-elle sa duplicité ? Elle ne semblait toujours pas convaincue de pouvoir faire confiance à sa nouvelle amie, de pouvoir se libérer de son fardeau. Enfin, sa décision prise, elle déclara :

— Il s'est fait agresser une fois.

Emilia afficha un air soucieux pour accorder à cette information le poids que Dinah lui attribuait.

— Quand est-ce que ça s'est passé ?

— Il y a neuf mois à peu près. Il a dû annuler une sortie avec Thomas. J'étais en rage, je lui ai crié dessus au téléphone, alors il m'a envoyé une photo de lui pour me montrer. Le pauvre s'était fait passer à tabac.

— Vous avez encore cette photo ?

— Sûrement. Dans mon ancien portable.

— Ce serait formidable si je pouvais y jeter un œil avant de partir, se hâta d'ajouter Emilia. Qu'en a pensé la police ?

— Je ne leur en ai pas parlé.

— Pourquoi ?

Dinah ne répondit pas ; pourtant Emilia devinait qu'elle n'avait pas terminé.

— Je suis sûre que vous voulez qu'on attrape le meurtrier de Maxwell ? Pour Thomas, si ce n'est pour vous. Alors pourquoi ne pas leur avoir dit ?

— Parce que c'est un officier de police qui lui a fait ça.

— Comment le savez-vous ?

— Il me l'a dit. Il voulait porter plainte, mais comment aurait-il pu, puisque c'était un des leurs ?

— Vous a-t-il expliqué pour quelle raison il avait été agressé ?

— Non, juste qu'il n'y avait pas eu provocation. Il n'avait pas envie de s'étendre sur le sujet, il avait un peu honte, je crois, parce que c'est une femme qui l'a tabassé.

— C'était une femme flic ? s'étonna Emilia sans réussir à dissimuler sa surprise. Il vous a dit comment elle s'appelait ?

— Non.

— À quoi elle ressemblait ?

— Non, seulement qu'elle était connue dans le coin. Il savait qui elle était mais il n'a pas voulu me le dire. Il voulait sans doute me protéger.

Ou se protéger lui-même, songea Emilia sans partager son opinion. Elle était disposée pour l'instant à jouer le jeu du fantasme de Dinah qui voyait son ex-mari comme une victime innocente. Après l'avoir remerciée pour le temps qu'elle lui avait accordé, Emilia commença à rassembler ses affaires. Elle était venue sans nourrir de grandes espérances mais elle repartait avec une information de poids. Était-ce la vérité ? Cette piste présentait d'intéressantes perspectives…

Une histoire commençait à se former dans l'esprit d'Emilia, qui damerait le pion à toutes les autres qu'elle avait écrites au cours de sa brève carrière haute en couleur. Il existait une personne capable de confirmer ses soupçons.

C'était la prochaine destination d'Emilia… et elle espérait qu'elle pourrait enfin révéler son histoire au grand jour.

85

— Personne ne bouge sans mon aval.

Son message terminé, Sanderson attendit que les autres membres de l'équipe confirment qu'ils tiendraient leur position. Pour ne pas reproduire l'erreur de Charlie, elle avait réquisitionné des renforts à l'instant où elle avait déterminé l'endroit où l'appareil de Paine était utilisé. Il passait par un serveur enregistré au nom d'une agence immobilière de Banner Street à Portswood. Il était presque 23 heures, l'agence était donc fermée, pourtant une lumière brillait à la fenêtre du troisième étage du bâtiment. À en croire les interphones près de la porte de l'agence, les deuxième et troisième étages étaient des appartements. Les occupants avaient peut-être passé un accord pour partager la connexion ou bien ils avaient trouvé le moyen de la pirater. Dans tous les cas, Sanderson et son équipe allaient en avoir le cœur net.

Sanderson n'avait pas réussi à joindre l'agence immobilière via son numéro de permanence et avait été contrainte de demander un mandat. Il avait fallu patienter deux heures pour qu'il soit établi mais maintenant elle avait toute autorité pour agir. Elle appuya sur la sonnette de l'appartement du troisième étage.

Pas de réponse. Elle sonna une seconde fois, en vain. À bout de patience, elle fit signe à un agent de forcer la porte. Le verrou peu solide céda sans difficulté, la porte s'ouvrit en grand et Sanderson se précipita pour gravir les marches deux à deux.

Elle passa sans s'arrêter au deuxième étage, calme et visiblement inoccupé. Après une dernière accélération, elle atteignit le palier supérieur. Elle marcha d'un pas décidé vers l'appartement et tambourina à la porte.

— Police. Ouvrez.

Elle frappa de nouveau, puis s'écarta rapidement sur le côté pour laisser la place à son collègue en uniforme qui prit son élan pour enfoncer la porte. Avec un signe de la tête, elle sortit sa radio de sa poche.

— À trois. Un, deux…

La porte s'ouvrit soudainement, arrêtant le policier dans son élan. Sanderson s'avança et se retrouva nez à nez avec un étudiant à l'air penaud.

— Qu'est-ce qui se passe ? demanda-t-il avec une insouciance feinte.

Sanderson passa devant lui et balaya l'appartement du regard avant de foncer examiner chaque pièce minuscule. Cependant, elle savait déjà qu'elle ne se trouvait pas dans le repaire de leur meurtrier. C'était un appartement étudiant miteux, rien d'autre. Pour preuves l'odeur d'herbe qui flottait, les affiches machistes, la vaisselle sale dans l'évier et surtout, plus éloquent encore, le jeune homme mal rasé en pyjama qui jouait à Minion Rush sur une tablette abîmée.

86

Samantha était allongée sur son lit, elle observait une araignée qui traversait le plafond. Ça faisait un bail qu'elle ne s'était pas retrouvée dans une vraie cellule. D'habitude, ils la mettaient dans une cage de détention, avec les ivrognes et les brutes épaisses. Cette fois, elle avait droit à une chambre privée. Était-ce une manœuvre pour lui donner l'occasion et le temps de réfléchir ? Pour l'isoler ? Quoi qu'il en soit, c'était la preuve qu'ils avaient des projets la concernant.

Elle regarda l'araignée filer vers un angle et s'installer dans sa toile en attente d'une proie. Était-ce aussi la tactique d'Helen Grace, patienter dans l'ombre en espérant que Samantha s'offrirait en sacrifice ? Si c'était le cas, elle pouvait attendre un moment. Grace s'était forgé une sacrée réputation au fil des années et Samantha avait été à la fois surprise et troublée de se retrouver en face d'elle. Elle avait cru qu'elle serait interrogée par Brooks. Mais elle avait dû affronter le grand patron à la place et danser sur un fil.

Grace était déterminée, pleine de ressources et bien préparée. Bizarrement, elle était aussi du genre à mettre son interlocuteur à l'aise, ce qui la rendait encore plus dangereuse. On ne pouvait jamais prévoir son prochain coup, ce qui au début s'était révélé très énervant, mais à mesure qu'elle s'était habituée à l'interrogatoire, Samantha avait commencé à apprécier les brusques changements de direction et les tentatives pour la déstabiliser. Ça lui avait rappelé un peu les horribles démonstrations d'escrime auxquelles elle avait dû assister pendant son séjour en école privée. Fente, retraite, parade, riposte. Fente, retraite, parade, riposte... Grace n'avait pas encore fait de touche significative mais Samantha sentait qu'elle s'en approchait. Que faisait-elle en ce moment ? Était-elle en train de tisser tous ses fils en attendant d'être prête à étirer sa toile ?

Que ne donnerait-elle pas pour être une petite fourmi et observer Grace en train de passer au crible les indices avec son équipe avant de débattre de la suite des opérations. Elle avait paru si sûre d'elle, si professionnelle au début de l'interrogatoire, comme si ce n'était qu'une question de temps avant qu'elle n'épingle leur « homme ». Mais à la fin, sa frustration était palpable tandis qu'elle poussait Samantha aux aveux. Celle-ci avait adoré ne pas coopérer : cette garce était imbue d'elle-même et méritait d'être remise à sa place.

Grace avait l'habitude que les choses se fassent à sa façon, d'être du côté des vainqueurs. Eh bien pas cette fois. Peut-être qu'elle ferait preuve de patience et attendrait que sa proie vienne à elle. Ou peut-être qu'elle attaquerait de front. Quoi qu'il en soit, une chose était claire pour Samantha : le commandant Grace se faisait des illusions.

87

— Ça aurait été beaucoup plus facile si vous nous aviez contactés plus tôt, monsieur Simons.

David Simons ne répondit pas ; se retrouver enfermé dans une salle d'interrogatoire ne lui plaisait pas plus qu'à Charlie. Elle allait terminer sa journée quand l'homme s'était enfin présenté, de lui-même, au commissariat. Sanderson, qui rentrait tout juste, était en plein conciliabule avec Helen. Seul officier supérieur disponible, Charlie devait donc se charger de prendre sa déposition.

— Je pourrais vous dire la même chose, répliqua Simons. Je suis la seule personne au monde qui tienne un tant soit peu à Jake Elder et je ne suis au courant de rien. Vous allez inculper ce Parker ou pas ?

— Je crains de ne pouvoir vous donner de détails sur une affaire en cours…

— Bla bla bla.

— Mais je peux vous assurer que l'enquête progresse, ajouta Charlie en résistant à son envie de frapper Simons en plein visage.

La vérité était un peu différente. Samantha était en garde à vue mais elle n'avait pas été inculpée, au grand dam de Charlie. Celle-ci était inquiète, elle jouait gros sur ce coup-là, surtout après sa dispute avec Helen.

— En attendant, j'aimerais passer en revue quelques éléments avec vous. À commencer par votre rencontre avec Jake Elder.

À contrecœur, David Simons se mit à raconter sa relation avec la première victime. Charlie l'écouta, acquiesça, prit des notes lorsque c'était nécessaire, pourtant, son esprit était ailleurs. Elle ne s'attendait pas à des révélations fracassantes de la part de Simons et elle avait la tête pleine des événements traumatiques de la journée. Son épaule l'élançait encore après sa course contre Samantha, mais elle aurait supporté la douleur avec fierté si elle avait aidé à résoudre cette affaire. En l'état actuel des choses, elle avait gâché sa relation avec Helen et Samantha restait un simple suspect.

Le jeu en valait-il la chandelle ? Elle refusait de se laisser supplanter par Sanderson, pour autant, sa diatribe de tout à l'heure contre son amie et mentor était-elle nécessaire ? Toutes les deux s'étaient toujours bien entendues et même s'il était vrai qu'Helen traversait une mauvaise passe, Charlie lui devait tout de même mieux que des reproches amers et agressifs. Elle ne regrettait pas d'avoir critiqué le comportement d'Helen, elle avait eu raison, mais bon nombre de choses qu'Helen lui avait dites étaient justes aussi. Charlie devait se ressaisir. Qu'elle envisage de ne pas raconter à Steve s'être battue avec un suspect était une preuve supplémentaire quant à son manque de jugement à pénétrer seule dans l'appartement.

Des excuses suffiraient-elles ? Était-ce même conseillé ? Charlie avait appréhendé Samantha et même s'il était encore possible qu'elle soit inculpée, il valait sans doute mieux ne rien faire. Une fois qu'elle aurait remis Sanderson à sa place, elle tenterait de réparer les dégâts avec Helen. Pour l'instant, elle n'avait pas le choix. Elle devait faire profil bas et aller jusqu'au bout.

88

Le sifflement de la bouilloire arracha Helen à ses pensées. Elle avait fait le point avec Sanderson avant de quitter le commissariat : son capitaine avait confirmé l'impasse avec la tablette de Paine. L'appareil avait été retrouvé par deux étudiants dans la poubelle d'un parc à plusieurs kilomètres du domicile de la victime, sa mémoire effacée et la coque et l'écran nettoyés.

Contrariée et épuisée, Helen s'était retirée un moment dans son bureau pour étudier les derniers rapports de Meredith dans lesquels, malheureusement, aucune correspondance ADN ne confirmait la présence de Parker au Cachot. Autant s'arrêter là pour aujourd'hui. Il se faisait tard et elle rêvait de retrouver le calme de son appartement.

Une fois en sécurité chez elle, elle s'était plongée dans la lecture d'un livre sans parvenir à se changer les idées. Elle avait ensuite tenté la tisane et le bain chaud. Elle ne se rappelait plus vraiment avoir mis la bouilloire à chauffer, preuve s'il en fallait de son incapacité à se sortir Samantha de la tête. Elle était le suspect idéal pour ces crimes, mais son effronterie ne s'accordait pas à sa culpabilité. Elle avait l'air de s'amuser de cette comédie, comme si elle seule en connaissait le dénouement. Helen avait le mauvais pressentiment de passer à côté d'un élément essentiel.

Elle versa l'eau bouillante dans sa tasse et la regarda se colorer autour du sachet. Elle avait eu envie de cette boisson chaude mais, maintenant, elle n'avait plus la force de la boire. À quoi bon suivre le rituel ? Elle pouvait bien se préparer une tisane, se prélasser dans un bain chaud, elle continuerait d'être obnubilée par les mêmes pensées, les mêmes problèmes épineux. Elle avait trop fumé et elle ne se sentait pas le courage d'aller courir. Quelle ironie amère de ne plus avoir Jake comme exutoire, pour se débarrasser de sa mauvaise énergie.

Elle jeta le contenu de sa tasse dans l'évier et se tourna vers la fenêtre. Il était tard et les pubs allaient bientôt se vider : épier l'animation de la ville la nuit l'aiderait peut-être à se détendre. Les lumières étaient éteintes dans la cuisine, l'obscurité l'enveloppait, mais dehors la lune était pleine et brillante, et lorsqu'elle regarda au-dehors, Helen le vit. C'était furtif, mais aucun doute n'était possible. Un homme se tenait dans le bâtiment abandonné en face d'elle, et il l'observait.

Par réflexe, Helen voulut reculer d'un bond, mais elle réussit à se maîtriser. À la place, elle tourna les talons et quitta lentement la cuisine, comme si de rien n'était. Dès qu'elle fut hors de vue, elle se précipita vers la porte d'entrée qu'elle ouvrit à la volée. Elle ne savait pas qui l'espionnait ainsi mais il ne lui échapperait pas ce soir.

89

Helen jaillit par la sortie de secours et déboucha dans les jardins collectifs à l'arrière de sa résidence. D'un geste vif, elle attrapa son trousseau de clés dans sa poche et déverrouilla le portail tout aussi prestement. Elle courut à l'angle de l'immeuble, en fit le tour pour rejoindre sa rue, mais au lieu de tourner à gauche pour s'y engager, elle traversa et vint se poster près de la grille fermée par une chaîne qui entourait le bâtiment à l'abandon – unique défense contre les squatteurs et les toxicos qui y prenaient à l'occasion leurs quartiers.

Après avoir repéré un abaissement dans le grillage, Helen l'enjamba et gagna l'arrière à pas de loup. Le bâtiment projetait une longue ombre et Helen devait avancer avec prudence : le sol était jonché de verre brisé et d'aiguilles oubliées. Tout en approchant de la carcasse vide, elle réfléchit à ce qu'elle avait vu. Était-ce la même silhouette que celle aperçue quelques mois plus tôt ? Sur le coup, elle n'y avait prêté aucune attention particulière, pensant qu'il ne s'agissait que d'un drogué en quête d'un refuge temporaire. Elle se reprochait maintenant de ne pas avoir été plus méfiante.

Arrivée à l'entrée de derrière, elle ramassa une bouteille de bière vide qui traînait. C'était léger comme arme, mais ça devait faire l'affaire ; dans sa hâte elle était partie de chez elle sans prendre sa matraque ni son étui. Helen pénétra dans l'immeuble, une main tendue devant elle pour se repérer. Il n'y avait aucune lumière dans cet espace caverneux en dehors du clair de lune qui filtrait par les trous dans la toiture. Ces rayons qui tombaient du ciel créaient une étrange atmosphère magique mais rendaient aussi le terrain périlleux. Helen voyait à peine où elle mettait les pieds et un mauvais pas aurait suffi pour chuter dans le sous-sol. Surtout, elle avait le pressentiment que celui qu'elle traquait se trouvait quelque part, prêt à frapper à tout moment, si c'était là son intention, et elle était quasiment sans défense.

Helen hésita. Dans la pénombre, elle parvint à distinguer des escaliers dans l'angle opposé. Elle avança avec prudence, tous ses sens aux aguets. Les reproches qu'elle avait lancés à Charlie lui revinrent en mémoire mais il était trop tard pour appeler des renforts maintenant. Le temps qu'ils arrivent, sa proie se serait envolée.

Au bas de l'escalier, levant la tête, Helen se sentit soudain toute petite dans le bâtiment désert. Quinze étages se succédaient au-dessus d'elle. Elle était certaine que la silhouette qu'elle avait aperçue se trouvait à l'avant-dernier. Elle avait quatorze étages à monter. Quelle stratégie valait-il mieux adopter ? Lentement mais sûrement ou vite fait bien fait ? L'escalier en béton semblait être le seul élément du bâtiment encore intact ; aussi, après avoir rassemblé son courage, Helen s'élança et entama son ascension.

Quatrième, cinquième, sixième. Helen puisa au fond d'elle-même, se força à conserver une allure régulière. Elle rebondissait avec légèreté sur les marches, avançant aussi silencieusement que possible, mais difficile d'aller aussi vite sans faire le moindre bruit. Ses précautions seraient-elles payantes ? Fonçait-elle tout droit dans un piège, une embuscade ? La peur s'insinua dans son esprit. Elle n'était pas de nature craintive, mais cet endroit dégageait une atmosphère qui lui donnait des frissons. Elle n'avait aucune envie de finir ici.

Au treizième étage, elle resserra les doigts autour de la bouteille de bière et ralentit l'allure tout en montant les marches deux par deux en grandes enjambées silencieuses. S'il devait l'attaquer, ce serait maintenant. Et elle ne tomberait pas dans son piège sans résister.

L'homme ne pouvait plus se dissimuler nulle part, aussi Helen bondit dans la pièce, les bras levés en bouclier. Le plancher craqua en signe de protestation et un nuage de poussière se souleva. Aucune attaque cependant. Helen passa à la pièce suivante, prête à parer le moindre coup violent.

Toujours rien. Puis soudain, un bruit. De l'autre côté du bâtiment. Qu'est-ce que c'était ? Un fracas ? Quelqu'un s'appuyant où il ne fallait pas ? Helen bondit en avant. Elle courait comme si sa vie en dépendait, parcourant les mètres qui la séparaient de l'autre mur à toute vitesse. Elle déboucha en trombe dans un vaste espace ouvert. Un loft jamais achevé qui accueillait désormais les oiseaux morts et les déchets des toxicos. À part ça, rien d'autre. Sinon la porte de la sortie de secours entrouverte…

Helen s'y précipita et déboucha dans l'air frais. Là, elle marqua une halte. L'escalier de secours sur lequel elle se tenait à présent était vieux et rouillé, il pouvait céder à tout instant. Soudain, son courage impulsif ressembla davantage à de l'inconscience.

Elle fit un pas en arrière et regarda à travers la grille les marches en dessous. L'escalier métallique zigzaguait jusqu'au pied de l'immeuble. Helen y chercha des signes de mouvement. Tout était paisible en dehors des pigeons qu'elle avait dérangés et de la porte qui battait légèrement au vent.

Une pensée frappa soudain Helen qui monta alors au dernier étage. C'était le seul endroit où celui qui l'épiait pouvait encore se cacher. Mais le lieu était aussi désert que le reste du bâtiment.

Helen s'accroupit pour reprendre son souffle, elle tenta de calmer les battements affolés de son cœur. Malgré tous ses efforts, elle rentrerait bredouille. Il n'y avait personne ici. Elle avait pourtant été convaincue du contraire, elle avait vu la silhouette distinctement. Ce n'était quand même pas son imagination.

Si ?

90

— Je ne crois pas que nous ayons le choix. Il va falloir l'inculper.

Le ton de Charlie était dur et inflexible. Malgré l'absence d'aveux de la part de Samantha, elle paraissait déterminée à lui mettre sur le dos ces deux homicides d'une rare brutalité.

— Sans ça, nous ne disposons au mieux que de vingt-quatre heures de plus pour la coincer, et je ne pense pas que cela suffira. Elle est trop sûre d'elle. Il nous faut plus de temps pour la travailler.

— Tu y tiens vraiment, après ce qu'il s'est passé la dernière fois ? répliqua Sanderson aussi calmement que possible. Il faut être sûr.

— Elle est la dernière personne à avoir vu Paine le soir de sa mort.

— À notre connaissance.

— Et pas une fois elle n'a clamé son innocence, malgré toutes les occasions qui lui ont été offertes de le faire.

— Elle n'a pas avoué non plus. Qu'est-ce qu'on a de concret en fin de compte ?

Helen observa ses deux adjointes débattre des preuves. Il était encore tôt et elle était épuisée et de mauvaise humeur après son excursion nocturne. Elle n'avait pas fermé l'œil de la nuit, trop occupée à se repasser en boucle ce qu'elle avait vu ou cru voir. Tous ses sens aux aguets, le moindre bruit lui avait semblé augurer un danger. Au final, elle avait renoncé à trouver le sommeil et était venue au commissariat. La journée d'aujourd'hui allait être cruciale pour l'enquête et dès l'arrivée de Sanderson et Charlie, Helen les avait convoquées dans son bureau.

Elle avait pensé présenter des excuses à ses deux capitaines pour son comportement des derniers jours mais les événements de la nuit pesaient encore sur son esprit et elle n'avait pas de temps à perdre avec la garde à vue de Samantha qui touchait à sa fin. Elles n'avaient donc évoqué que l'affaire, chacune faisant de son mieux pour ignorer les tensions qui couvaient. Helen les forcerait à travailler ensemble au besoin, car toutes deux étaient de bons éléments dont l'attitude répréhensible des derniers jours était surtout le produit de son propre manque d'objectivité.

— A-t-on avancé sur les cartes bancaires ? demanda soudain Helen en coupant court au débat.

— La combi en vinyle et les menottes croisées utilisées pour le meurtre de Paine ont été achetées avec une autre carte de crédit que celle qui a servi pour les bandelettes d'Elder, répondit Sanderson.

— On a comparé les données des magasins avec celles des sites Internet où les deux cartes ont été utilisées ? Il y aura peut-être un point commun.

— Oui, mais la liste est longue. Les supermarchés, les pharmacies Boots, les librairies W. H. Smith, Amazon, PayPal, iTunes…

— Une des cartes peut-elle être reliée à Samantha ? Nous savons qu'en tant que Michael Parker, elle a été inculpée pour fraude.

— Rien sur son ordinateur personnel, sur son téléphone ou autre appareil connecté. Et nous n'avons retrouvé aucune carte à son domicile.

— Est-ce qu'elle travaille ailleurs qu'au club ?

— Pas à notre connaissance.

— Qu'en est-il des livraisons des accessoires de bondage ? reprit Helen à l'intention de Charlie.

— Comme avec Elder, les articles BDSM ont été livrés par coursier à l'adresse d'une maison inhabitée en attente de nouveaux locataires.

— Contactez les agences immobilières qui gèrent ces propriétés. Est-ce qu'il y a un lien entre ces biens immobiliers ? Est-ce que c'est la même agence ?

— Je m'en occupe.

— Et pour l'empreinte de botte ? poursuivit Helen. D'après Meredith, l'empreinte relevée chez Paine est une pointure 39. Parker chausse du 41, mais ça ne l'écarte pas des suspects.

— On a retrouvé de nombreux accessoires chez Samantha qui servent à serrer la taille, comme des corsets… répondit Charlie.

— Elle essaie de se rapetisser et de s'amincir le plus possible.

— C'est ça. Mais nous n'avons découvert aucune chaussure ou botte qui corresponde.

Helen acquiesça, mais sa frustration était visible.

— Nous avons le dessin de la semelle, intervint Sanderson. Il est assez inhabituel alors nous allons pouvoir retrouver les magasins qui vendent ce modèle.

— Bien. On fait comprendre à Samantha qu'elle est notre suspect numéro un et on explore toutes les possibilités jusqu'à la dernière minute pour trouver quelque chose qui la relie à ces meurtres. Entendu ?

Charlie et Sanderson hochèrent la tête puis s'en allèrent. Helen décrocha le téléphone et composa le numéro de Meredith Walker. Le lieutenant Reid choisit cet instant pour frapper à sa porte. Helen reposa le combiné avant de lui faire signe d'entrer. Reid approcha, avec entre les mains un DVD qu'il tendit à Helen sans prononcer un mot. Apparemment, être le messager de mauvaises nouvelles l'angoissait.

Helen inséra le disque dans son ordinateur portable et une vidéo de surveillance apparut à l'écran.

— Qu'est-ce que c'est ?

— Les images d'une caméra de sécurité d'une rue près d'Eastern Docks. Un des vigiles de nuit là-bas a vu quelqu'un correspondant à la description de Parker, alors on a voulu vérifier.

Reid se pencha en avant et fit défiler l'enregistrement en accéléré avant d'appuyer sur la touche lecture. Helen se concentra et nota l'heure et la date sur la bande.

— C'est la nuit où Max Paine a été assassiné ?

— Exact.

L'angle de la caméra offrait une bonne vue sur les docks. Helen vit une femme entrer dans le champ. Elle fit un arrêt sur image : cheveux lissés et plaqués, un grand manteau pastel par-dessus une combinaison moulante. Samantha, sans l'ombre d'un doute. Helen relança la lecture et regarda la femme engager la conversation avec un homme qui traînait près d'une fourgonnette à l'arrêt. Samantha s'empara de la main de l'homme et la posa entre ses jambes. Quelques instants plus tard, les deux silhouettes grimpaient à l'arrière de la camionnette.

— Le véhicule ne bouge pas pendant les trois heures suivantes. Puis Samantha en descend. Elle n'a pas l'air d'aller bien et elle sort aussi vite qu'elle peut.

Helen fit un signe de la tête mais son regard s'était déjà posé sur l'horodatage en bas de l'image lancée en avance rapide jusqu'au moment en question, lorsque Samantha sortait de la camionnette un peu mise à mal. Il était indiqué 22 h 02.

— À quel point peut-on se fier à cet horodatage ?

— À la seconde.

Helen laissa échapper un lourd soupir puis donna soudain un coup de pied puissant dans son fauteuil de bureau. Celui-ci traversa la pièce, vint percuter le mur avant de se renverser. Sans prendre la peine de s'expliquer, Helen sortit et traversa la salle des opérations, des dizaines de paires d'yeux dans son dos.

91

— J'ai mieux d'habitude, mais étant donné les circonstances, c'est plutôt pas mal, non ?

Samantha présenta ses ongles à Helen, ravie des quelques produits de beauté qu'elle avait réussi à se procurer.

— Très joli, répondit Helen sans perdre son sang-froid.

Il avait fallu presque vingt minutes pour extirper Samantha de sa cellule mais ce laps de temps n'avait pas suffi à calmer les nerfs d'Helen. Jim Grieves estimait l'heure de la mort de Paine entre 22 h 30 et 6 h 30 du matin. Et même si son agonie avait été lente, la présence de Samantha sur les docks à 22 heures tendait à indiquer qu'il avait reçu une autre visite chez lui après elle.

— Je veux rester présentable. On ne sait jamais qui on va rencontrer, n'est-ce pas ?

Elle parlait d'un ton aguicheur et taquin.

— Tout à fait. Mais ne faisons pas durer le plaisir plus que nécessaire. Vous devez avoir hâte de rentrer chez vous.

Samantha répondit d'un haussement d'épaules, déçue par la réaction d'Helen. Espérait-elle plus d'agressivité de sa part ?

— Vous avez raison. Je n'aime pas laisser mes bébés toutes seules trop longtemps.

— Exact.

En réalité, toutes les poupées de Samantha avaient été saisies comme pièces à conviction et se trouvaient dans le laboratoire de Meredith. Samantha devait bien s'en douter ; à quel jeu jouait-elle alors ? Helen consulta son dossier, feuilleta avec nonchalance les pages sans prononcer un mot. Du coin de l'œil, elle voyait Samantha qui s'agitait, mal à l'aise, comme si cet échange n'allait pas dans son sens.

— Je souhaiterais clarifier quelques points au sujet de votre soirée avec Max Paine, annonça tout à coup Helen.

— Bien sûr.

— Nous avons un peu évoqué le Phénix la dernière fois.

— Ça vous a émoustillée, hein ?

— J'aimerais savoir plus en détail ce que vous avez fait, demanda Helen en ignorant la pique.

— Une femme ne révèle jamais ses secrets.

— S'agissait-il de sadomasochisme standard ou de pratiques plus sophistiquées ?

— Le numéro deux.

— Mais encore ?

— Compression et suffocation. Je veux un contrôle absolu.

— Par quels moyens y parvenez-vous ?

— La force de caractère.

— Quel genre d'entraves utilisez-vous ? Vous êtes-vous déjà servie de menottes croisées pour les quatre membres ?

— Bien sûr.

— Les avez-vous déjà utilisées par-devant ? Pieds et poings liés par-devant, le dos courbé ?

— Oui, c'est encore plus douloureux dans ce sens.

— C'est ce que vous avez fait à Paine ? demanda Helen en plongeant son regard dans celui de Samantha.

— Oui, répondit-elle sans ciller.

— Avez-vous utilisé d'autres instruments ou accessoires avec lui ?

— Du scotch, des lanières en cuir. J'ai été très méticuleuse. Je voulais que chaque centimètre carré de sa peau soit recouvert.

— À quelle heure avez-vous quitté son appartement ?

— Je ne m'en souviens pas.

— À peu près ?

— Vers 23 heures, j'imagine.

— Et vous êtes rentrée chez vous.

— Oui, je l'ai déjà dit.

Helen se rencogna dans son siège. Elle venait de remporter cette bataille mais de perdre la guerre par la même occasion. Elle se sentit soudain vidée de toute énergie. Son serment de traîner l'assassin de Jake devant la justice ressemblait désormais à une plaisanterie amère.

— Pourquoi me mentez-vous, Samantha ?

— Je ne mens pas.

— Vous n'êtes pas partie de chez Paine à 23 heures, mais beaucoup plus tôt. Et de chez lui, vous êtes allée sur les docks en quête d'action bon marché.

— N'importe quoi.

— On vous voit sur la vidéo d'une caméra de surveillance, alors inutile de mentir. C'est là que vous avez récolté ces bleus ? Les choses se sont corsées dans la fourgonnette ?

— J'étais avec Paine, insista Samantha.

— Oui, mais il était en vie quand vous l'avez quitté.

— Je vous ai dit ce qu'il s'était passé, comment il est mort…

— Vous avez recyclé les informations révélées dans la presse sur le meurtre de Jake Elder. Max Paine est décédé dans une combinaison en vinyle, les bras attachés à ses chevilles par-derrière. Vous avez fait de votre mieux mais vous vous êtes plantée sur presque chaque détail.

— Vous mentez.

— S'est-il passé la même chose au Cachot ? Pourquoi en êtes-vous partie aussi bouleversée ? Vous a-t-on rejetée ?

La longue hésitation de Samantha fournit à Helen sa réponse.

— C'est bien ce que je pensais.

— C'est des conneries.

— Vous savez, c'est une première pour moi. Je n'ai jamais interrogé un suspect qui désirait autant être inculpé pour double homicide. Vous m'avez fait perdre mon temps !

— Vous vous trompez, répliqua Samantha, énervée maintenant.

— Non, c'est vous qui vous trompez, corrigea Helen en se levant. On a terminé.

Helen éteignit l'enregistrement d'un coup sec et se dirigea vers la porte ; elle l'ouvrit et s'arrêta pour ajouter :

— Bonne chance, Samantha.

Et sans attendre de réponse, elle quitta la salle d'interrogatoire.

92

En ce milieu de matinée, le magasin « Tout à 1 £ ! » était plein à craquer. Des mamans débordées jonglaient avec des maxi-paquets de Monster Munch pendant que les retraités parcouraient les rayonnages en quête de promotions, désireux de faire durer leur maigre allocation hebdomadaire un peu plus longtemps. C'était un lieu surprenant pour planifier un meurtre.

La grande silhouette élancée navigua à travers la foule, amusée par ce qu'elle voyait. Tous ces gens menaient une vie tellement étriquée, à fouiller les bacs de bonnes affaires, à fourrer des louches de bonbons dans des sachets chiffonnés, qu'ils ne voyaient pas ce qui se trouvait juste devant leurs yeux. Que diraient-ils s'ils savaient ? Seraient-ils horrifiés ? Ou excités ?

Les flics ne valaient pas mieux. L'équipe de Grace avait arrêté une trans perturbée qui l'occuperait un temps. Mais ils étaient complètement à côté de la plaque, et même si Grace n'allait pas tarder à piger, ça n'arriverait pas assez vite pour qu'elle empêche le prochain meurtre. Il n'était prévu que dans plusieurs heures et déjà les émotions se bousculaient : excitation, tension, contrôle, soulagement.

Ce meurtre serait un peu différent. Il allait changer les codes, pour rester imprévisible mais aussi pour donner à la police de quoi cogiter ; il était temps. Les autres meurtres étaient des œuvres d'art, celui-ci serait plus pragmatique, plus simple. Il les ferait réfléchir et s'interroger.

La caissière scannait les articles du panier tout en jacassant d'un ton aimable. Son attitude indifférente faisait d'elle la complice d'un meurtre. Ce devait être l'événement le plus significatif et excitant de sa vie et pourtant elle n'en était absolument pas consciente : elle croyait enregistrer les articles ménagers quelconques d'un client comme les autres.

Mais c'était beaucoup plus que ça. Tellement plus. C'était le début de la fin.

93

— Il me faut tout ce que vous avez.

Meredith Walker était sur le point d'attaquer un sandwich bien mérité lorsque Helen Grace avait jailli dans son labo. Le commandant de police oscillait entre colère et contrariété et, à mesure qu'elle apprenait les derniers développements de l'enquête, Meredith comprit pourquoi. Les deux collègues étaient maintenant enfermées dans le bureau de médecine légale, des dizaines de feuilles étalées sur la table devant elles.

— Le moindre détail. La réponse est forcément là, quelque part.

— Vous croyez ?

— Ce type n'est pas un fantôme, il est de chair et de sang. Impossible qu'il n'ait pas laissé une trace sur ces scènes de crime.

— Je reconnais que c'est bizarre mais, à l'évidence, il est d'une extrême prudence. Il doit porter un justaucorps, peut-être un masque, et ne jamais retirer ses gants. Il n'y avait aucune empreinte sur le thermostat chez Paine, ni sur les poignées de porte, ni sur la combinaison en vinyle ou les menottes croisées…

— Et sur des objets moins évidents ? Dans le couloir, devant l'appartement, dans les poubelles…

— On est encore en train de rechercher des indices mais la défense aura toute la matière nécessaire pour invoquer la contamination de preuves si jamais…

— Il me faut quelque chose !

— J'entends bien, mais on ne fabrique pas les preuves avec une baguette magique.

— Et au Cachot ? Qu'est-ce qu'on a là-bas ?

— Vingt-trois ADN différents sur la scène de crime. Je crois que votre équipe les a déjà passés en revue.

— Quoi d'autre ?

— Un certain nombre de sources d'ADN à proximité immédiate du couloir qu'on n'a pas pu identifier.

— Comment ça, un « certain nombre » ?

Meredith souleva un dossier sur son bureau et sortit une feuille de celui qui se trouvait en dessous.

— Il y a… plusieurs bouteilles de bière, un mégot de cigarette, un préservatif usagé, un gant. Tous ces articles contiennent de l'ADN qu'on ne peut faire correspondre à personne de nos fichiers.

— Il est peu probable que l'assassin ait eu des rapports sexuels, le mode opératoire n'indique pas ce genre de crime, mais peut-être sur les autres éléments ?

Meredith hocha la tête tout en haussant les épaules : elle semblait aussi peu convaincue qu'Helen. Celle-ci se passa les mains sur le visage et contempla les feuilles étalées devant elle. Un tel amas d'informations pour si peu d'explications.

— Vous pensez qu'on va le coincer ? demanda tout à coup Helen.

— On n'en est qu'au début.

— Il y en a toujours un qui passe entre les mailles du filet, n'est-ce pas ?

— Il va commettre une erreur. Ils en font tous. Et lorsque ça arrivera, vous serez là pour le chopper. Je vous fais confiance.

Helen remercia Meredith puis prit congé. Elle appréciait son soutien, mais en vérité cette affaire était si déroutante, si peu ordinaire, qu'elle s'inquiétait sincèrement de pouvoir la résoudre.

Pour la première fois depuis des années, Helen se mit à douter d'elle-même.

94

— Ils sont dans le flou et font n'importe quoi.

Le ton de David Simons était empli de mépris.

— Ils arrêtent un suspect et ils le relâchent. Ils arrêtent quelqu'un d'autre, et ils *la* relâchent aussi…

Emilia approuva d'un hochement de tête et laissa Simons pester. Comme beaucoup de membres de la communauté BDSM, il avait cru en l'arrestation de Michael Parker. L'annonce de sa soudaine libération avait été un coup dur que tous encaissaient avec colère. Pour beaucoup, c'était l'incompréhension totale, pour d'autres, le retour de la peur. Mais aucun d'entre eux n'avait de lien personnel avec la victime comme Simons. Sa colère était justifiée.

— C'est extrêmement frustrant, commenta Emilia lorsque Simons se tut enfin pour reprendre son souffle. Nous voulons tous que justice soit faite pour Jake et l'enquête semble… partir dans tous les sens. Voilà pourquoi je souhaitais m'entretenir avec vous.

Simons la considéra avec surprise et curiosité.

— Excusez-moi de vous faire revivre des souvenirs douloureux, mais la dernière fois que nous avons parlé, vous avez mentionné quelqu'un d'autre dans la vie de Jake. Une femme pour laquelle il avait des sentiments ?

Simons la fixa avec une expression affligée ; replonger dans ce passé le peinait.

— Je comprends que ce soit difficile pour vous, poursuivit Emilia, mais c'est très important. Qu'est-ce que Jake vous a raconté sur la nature de leur relation ?

— Pas grand-chose. J'ai dû lui tirer les vers du nez.

— Et ?

— Et c'était compliqué. Au début, il a nié avoir des sentiments pour cette femme. Puis il a prétendu que c'était fini, qu'il l'avait oubliée, sauf que je ne l'ai pas cru. Pendant un moment, il l'a suivie, après qu'elle l'a laissé tomber.

— Il l'a harcelée ?

— Je n'irais pas jusque-là. Mais en tout cas, il avait du mal à... tourner la page.

— Que s'est-il passé ?

— Elle lui a flanqué une raclée, répondit Simons d'un ton grave.

— Elle l'a agressé ?

— Il lui a fait peur et il a récolté ce qu'il avait semé. Elle l'a frappé avec son casque de moto, je crois, et après ça, il l'a laissée tranquille. Me raconter ça lui a coûté, bien sûr, mais je voulais connaître tous les détails. Pour le bien que ça m'a fait...

Emilia marqua une hésitation, nota « casque de moto » dans son calepin avant de demander :

— Vous avez dit les avoir vus ensemble une fois, Jake et cette femme. Vous savez à quoi elle ressemble ?

— Je n'ai vu son visage qu'une sconde, et de loin.

— Mais vous pourriez la reconnaître ?

— Quoi ? Pourquoi toutes ces questions ?

— Écoutez, David, je me doute que cela peut paraître bizarre, mais j'essaie de rassembler des éléments pour obtenir l'image la plus complète possible de la vie de Jake. Pour des raisons que vous découvrirez plus tard, je ne suis pas convaincue de pouvoir faire confiance à la police pour résoudre cette affaire. Et quelqu'un se doit de mener le combat au nom de Jake.

Simons la dévisagea un instant, puis il répondit :

— Oui, je crois que je la reconnaîtrais.

Emilia plongea la main dans son sac et en sortit une photo qu'elle posa sur la table.

— C'est elle ?

Simons se pencha en avant pour l'examiner, sous le regard attentif d'Emilia. Elle s'efforçait au mieux de contenir son excitation mais son cœur battait la chamade. Au bout de quelques secondes, Simons releva la tête et déclara :

— Oui, c'est elle.

95

Angélique était couchée sur le lit, les yeux rivés sur le poste de télévision. Elle suivait les infos qui titraient avec l'enquête sur le meurtre de Jake Elder, et les téléspectateurs de ce début de soirée avaient le privilège de voir les images de Michael Parker – alias Samantha – en train de rentrer chez lui en toute hâte sous le feu des questions des journalistes locaux.

Malgré sa grande taille, Samantha paraissait si amoindrie, si misérable, que c'était à se demander comment la police avait pu la suspecter. Pas de doute, c'était un personnage peu recommandable, mais comment avaient-ils pu imaginer qu'elle possédait les talents d'organisation nécessaires pour orchestrer deux homicides aussi complexes ? Des détails sur la mort de Paine avaient filtré sur Internet et entraîné une vague de réactions sur les réseaux sociaux. Les commentaires allaient de l'écœurement à une étrange admiration pour la nature élaborée du meurtre. Pourtant, personne n'avait publiquement accusé Samantha, malgré la pratique répandue de juger sur la base d'insinuations. Cette absence de condamnation populaire aurait dû mettre la puce à l'oreille des flics ; parfois, écouter la rumeur publique avait du bon.

Jusque-là, la police avait incriminé deux innocents avec les résultats qu'on connaissait. Qu'allait faire Samantha maintenant ? Avec son tempérament nerveux et impétueux, comment réagirait-elle face à la tempête qui s'annonçait ? Recroquevillée dans son petit appartement miteux avec personne d'autre que ses poupées pour la réconforter… Il ne serait pas surprenant qu'elle suive l'exemple de Paul Jackson. Néanmoins, Angélique avait le pressentiment que Samantha serait plus efficace et ne se raterait pas, elle.

Que faisaient Helen Grace et sa brigade en ce moment, maintenant qu'ils étaient revenus à la case départ ? Son équipe avait-elle encore confiance en son chef ? La pensait-on en mesure de résoudre l'affaire ? Ne pas savoir était agaçant, mais il n'y avait rien à faire pour y remédier. Le dénouement était pour bientôt, et en attendant Angélique resterait une spectatrice attentive.

96

— J'aimerais qu'on examine à nouveau la piste des cartes bancaires.

Helen avait fait sursauter Charlie en apparaissant comme par magie près de son bureau. On avait beau travailler depuis longtemps à ses côtés, on ne cessait jamais de s'étonner de sa discrétion.

— On a passé les relevés en revue plusieurs fois, s'empressa de répondre Charlie. Les deux propriétaires des cartes les ont utilisées dans plusieurs magasins identiques et sur des mêmes sites Internet. Déterminer où a eu lieu le vol de données est très compliqué. Voici la liste : Amazon, Ticketmaster, Trainline, Sainsbury, Gumtree, iTunes, Pets at Home…

— Examinons-les sous un autre angle, alors. S'il s'agit de fraude Internet, il sera quasiment impossible de remonter à la source, donc concentrons-nous en priorité sur les magasins physiques. Nous sommes partis de l'hypothèse que le coupable a cloné des cartes dans l'intention de commettre ces meurtres. Mais il est fort probable qu'il ait débuté par des actes de petite délinquance et qu'il soit ensuite passé à des crimes plus graves.

— On recherche donc des fraudeurs à la carte bancaire aguerris…

— C'est ça. On contacte les points de vente où les victimes de fraude se sont rendues régulièrement. Un employé peut facilement récupérer le numéro et les infos de la carte au moment de la transaction. On vérifie les casiers du personnel, actuel et passé. On ne se cantonne pas aux délits récents, on remonte plus loin. Ce genre de crime ne s'organise pas en une nuit.

— Mais si le coupable a un casier, on aurait dû avoir une correspondance ADN avec les échantillons relevés sur les scènes de crime, non ?

— Pas forcément. Il a pu être interrogé mais pas inculpé. Son extrême prudence et sa méticulosité jouent en sa faveur. Il n'a même pas touché Paine et pourtant il a réussi à le tuer. Il s'est peut-être passé la même chose pour Jake Elder.

Charlie hocha la tête. Cette idée était des plus décourageantes. Couraient-ils après une ombre ?

— J'ai cru au début que les preuves médico-légales seraient essentielles compte tenu du manque de témoins crédibles, poursuivit Helen. Mais à mon avis, c'est aussi un luxe que nous n'avons pas. Il faut donc miser sur les petits détails, la moindre erreur, si infime soit-elle, qu'il a pu commettre. Les plus petites pièces du puzzle, une fois assemblées…

— Nous mèneront à notre homme. Il faut quand même savoir que la liste des magasins en commun est très longue…

— Une aiguille dans une botte de foin, je sais.

— Ça ne me dérange pas de m'y coller, bien sûr.

— Tant mieux. Merci.

Helen tourna les talons pour partir, mais Charlie n'avait pas terminé.

— Helen, au sujet d'hier, mes paroles ont dépassé ma pensée.

— Tu n'y es pour rien, Charlie. C'est ma faute.

— Quoi qu'il en soit, je voulais juste que tu saches que je suis sincèrement désolée et que je ferai tout ce qu'il faut pour aider à résoudre cette affaire.

— Merci.

Helen aurait dû ajouter quelque chose, s'excuser pour son comportement lunatique, mais elle craignait de craquer et l'attitude de Charlie indiquait que ce n'était pas nécessaire. La preuve d'une véritable amitié.

— Appelle-moi si tu as du nouveau, lança Helen en partant.

— Sans faute. Où vas-tu ?

Sur le seuil de la salle des opérations, Helen s'arrêta et se retourna.

— Me plonger dans l'esprit d'un tueur.

97

Contrôle. Sadisme. Compression. Victime. Dominateur. Connaissance. Pouvoir.

Colère. Dégoût. Haine de soi. Souffrance.

Helen écrivait vite, elle recouvrait le tableau blanc de son gribouillis. Elle avait réquisitionné l'une des salles d'interrogatoire les plus reculées, étalé les dossiers sur la table, baissé les stores. Elle voulait se retrouver seule avec le tueur, examiner de nouveau le profil incomplet qu'ils avaient établi de lui et voir si l'évidence lui avait échappé. Elle relut les notes sur les indicateurs comportementaux, le mobile probable, l'analyse des indices pour tenter d'imaginer ce qui avait traversé l'esprit du criminel au moment de la mort.

— Puis-je me joindre à vous ?

Avec surprise, Helen découvrit Jonathan Gardam dans l'embrasure de la porte.

— Pardon. J'étais ailleurs. Entrez, je vous en prie.

Gardam s'avança et se posta devant le tableau, immobile et silencieux pendant une minute, à examiner les mots qui y étaient inscrits.

— Comment avance ce profil ?

— Doucement. Nous manquons d'éléments.

— Dites-moi.

— Je vous assure, c'est assez basique…

— J'aimerais vous aider si je le peux. J'étais plutôt bon enquêteur à mon époque.

Helen hésita. Elle préférait être seule pour s'adonner à cet exercice introspectif, mais le ton employé par Gardam ne tolérait aucune protestation. Elle pouvait peut-être faire une exception. De toute façon, elle n'avançait pas beaucoup.

— Je crois que l'élément clé pour comprendre le meurtrier est le contrôle. Sur lui-même et sur sa victime. Sur nous aussi. Il s'agit d'un individu parfaitement fonctionnel, doté d'un ego surdimensionné ; quelqu'un qui considère que le monde ne le comprend pas. Il veut communiquer, s'intégrer, mais selon ses propres termes ; pour cela il tue, ses meurtres étant des messages qu'il nous revient d'interpréter.

— Il aime jouer, donc ?

— Tout à fait. Je crois qu'il aime séduire, aguicher, se prendre pour Dieu.

— Il y a de fortes chances qu'il vive seul, alors ? Afin de contrôler son environnement familial ?

— Possible. Mais il peut aussi avoir un conjoint, une famille. Il les contrôle peut-être de la même manière qu'il contrôle ses victimes, ou alors ce sont eux qui le dominent.

Gardam acquiesça, réfléchissant à ces paroles.

— Les victimes ont-elles été spécifiquement ciblées ?

— Si c'était le cas, la violence à leur encontre aurait été plus manifeste.

— Il a une dent contre les adeptes du BDSM, alors ?

— Peut-être.

— Un problème moral avec le sadomasochisme ? Il a peut-être vécu une mauvaise expérience. Un incident dans la communauté aurait pu déclencher sa colère.

Helen réfléchit un instant à cette idée.

— Je ne veux pas me mêler de ce qui ne me regarde pas, hasarda-t-il, mais vous avez déjà dû croiser ce genre d'individus. Comment ça se passe… dans ce monde ?

— Ce n'est pas aussi bizarre que vous l'imaginez, se hâta de répondre Helen. Les gens y vont pour toutes sortes de raisons et, en général, tout est fait de manière très professionnelle, discrète et consensuelle.

— Mais il doit y en avoir qui repoussent les limites…

— Lors de rencontres privées, peut-être. Les séances professionnelles sont encadrées, avec des règles de sécurité très strictes, rigoureusement respectées.

— Notre homme a donc gravi les échelons depuis son entrée dans ce monde ? Il a de l'expérience ?

— À en juger par ses connaissances et ses activités, je dirais que cet univers lui est très familier. Il ne semble pas vouloir être puni, ni démasqué, ni maltraité. Il veut être celui qui commande. Il est possible qu'il sorte d'un environnement où il n'a aucun contrôle, aucun espoir. Il pourrait être victime d'abus, piégé dans une relation malsaine, accablé d'un bagage émotionnel lourd qu'il n'a pas d'autre moyen d'expier.

— L'une de ces possibilités s'applique-t-elle à vous ?

Helen resta un instant interdite devant cette question.

— Vous pouvez m'envoyer me faire voir, si vous voulez, mais vous êtes notre meilleur atout pour comprendre ce criminel. Je conçois que vous n'ayez pas envie de révéler au reste de l'équipe cet aspect de votre vie, mais entre nous…

Helen considéra Gardam puis répondit :

— Je le fais parce que ça marche.

— Parce que vous vous sentez… coupable ?

— J'éprouve de la culpabilité, des regrets, de la colère.

— Et pour vous, ça fonctionne ? Ça vous rassure, vous réconforte ?

— Pendant un temps.

— Mais ces émotions reviennent ensuite ?

Helen haussa les épaules sans toutefois le contredire.

— Croyez-vous que ces sentiments disparaîtront un jour pour de bon ? insista Gardam.

— Je l'ignore. Ça peut paraître idiot mais… parfois, j'ai l'impression d'être… tachée. Comme marquée par ce qui est arrivé dans le passé.

— Personne ne voit cette marque.

— Moi, je la vois.

Gardam l'observa un moment ; il semblait chercher les bons mots. Finalement, il lui demanda :

— Vous vous considérez vraiment comme… maudite ?

— C'est en tout cas ce que je ressens.

— Ce n'est pas une fatalité, vous savez.

— Croyez-moi, si je pouvais trouver comment m'en sortir, je le ferais.

— Laissez-moi vous y aider. Vous avez fait le premier pas en vous confiant à moi. Ne gâchez pas cette opportunité. Laissez-moi… vous aider.

Il fit un pas en avant, la main tendue vers elle. Le sourire à ses lèvres était à la fois doux et confiant.

— Je sais que vous vous sentez seule, Helen. Perdue.

Helen recula d'un pas mais Gardam continua d'avancer.

— Et l'idée que vous soyez seule dans cet appartement, avec tout ce qui se passe, me déplaît au plus haut point, dit-il en accompagnant ses paroles d'un geste de la main en direction du tableau.

— Je vais bien. Écoutez, je crois qu'il vaut mieux…

— Vous m'avez ouvert votre cœur pour une bonne raison. Ne prenez pas peur maintenant.

Il posa sa main sur la joue d'Helen.

— Ce sera bien pour nous deux.

Helen leva le bras pour l'écarter mais Gardam l'attira brusquement à lui. Elle sentit alors sa bouche pressée contre la sienne. Elle s'appuya contre son torse pour le repousser mais il s'approcha encore, se mit à lui mordiller la lèvre.

Helen s'écarta d'un coup. Les bras de Gardam étaient toujours autour d'elle et, tandis qu'elle cherchait à s'extirper de son emprise, elle se cogna contre la table.

— Ne fuyez pas, Helen, susurra Gardam en lui caressant le dos jusqu'aux fesses.

Il se colla de nouveau à elle et, cette fois, Helen frappa la première, enfonçant ses ongles dans la joue de Gardam. Il recula, sous le choc, offrant à Helen l'occasion qu'il lui fallait. Elle leva le genou et cogna plusieurs fois dans l'aine.

Gardam s'affala à terre.

Helen enjamba son corps recroquevillé et traversa rapidement la pièce. Elle franchit le seuil sans un mot, laissant son patron étendu au sol, secoué de hoquets de douleur. Helen ne jeta pas un seul regard en arrière. Elle voulait juste s'éloigner le plus vite possible.

98

Le monde avait les yeux braqués sur elle maintenant.

Samantha détestait les moqueries, l'attention, le jugement. Et voilà qu'elle avait droit au tiercé gagnant. Elle avait tiré les rideaux, éteint son portable, mais l'interphone n'arrêtait pas de sonner, encore et toujours. Elle n'y connaissait rien en branchements électriques, si bien qu'elle avait fini par arracher l'appareil du mur et l'avait lancé contre la porte avec une flopée de jurons. Peu après, la troupe de journalistes qui l'avaient harcelée et bousculée sur le trajet jusque chez elle avait réussi à entrer dans l'immeuble. Elle ne se voyait pas appeler les flics à la rescousse et son bon à rien de proprio ne répondait pas au téléphone. Ces vautours étaient donc toujours devant sa porte, à l'interpeller, à tambouriner, à plaisanter. Pour eux, c'était une journée de travail ordinaire.

Assise en silence dans son salon, elle avait tenu le coup un moment, ignoré leurs demandes d'interview insistantes. Mais elle avait fini par craquer et s'était exilée au fond de l'appartement. Elle avait mis la musique à fond et les avait régalés d'un peu de Dark Metal. Ils allaient adorer, ça pimenterait leurs articles, elle s'en fichait. Elle voulait seulement faire barrage au monde extérieur.

La police avait volé la plupart de ses biens, ses vêtements, ses poupées. Par chance, ils en avaient oublié deux. Celles qu'elle avait achetées à un marché aux puces. Le Duc et la Duchesse, ainsi prénommés en raison de leurs atours, étaient relégués dans le tiroir de sa table de nuit, en exil temporaire à cause du manque de place dans la chambre. Samantha les sortit de leur cachette et les installa par terre devant elle. Ils étaient ses seuls compagnons désormais, et pourtant, ses bébés semblaient la couver d'un regard étrange aujourd'hui, leurs yeux noirs éteints ne renvoyant que suspicion et déception. Elle avait souvent vu ce genre d'expression quand elle était enfant.

Seigneur, elle mourait d'envie de boire un verre, mais il était hors de question de sortir en prendre un. Elle avait joué et perdu. Elle s'était vautrée dans l'attention que lui portait la police, elle les avait menés par le bout du nez dans une danse enjouée pour rien, sinon finalement se faire écarter dès qu'ils avaient compris qu'elle mentait. Tout ce qu'elle désirait, c'étaient ses cinq minutes de gloire. Et maintenant, elle en payait le prix fort.

Elle voulait de la compagnie mais elle était seule. Elle voulait la tranquillité mais on la harcelait. Ce minable petit appartement avait été son sanctuaire pendant si longtemps, désormais ce n'était plus qu'un logement sans âme.

99

Sanderson finit son verre et se demanda s'il serait sage d'en commander un autre. Ce n'était qu'une pinte de blonde légère, rien de bien méchant, mais elle hésita quand même. De nombreux flics avaient gâché de belles carrières à cause de mauvaises habitudes. Le pub La Sirène, dissimulé dans une ruelle près du commissariat central de Southampton, était devenu le lieu d'errance des policiers déchus au fil des ans.

Elle aurait dû être à son cours de vélo en salle, mais ce soir, elle ne se sentait pas le courage de supporter les cris d'encouragement et l'énergie positive des autres pratiquants. L'autre option était de rentrer dans son appartement mal chauffé pour retrouver un frigo vide. Elle avait donc préféré se replier dans la chaleur du pub à la place et profiter d'une pinte de bière étrangère, tout en ignorant les regards que lui lançaient de temps à autre les hommes pleins d'espoir au bar.

— Je vous en offre une autre ?

Sanderson leva les yeux et découvrit Emilia Garanita plantée à côté d'elle.

— Je dois retrouver quelqu'un ici tout à l'heure, et j'ai une demi-heure à tuer. À en juger par les œillades qu'on vous décoche, vous auriez bien besoin d'un chaperon.

Sanderson supposa qu'elle mentait, mais ne l'envoya pas balader pour autant. La journaliste avait su se révéler utile par le passé et peut-être qu'un peu de mauvaise compagnie valait mieux qu'aucune. Elle devrait rester sur ses gardes, et alors ?

Quelques minutes plus tard, Garanita revenait avec deux pintes.

— J'aurais cru que vous feriez des heures sup.

— Je prends une pause. On a fait tout ce qu'on a pu pour aujourd'hui.

— Je me doute.

Sanderson perçut la note de sarcasme mais ne reprocha pas son scepticisme à Emilia. Elle avait commencé à suivre plusieurs pistes mais n'était pas très optimiste sur leurs résultats à court terme. En plus, Helen était aux abonnés absents, ce qui amplifiait le sentiment de Sanderson que les choses dérapaient. L'enquête était au point mort, le moral des troupes en berne, et sa carrière n'avançait pas. Le conflit qui l'opposait à Charlie risquait de diviser l'équipe et elle craignait toujours que sa rivale, plus populaire, n'en sorte naturellement gagnante.

— Alors, comment ça se passe ? demanda Emilia d'un ton enjoué.

— Ça vous va si on ne parle pas boulot ?

— Pas de problème, mais si vous avez envie de me dire quoi que ce soit, officieusement…

— Non, c'est bon.

— Dans ce cas, laissez-moi vous aider. Je sais que ça ne se passe pas comme vous le voudriez.

Sanderson quitta son verre des yeux pour la dévisager.

— Deux capitaines, ça ne doit pas être facile à gérer, surtout avec Brooks et Grace qui sont si proches. Je ne suis pas du genre à parier mais, quand Grace bougera, je pense que Brooks sera favorite pour reprendre le flambeau, non ?

Sanderson fixa Emilia sans dire un mot.

— Ça doit être rageant d'être mise à l'écart. C'est pour cela que je voulais vous parler.

— Écoutez, les choses ne sont pas faciles – je suppose que vous avez entendu les ragots –, mais je ne suis pas du genre à rendre service, Emilia. Si vous voulez en apprendre davantage sur l'affaire, une conférence de presse est prévue dans dix minutes au commissariat.

— Ce n'est pas ce qui m'intéresse. Le genre de questions que j'ai pour vous ne peut pas être posé dans une salle de conférences.

Malgré elle, Sanderson fut intriguée.

— Ce que je suis sur le point de vous révéler, je vous le dis en toute confidentialité. Je détiens des informations d'une importance capitale sur ces meurtres.

Emilia laissa à ses paroles le temps de faire leur effet avant de poursuivre :

— Si nous agissons sur la base de ces informations, les implications pour les forces de l'ordre du Hampshire seront énormes. Alors je dois savoir si je peux vous faire confiance. Puis-je avoir confiance en vous, Joanne ?

— Bien sûr.

— Tant mieux.

Avec un sourire, Emilia se pencha plus près et, d'une voix aussi basse qu'un murmure, elle ajouta :

— Parce que je m'apprête à vous faire une offre que vous ne pourrez pas refuser.

Sanderson sut alors avec certitude qu'Emilia lui avait menti : elle n'était pas venue retrouver un ami. Elle était venue pour *elle*.

100

— Vous allez devoir gérer ça toute seule.

— Je ne peux pas me présenter au pupitre sans un officier supérieur. Je ne suis que l'agent de liaison avec la presse.

— Eh bien, faites votre boulot : faites la liaison avec la presse ! rétorqua sèchement Gardam.

— Y aller sans le commandant Grace est une chose, j'y suis habituée, mais je ne peux pas m'adresser à eux sans vous. Ils flaireront le coup fourré et ne me lâcheront pas.

— Dans ce cas, trouvez Brooks ou Sanderson.

— J'ai essayé, croyez-moi. Et la prochaine fois, pour information, j'apprécierais un coup de fil plutôt qu'un e-mail. Se défiler à la dernière minute n'est pas…

— C'est comme ça, alors il faut vous y faire. Fin de la discussion.

Le capitaine Maddy Wicket parut si contrarié que Gardam adoucit le ton.

— Vous m'avez vu ? Je ne peux pas leur faire face dans cet état !

Maddy contempla les griffures sur sa joue droite.

— Que s'est-il passé ?

— J'ai voulu aller courir en extérieur, pour changer de la salle de sport. Et j'ai foncé droit sur une branche. On dirait que j'ai été agressé. Pas terrible pour l'image de la police locale.

Maddy voulut protester mais Gardam avait raison.

— On peut annuler, si vous préférez, proposa-t-il. À moins que vous ne vouliez repousser de deux heures et tenter de joindre Brooks pendant ce temps ?

Comme prévu, Maddy saisit la balle au bond. Elle adorait venir à la rescousse et elle se mit à évaluer ses options. Gardam l'encouragea d'un hochement de tête, mais déjà il ne l'écoutait plus. Il était de retour dans la salle d'interrogatoire avec Helen.

Elle était venue à lui. Elle l'avait aguiché, avec son attitude de reine des glaces sur la défensive au début, mais cela faisait partie de son petit jeu. Peu à peu, elle s'était dévoilée, et ces dernières semaines elle lui avait carrément fait du rentre-dedans. On ne révèle pas de telles choses à un homme sans attendre une réaction de sa part. C'était une invitation claire et nette et, lorsqu'il y avait répondu, elle l'avait attaqué.

Avait-elle pris peur ? Était-ce parce qu'il était marié ? Non, elle avait réagi avec bien trop d'agressivité pour qu'il ne s'agisse que de ça. En d'autres circonstances, il l'aurait poursuivie pour agression, mais il ne pouvait pas se le permettre dans le cas présent. S'était-elle déjà comportée ainsi ? Il en était presque certain. Le précédent commissaire d'Helen était une femme mais celui encore avant était un homme. Il était parti brusquement après avoir croisé le fer avec elle. L'avait-elle piégé de la même façon ?

Elle avait besoin d'être sauvée d'elle-même. Elle voulait être sauvée. Et elle lui avait laissé croire qu'il était l'homme de la situation. Il aimait sa souffrance, mais souhaitait l'en débarrasser, la protéger des noirceurs du monde extérieur. Il l'avait toujours considérée comme un oisillon blessé qui réclamait chaleur, protection et amour. Mais il savait désormais qu'Helen Grace n'était qu'une sale allumeuse sans cœur.

101

Helen verrouilla sa porte d'entrée derrière elle. Elle s'y adossa et ferma les paupières pour empêcher les larmes de couler. Après avoir quitté le poste, elle avait regagné sans détour son domicile, roulant trop vite et sans prêter attention aux automobilistes. Sa tête l'élançait. Elle sortit son paquet de cigarettes de sa poche mais il lui échappa. Ses mains tremblaient, elle était encore sous le choc.

Elle se repassait en boucle les deux heures qui venaient de s'écouler et n'arrivait toujours pas à y croire. Voilà plus de vingt ans que quelqu'un n'avait pas eu un comportement agressif et déplacé envers elle et jamais elle n'aurait imaginé que cela se produirait sur son lieu de travail. Le commissariat central de Southampton était son sanctuaire depuis si longtemps, l'endroit où elle pouvait agir en être humain normal et posé. Gardam avait détruit tout cela.

Qu'est-ce qui lui avait pris, bordel ? Elle lui avait parlé en toute confiance, comme à un ami. Elle avait craint les répercussions de son passé sur l'enquête, rien de plus. Jamais et en aucune manière elle n'avait encouragé l'intérêt qu'il lui portait. Au contraire ! Elle avait attribué son attention particulière à ses talents de manager, d'officier de première ligne qui connaissait les défis que représentait une enquête de grosse envergure. Quels signes avait-il interprétés pour imaginer pouvoir se conduire de la sorte ?

C'était à peine croyable et elle souhaitait tout oublier, mais elle avait encore des fragments de sa peau sous les ongles et elle sentait toujours l'odeur de son après-rasage. Elle se précipita à la salle de bains, retira à la hâte son blouson et son chemisier, puis s'aspergea la figure, le cou, les mains, à grandes giclées d'eau chaude. Très vite, ses cheveux furent trempés, son mascara laissa de longues traînées noires sur ses joues. Mais elle se sentait propre.

Elle se sécha les cheveux avec une serviette tout en s'examinant dans le miroir. Que faire, maintenant ? Devait-elle le signaler ? Son geste était inacceptable, toutefois il ne lui avait fait aucun mal. Et comment prouver sa version des événements s'il décidait de réfuter les faits ? Ce serait sa parole contre la sienne.

Il valait mieux qu'elle le dénonce. Il le fallait. Pourtant, cette idée la rendait malade, et puis elle risquait de ne pas s'en sortir sans dommages : Gardam avait des relations haut placées. Elle pourrait dire adieu à l'enquête et faire une croix sur son serment de rendre justice à Jake. D'un autre côté, pouvait-elle vraiment retourner travailler comme si de rien n'était et rendre des comptes à Gardam comme d'habitude ? Elle savait désormais ce qu'il pensait d'elle et elle n'arrivait pas à se sortir cette idée de la tête.

Bzzz.

Elle n'eut qu'une conscience vague du bruit ; elle l'entendit avec plus de clarté la seconde fois.

Bzzz.

La source se trouvait quelque part dans l'appartement. Flairant le danger, Helen sortit sa matraque et la déploya avant d'avancer à pas de loup vers le bruit qui la mena à la cuisine.

Elle bondit à l'intérieur. Personne. Mais ce qu'elle découvrit la tétanisa. Son portable secret – celui qu'elle avait jeté dans une bouche d'égout trois jours plus tôt – était posé au centre de la table. Il était allumé et vibrait à la réception d'un nouveau message.

Helen inspecta la pièce. Qui avait bien pu le mettre là ? L'intrus se trouvait-il toujours chez elle ? La fenêtre de la cuisine était fermée, mais qu'en était-il de celles du salon, de la chambre ? Matraque au poing, Helen fonça dans l'appartement, vérifia les fenêtres, les armoires, sous le lit. Son cœur battait à tout rompre. Mais rien, personne. Elle était seule dans l'appartement.

Qui l'avait vue jeter le téléphone ? Qui le lui avait rapporté ? Pour quelle raison ?

Helen retourna à la hâte dans la cuisine. Après avoir attrapé un torchon pour se couvrir la main, elle ramassa le portable et, à travers le tissu, elle pressa la touche pour lire le message. Il venait d'Angélique. Il était bref et concis :

Il faut qu'on se voie.

102

Helen gara sa moto trois rues plus loin et se dirigea au pas de course vers l'appartement d'Angélique. La nuit était tombée, Helen rasa les murs pour éviter la lumière des réverbères. Sans aucune idée de ce qui l'attendait, elle préférait arriver en toute discrétion.

Angélique l'avait-elle suivie cette fameuse nuit ? L'avait-elle vue jeter le téléphone dans l'égout ? Mais dans ce cas, pourquoi l'avait-elle récupéré et comment était-elle entrée chez elle ? La femme de ménage d'Helen était passée aujourd'hui... Avait-elle oublié de refermer à clé en partant ? Non, elle était très scrupuleuse en matière de sécurité. Angélique aurait-elle pu se procurer un double ?

Tout cela n'avait aucun sens, pourtant un vague souvenir se réveilla dans l'esprit d'Helen. Elle se rappela la liste établie par Sanderson, celle des participants, réguliers ou occasionnels, aux Munches. Une Angélique y était répertoriée, Helen en était certaine, mais sur le coup elle n'y avait pas accordé beaucoup d'intérêt. Sanderson ne l'avait pas rencontrée lors de sa mission d'infiltration, aucun élément notable ne ressortait à son sujet et, de toute façon, rien ne garantissait qu'il s'agisse de la même personne. Cela étant, elle faisait partie de la communauté, et si c'était bien elle sur la liste… Il était possible qu'elle chausse du 39 et, de mémoire, elle aimait porter des bottes. Connaissait-elle Paine ? Fréquentait-elle Le Cachot ? Si elle était coupable de ces meurtres, quel était son mobile ?

La principale question restant de savoir pourquoi elle s'était donné autant de mal pour la faire venir. Si elle souhaitait agir dans l'anonymat et la discrétion, elle aurait pu s'y prendre de façon moins sinistre et plus simple. De quoi s'agissait-il, alors ? Était-ce un jeu de pouvoir ? Une démonstration de contrôle ?

Helen marqua une pause en haut de la rue. Situé près des docks, le quartier se composait surtout d'entrepôts reconvertis et de quelques magasins spécialisés – dont la plupart semblaient n'être jamais ouverts. À première vue, il n'y avait pas de caméras de surveillance ici : Helen se remit en marche et gagna d'un pas rapide le trottoir opposé pour observer le bâtiment d'Angélique.

Il s'élevait en plein milieu de la rue paisible, adossé à un ensemble plus grand d'immeubles. Sans entrée de service ni escalier de secours, on ne pouvait y pénétrer que par la porte principale. Une perspective qui inquiétait un peu Helen mais représentait aussi un avantage. Deux autres travailleurs du sexe exerçaient à cette adresse ; il y avait donc du passage, surtout à la nuit tombée, et cette porte était souvent ouverte. Helen traversa la rue, se posta à quelques mètres, dissimulée derrière deux énormes conteneurs poubelles.

Expirant lentement, elle essaya de calmer les battements effrénés de son cœur. Était-ce de la folie de venir ici ? Mais quel autre choix avait-elle ? Elle devait découvrir à quel jeu jouait Angélique, et pourquoi. Elle n'en ressentait pas moins une légère appréhension. Elle n'évoluait pas sur son terrain, et elle n'avait pas décidé non plus des modalités de la rencontre. Elle dansait sur le fil de quelqu'un d'autre.

Un bruit attira son attention : un homme en pardessus avec mallette à la main sortait avec empressement de l'immeuble. Helen attendit quelques secondes avant de jaillir de sa cachette. La lourde porte commençait à se refermer. D'un bond, elle s'empara de la poignée, la retenant juste à temps.

Une fois à l'intérieur, elle repoussa la porte sans bruit puis examina la cage d'escalier. Personne en vue, le calme régnait : Helen s'élança et gravit les marches, vite et en silence. Bientôt, elle arriva au troisième étage, celui d'Angélique. Là, plus d'hésitation. Elle sortit une carte de crédit de la poche de son blouson. Si le verrou haute sécurité était en place, elle ne pourrait rien faire, sinon…

Elle glissa la carte entre la porte et le chambranle et la fit remonter jusqu'à rencontrer le loquet. Par petits à-coups d'avant en arrière, elle parvint à déloger la barre métallique. Elle s'appuya sur la porte et, au bout de quelques secondes, celle-ci s'ouvrit avec un léger bruissement.

Helen entra et tendit l'oreille. Des vibrations de basse résonnaient au loin. Un voisin plus haut écoutait de la musique à plein volume. Mais l'appartement d'Angélique, lui, était silencieux. Et plongé dans le noir : aucune lampe n'était allumée. Helen sortit sans bruit sa matraque et la déploya avant de faire un pas en avant.

Le plancher craqua sous son poids, elle recula. Changeant d'itinéraire, elle se colla au mur et le longea, progressant plus vite et en silence. L'appartement ne possédait qu'une chambre et ne serait pas long à inspecter. Soudain, Helen eut hâte d'en finir : le calme régnait peut-être parce qu'il n'y avait personne. Quelle ironie si elle se déplaçait à pas furtifs, matraque au poing, dans un appartement vide où aucun danger ne la guettait.

Elle arriva dans la cuisine et passa la tête à l'intérieur. Personne. Elle continua dans le salon, se baissant pour éviter une éventuelle attaque. Quelles que soient ses appréhensions, il était inutile de courir le moindre risque. Là encore, la pièce était déserte. De loin, par la porte ouverte, elle vit que la salle de bains était vide aussi. Ne restait plus que la chambre.

À pas feutrés, Helen s'approcha de la porte entrebâillée. Et s'il n'y avait personne non plus ? Angélique attendait peut-être qu'Helen soit entrée chez elle avant de l'y suivre ? Elle jeta un regard par-dessus son épaule, mais tout était paisible. Du bout de sa matraque, elle poussa la porte.

Toujours rien. Avec prudence, Helen fit un pas en avant. Les rideaux étaient tirés et la pièce plongée dans la pénombre, pourtant quelque chose fit hésiter Helen sur le seuil. Elle n'était pas seule, elle le sentait. Pour reprendre l'avantage, elle alluma le plafonnier d'un coup rapide.

Angélique était là, étendue sur le lit, immobile. Helen s'avança tout en examinant les quatre coins de la pièce. À mesure qu'elle approchait, elle comprit qu'elle arrivait trop tard. Angélique reposait dans sa combinaison moulante, les quatre membres attachés aux angles du lit avec des cordelettes de bondage japonaises. Son visage était bleu et un bâillon boule lui obstruait la bouche. Pis encore : toute sa tête, du sommet du crâne au menton, était recouverte de film cellophane.

Helen avait raison depuis le début. Elle était tombée droit dans un piège.

103

— Alors, dites-moi, où est passée votre collègue ? Le lieutenant McAndrew, c'est ça ? Je l'aimais bien.

Sanderson esquissa un sourire crispé tandis que Maurice Finnan lui offrait un thé et la conduisait au salon.

— Elle s'occupe de tâches opérationnelles.

— Et voilà qu'on m'envoie un capitaine. J'ai pris du galon !

C'était dit d'un ton léger mais Sanderson perçut la question sous la plaisanterie. De toute évidence, Maurice était malin comme un singe sous ses allures d'excentrique cultivé.

— Il ne s'agit de rien de bien excitant, j'en ai peur. Quelques questions subsidiaires, c'est tout.

Maurice but une gorgée de thé sans prononcer un mot.

— Vous nous avez été d'une grande aide en nous fournissant la liste des plaques d'immatriculation des véhicules que vous avez repérés près du domicile de Jake Elder.

— Merci.

— Accepteriez-vous d'en passer quelques-unes en revue avec moi maintenant ?

Maurice était ravi de rendre service. Sanderson vint s'asseoir à côté de lui et lui tendit la liste en question. L'homme chaussa ses lunettes et examina la feuille.

— Celle-ci, DE 59 VFB. C'est un utilitaire bleu. Vous rappelez-vous du conducteur ?

Maurice réfléchit quelques secondes avant de répondre :

— Malheureusement, non. D'habitude, ma mémoire est plutôt bonne pour ce genre de choses…

— Et celle-ci ? BD 05 TRD, une Corsa.

— Un type petit. En imperméable, avec un sac à dos tout plat.

— Un sac pour ordinateur portable ?

— C'est ça.

— Et VF 08 BHU. Un break Astra.

— Un baraqué, mal rasé. Genre ouvrier.

— Très bien. Et celle-ci : LB 52 WTC ?

— Ah là, c'était une moto.

— C'est ça. Et qui la conduisait ?

— Une femme. Plutôt inhabituel, c'est pour ça que je l'ai remarquée. Je ne pensais pas que les femmes donnaient dans ce genre de choses.

— Vous sauriez me la décrire ?

Sanderson nota les renseignements que lui fournissait Maurice, peinant à en croire ses oreilles. Elle n'avait pas voulu prêter foi aux allégations d'Emilia au début et l'avait envoyée paître. Mais les preuves que lui avait exposées la journaliste avaient soulevé de trop nombreuses questions. Garanita possédait des photos datant de plusieurs années qui laissaient entendre qu'Helen avait fait appel aux services de Jake Elder. Il s'avérait aussi qu'elle connaissait Max Paine. Pourquoi n'avait-elle pas partagé ces informations avec son équipe ? Que cachait-elle ? À la fin de leur conversation, Sanderson avait eu la tête qui tournait sous les interrogations et elle s'était précipitée chez leur témoin, dans l'espoir fou que Maurice contredirait l'histoire d'Emilia. Malheureusement, il venait de la confirmer, en lui décrivant dans le détail Helen Grace.

104

Emilia se fit porter pâle au bureau alors qu'en réalité elle ne s'était jamais sentie aussi bien de sa vie. Son petit mensonge n'avait d'autre but que de lui permettre de travailler chez elle en toute tranquillité. Par le passé, tandis qu'elle apprenait encore les ficelles du métier, elle avait payé cher sa franchise et sa loquacité sur ses articles en cours. On lui avait « emprunté » ses pistes, piqué ses témoins, et ses exclus étaient devenues du réchauffé. Hors de question de reproduire la même erreur. Pas avec le scoop qui allait établir sa carrière.

Sa conversation avec Sanderson lui avait appris que personne encore ne soupçonnait Helen Grace. Son fidèle capitaine s'était montré sceptique au début, mais la perception que Joanne avait de sa supérieure s'était peu à peu modifiée tout comme l'idée qu'elle se faisait d'Emilia. Cette dernière sentait le manque de satisfaction professionnelle de Sanderson et elle avait joué dessus : elle avait souligné les opportunités que créerait la déchéance de Grace et fait appel à son sens du devoir. On ne devait pas jeter l'opprobre sur toutes les forces de l'ordre à cause d'un flic pourri, avait-elle ajouté en réussissant à conserver un visage impassible.

Sanderson avait mordu à l'hameçon et détalé pour faire ce qu'on lui disait, laissant à Emilia tout le loisir de rédiger son article. Elle avait déjà une ébauche pour sa une – un chef-d'œuvre de révélations explosives et cinglantes – et les éléments de base pour ses pages deux et trois. Ce qu'il lui fallait maintenant, c'était un peu de matière pour le contexte.

Les gens croyaient savoir qui était Helen Grace, mais sa vie était si riche de complications que son histoire valait encore la peine d'être racontée. Le portrait qu'Emilia peindrait d'elle serait le véritable cœur de cet article. Après tout, qui connaissait Helen Grace mieux qu'elle ?

Par souci d'équité, Emilia avait aussi dressé la liste des succès de Grace : la fois où elle avait démasqué Ella Matthews, le sauvetage héroïque de Ruby Sprackling, sans oublier l'arrestation d'un couple d'incendiaires. Face à cela, elle opposait la propension à la violence de Grace, avec en tête le coup de feu fatal tiré sur sa propre sœur, et sa sombre obsession pour le sadomasochisme.

À l'instar d'Emilia, Helen Grace possédait deux visages. Sous un angle, elle était le meilleur officier de police de tout Southampton ; sous un autre, elle était une femme profondément perturbée qui nuisait à tous ceux qui l'approchaient. Certains, comme sa complice de toujours Charlie Brooks, par exemple, avaient survécu, mais d'autres n'avaient pas eu cette chance. Mark Fuller s'était donné la mort en captivité ; son neveu, Robert Stonehill, avait fui après que son identité avait été révélée ; et au moins trois officiers de police, dont deux au rang de commissaire principal, avaient dû présenter leur démission après avoir croisé le fer avec elle. Catastrophe, mort, violence semblaient suivre Helen Grace partout où elle allait.

Sa vie tout entière ressemblait à un prélude aux événements des derniers jours. Jake Elder était obsédé par elle : il l'avait suivie et harcelée et s'était fait agresser en retour. Max Paine avait aussi tenté sa chance avec elle et, à en croire la photo que sa veuve avait remise à Emilia, il l'avait payé cher. Après s'être renseignée un peu, Emilia avait appris que Paine était habitué à voir ses avances rejetées. Elle imaginait très bien la scène : Paine qui insistait et se faisait tabasser. Chacun à leur manière, l'un sur le plan émotionnel, l'autre sur le plan sexuel, ils avaient tous les deux tenté d'abuser d'Helen Grace et avaient payé leur audace au prix fort.

Comment en étaient-ils tous arrivés là ? Leurs chemins s'étaient-ils croisés par hasard ou à dessein ? Avaient-ils menacé de dénoncer Helen, ainsi qu'Emilia l'avait fait par le passé, si elle ne coopérait pas ? Ou la colère d'Helen couvait-elle depuis des années, attendant l'étincelle qui la ferait s'enflammer ?

Emilia possédait d'anciennes photos sur lesquelles Grace rendait visite à Elder, ainsi qu'une identification formelle et le témoignage de David Simons qui confirmait leur relation compliquée. Elle détenait également une preuve solide de la part de Dinah Carter et une description plutôt convaincante : combien de femmes flics avec un penchant pour le sadomasochisme y avait-il dans cette ville ? Emilia avait la plupart des réponses à ses questions désormais, mais une dernière pièce du puzzle continuait de lui échapper.

Pourquoi Helen Grace avait-elle fini par sauter le pas ? Qu'est-ce qui l'avait poussée à devenir une meurtrière ?

105

Il n'eut pas longtemps à attendre. La porte d'entrée commença à s'ouvrir et quelques secondes plus tard elle émergea puis remonta la rue au pas de course, vers là d'où elle était venue. De son point d'observation en hauteur, elle lui parut toute petite, vulnérable, à tel point que, l'espace d'un instant, il eut presque pitié d'elle. Mais le sentiment était fugace ; la rage qui l'aiguillonnait depuis si longtemps ne fit qu'une bouchée de cet élan de bonté.

À quoi pensait-elle, maintenant ? Elle ne s'était pas attardée sur les lieux, mais cela suffirait pour qu'elle en subisse les conséquences. De son côté, lui s'était beaucoup amusé. Ce meurtre était le plus significatif. Et le plus satisfaisant aussi. Lorsqu'elle avait enfin compris, Angélique l'avait imploré de l'épargner, pour autant qu'on peut implorer avec une balle en plastique coincée dans la bouche ! Mais il avait à peine entendu ses supplications, simple bruit de fond tandis qu'il poursuivait ses affaires. Elle était une offrande qu'il déposait aux pieds d'Helen Grace.

Elle avait presque atteint le bout de la rue. Avait-elle garé sa moto à l'abri des regards, pour ne pas attirer l'attention sur elle ? En pure perte dans ce cas. Elle était au centre de tout. Elle l'avait toujours été.

Soudain, elle disparut à l'angle, glissa hors de sa vue. Peu importait ; ils ne tarderaient plus à se rencontrer maintenant.

Tu peux fuir, Helen, mais tu ne peux pas te cacher.

106

La salle des opérations était déserte. Sanderson avait attendu le dernier moment pour regagner le quartier général dans l'espoir que, sans nouvelle piste, le reste de l'équipe soit rentré. Lorsqu'elle tourna la poignée de la porte principale, elle fut soulagée de la trouver verrouillée ; elle n'avait aucune envie de devoir expliquer sa présence ici. Elle se hâta d'entrer et referma à clé derrière elle. Compte tenu de ce qu'elle s'apprêtait à faire, elle ne pouvait pas se permettre d'être dérangée.

Elle se faufila à travers les tables et se rendit dans le bureau d'Helen. Sa patronne appliquait une politique de transparence et ne verrouillait jamais sa porte. Helen aimait se mêler aux troupes et veillait à ne pas ériger de fausses barrières entre son équipe et elle. Un désir de proximité qui se révélait utile maintenant que Sanderson s'introduisait en douce dans son antre ; mais sa trahison n'en était que plus cuisante. Quels que soient ses sentiments à l'égard d'Helen en ce moment, elle l'avait toujours considérée comme un modèle.

Sanderson passa derrière le bureau et ouvrit un tiroir, puis un autre. Elle finit par trouver ce qu'elle cherchait dans le dernier, celui du bas. Helen avait les cheveux longs et lisses et elle gardait une brosse sur place, au cas où il lui faudrait rencontrer les grands patrons ou pis, les journalistes. Après avoir enfilé une paire de gants en latex, Sanderson attrapa la brosse et en retira avec précaution trois cheveux ; elle les glissa dans un petit sachet pour les pièces à conviction qu'elle scella avant de replacer la brosse dans son tiroir.

Vingt minutes plus tard, elle entrait dans le bâtiment qui abritait les services de la police scientifique. Très vite, elle se retrouva au troisième étage, dans le laboratoire où Meredith Walker l'attendait.

— J'espère que ça en vaut la peine, dit celle-ci en la voyant. Je rate mon émission de téléréalité pour être ici.

— Une nouvelle piste dans l'affaire Elder. Un échantillon ADN. Il nous faut les résultats…

— Le plus vite possible. Je sais.

La technicienne médico-légale se tourna pour se mettre au travail.

— Et Meredith…

Celle-ci fit volte-face pour regarder Sanderson, intriguée par la gravité de son ton.

— Les résultats sont à ma seule attention.

107

Ils mangèrent en silence. Sarah était habituée aux humeurs de son mari et savait quand Jonathan avait passé une mauvaise journée au travail. Sa tactique dans ce genre de situation : ne pas poser de questions et ne pas l'embêter. À la place, elle lui tendait un verre de vin blanc bien frais et s'activait à la préparation du dîner.

Elle lui avait concocté son plat préféré : des *linguine alle vongole*, mais il y toucha à peine. Il était en pilotage automatique, il enroulait les pâtes autour de sa fourchette qu'il portait ensuite à sa bouche sans avoir conscience d'être en train de manger. Il se fichait complètement des conséquences de ses actes aujourd'hui : il avait la certitude de pouvoir surmonter une plainte en bonne et due forme qui émanerait d'Helen. Non, c'était le sentiment de trahison qui le consumait. Il l'avait désirée plus que n'importe quelle femme et elle l'avait repoussé. Pourquoi avait-elle joué avec lui si elle n'était pas intéressée ?

Gardam termina son repas et repoussa son assiette. Lorsqu'il leva les yeux, il vit sa femme qui l'observait. Bien entendu elle s'était inquiétée lorsqu'il était rentré à la maison avec des griffures sur la joue, mais elle avait paru accepter son explication d'un accident de jogging. À présent, néanmoins, Gardam se demandait si elle ne nourrissait pas quelques soupçons. Les écorchures étaient longues, droites et propres. Une branche provoquerait-elle ce genre de blessure ? Toute la question était de savoir si elle voudrait lever le doute, si elle lui demanderait de but en blanc ce qu'il s'était passé. Lui le souhaitait. Il lui répondrait qu'il n'avait pas couché avec une autre, mais qu'il en avait envie. Il avouerait à Sarah qu'il la trouvait prévisible, bourgeoise et quelconque, au lit comme ailleurs. Il lui dirait que leur mariage était tranquille et routinier, caractérisé par son ambition professionnelle à lui et son goût à elle pour le joli style de vie classe moyenne, mais qu'au final, en termes de besoins et de désirs primaux, elle représentait bien peu pour lui. Helen était celle qui occupait ses pensées désormais. Malgré son violent rejet, elle restait dans sa tête, dans ses tripes, et surtout dans son cœur.

108

Il était presque minuit, l'air était froid et mordant. Helen marcha d'un pas vif entre les arbres, se faufilant jusqu'aux coins les plus reculés du bois. Elle avait emprunté ce chemin à de nombreuses reprises lorsqu'elle courait et elle connaissait l'endroit comme sa poche. Elle suivait un sentier peu fréquenté, ce qui la rassurait et offrait un peu de répit à sa paranoïa. Ici au moins, elle serait en sécurité.

Angélique avait été abandonnée ainsi pour qu'Helen la découvre. C'était une nouvelle étape dans ce jeu morbide qui la visait clairement. Helen connaissait les trois victimes, elle avait payé leurs services et leur avait dévoilé une part d'elle-même qu'elle nc montrait à personne d'autre. La jalousie poussait-elle le tueur à attaquer ces personnes ? Autre chose ? Et puis, pourquoi ce texto envoyé par le meurtrier d'Angélique ? Souhaitait-on lui faire savoir qu'on l'avait piégée ? Ou seulement l'avertir ? Le tueur avait-il perdu patience et décidé de faire entrer sa véritable cible dans la partie ?

Seul l'avenir le dirait... Mais pour en sortir indemne, Helen devrait se montrer plus maligne. Elle attrapa son portable secret dans son blouson, ôta le capot arrière et retira la carte SIM. Après avoir regardé autour d'elle et s'être assurée que personne ne l'espionnait, elle prit son briquet dans son jean et l'alluma. Le spectacle était d'une étrange beauté : le plastique fondait lentement tandis que la puce métallique noircissait et se déformait. Elle la tint au creux de sa main gantée jusqu'à ce que la carte soit détruite, puis elle la jeta par terre, dans un petit trou qu'elle avait creusé du talon de sa botte. Après l'avoir rebouché, elle s'éloigna, le téléphone serré dans la main.

À la lisière du bois, elle marqua une hésitation. Un couple traversait tranquillement le parc, bras dessus bras dessous. Helen attendit de les voir disparaître avant de s'aventurer à découvert. Elle s'était toujours sentie chez elle ici mais, ce soir, elle se sentait surtout vulnérable. Accélérant l'allure, elle se mit bientôt à courir, pressée d'en finir.

En quelques minutes, elle se retrouva au bord du lac du cimetière. Après avoir vérifié une nouvelle fois qu'elle était bien seule, Helen lança le portable de toutes ses forces. L'appareil décrivit un arc de cercle dans le ciel nocturne avant de tomber avec un léger plouf dans l'eau. Le bruit se répercuta brièvement avant de mourir.

Helen avait déjà tourné les talons et marchait en direction de la sortie sud. Maintenant il fallait qu'elle réfléchisse à ses options, et pour cela elle devait rentrer chez elle. Il lui faudrait fouiller le moindre centimètre carré de son appartement et en verrouiller toutes les issues avant de s'y sentir en sécurité, mais elle n'hésiterait pas à faire le nécessaire. C'était chez elle après tout, son seul et unique refuge désormais. Pas question de s'en faire exclure.

109

Charlie se couvrit la bouche de la main : le spectacle devant ses yeux lui souleva le cœur. Que la troisième victime soit une femme n'aurait dû faire aucune différence, et pourtant si. Charlie distinguait la terreur pure figée sur son beau visage, elle ressentait son besoin de respirer, son désir de vivre, tandis que l'air venait à manquer dans ses poumons. Ses narines étaient dilatées, sa bouche grande ouverte ; on aurait presque pu croire qu'elle allait soudain revenir à la vie avec une grande inspiration. Mais ses yeux éteints, qui fixaient le plafond sans le voir, confirmaient que ça n'arriverait pas.

Pour les besoins de sa profession, elle se faisait appeler Angélique, mais son véritable nom était Amy Fawcett. Le logement était à son nom et les preuves de sa vie « normale » s'affichaient dans des cadres au fond de l'appartement, dans un espace privé. Elle était musicienne et artiste de spectacle vivant, elle payait ses factures avec son emploi nocturne. Elle ne semblait pas se prostituer ; il n'y avait pas de préservatifs chez elle, elle n'avait pas de casier. En fait, son activité paraissait être secondaire, ce qui rendait sa mort encore plus tragique. Sur sa table de chevet, il y avait la photo d'une jeune Amy qui tenait maladroitement un violon sous son menton. Cette image fit monter les larmes aux yeux de Charlie tant l'innocence et l'optimisme de l'enfant étaient naturels. Elle dut s'excuser auprès de l'équipe et s'absenter un instant. Elle avait besoin d'une pause, d'une vraie coupure. Quant à savoir quand et sous quelles conditions elle pourrait en avoir une, c'était un autre sujet.

Ils étaient au beau milieu d'une grosse enquête qui n'avançait pas. Charlie avait passé au crible les éléments sur les cartes de crédit et envoyé ses résultats à Helen mais il n'en ressortait rien de significatif et elle commençait à avoir le mauvais pressentiment que les choses partaient en vrille. D'ordinaire, Helen aurait été en première ligne, à arpenter la scène de crime, à brusquer les techniciens médico-légaux et à commander les troupes. Mais elle brillait par son absence ce matin. Charlie n'avait pas réussi à la joindre, ni sur son fixe ni sur son portable. Était-elle malade ? Sûrement pas : Helen n'était jamais malade.

Elle avait tenté d'appeler Sanderson, la sagesse et le bon sens lui faisant reconnaître sa plus grande expérience, mais en vain là aussi. Un planton au commissariat lui avait appris que le capitaine était « indisponible » et « en mission ». Charlie avait du mal à saisir quelle mission pouvait être plus importante qu'un troisième homicide.

La direction des opérations lui revenait donc. Une tâche qui aurait dû la réjouir : prendre les décisions sur une scène de crime était le point culminant de sa carrière jusqu'à présent. Mais le doute qui la tenaillait, cette impression qu'il se passait quelque chose de primordial, quelque chose dont elle était exclue, lui sapait le moral et la vidait de son énergie. Tout aussi décourageant était le tableau qui s'étalait devant elle : une âme belle et talentueuse à qui la vie avait été brutalement arrachée.

110

Helen n'avait pas voulu quitter l'appartement d'Angélique de cette manière mais elle n'avait pas eu le choix. Elle pouvait difficilement prévenir les secours… Elle était partie en laissant la porte ouverte, se doutant qu'un voisin le remarquerait et s'en inquiéterait. C'était loin d'être idéal mais il n'y avait pas d'autre solution. Elle ne pouvait pas risquer de s'incriminer : elle avait un travail à accomplir.

Chez elle, Helen avait baissé le store et éteint son téléphone. La table de sa cuisine était recouverte de papiers et de dossiers : la totalité de leurs recherches sur ces meurtres. Elle avait le fort pressentiment qu'ils cherchaient dans la mauvaise direction depuis le début, induits en erreur par un tueur organisé, appliqué et déterminé. Helen se le reprochait vivement : elle avait volontairement fermé les yeux sur les preuves qui s'accumulaient devant elle, nié son lien personnel avec les victimes par souci de confort et de facilité. En récupérant son téléphone secret et en la convoquant sur le lieu de son troisième meurtre, le coupable lui faisait savoir qu'il ne permettrait pas que son implication avec Jake, Max et la pauvre Angélique demeure confidentielle.

Helen commençait à avoir sa petite idée sur l'identité du meurtrier mais elle refusait de laisser sa paranoïa influencer ses réflexions. Il fallait qu'elle se fie aux preuves, qu'elle se concentre sur le choix des victimes, la mise en scène de leur mort et la façon dont l'assassin s'y était pris pour orchestrer ses crimes. Dans ce genre d'affaires, tout était dans les détails, et Helen s'intéressa une fois de plus aux recherches sur les cartes de crédit effectuées par Charlie.

C'était le seul point faible du meurtrier, le seul domaine où il pouvait révéler son jeu. Elle disposait maintenant d'une troisième victime à examiner et de deux nouveaux instruments de torture : les cordelettes de bondage japonaises et le bâillon boule, selon toute vraisemblance achetés pour l'occasion.

Helen savait que le coupable préférait faire ses achats en ligne aussi ; après s'être connectée au réseau de la police via son accès sécurisé à distance, elle entreprit d'étudier les données. Elle écarta les chaînes de sex-shops au profit des boutiques indépendantes. Très vite, elle trouva ce qu'elle cherchait : les articles en question payés par un certain Geoffrey Plough, quatre-vingt-sept ans, professeur à la retraite, domicilié aujourd'hui à Shirley. Il n'avait pas le profil type de l'adepte d'attirail sadomaso, mais surtout, l'adresse de livraison ne correspondait pas à la sienne. Les articles avaient été livrés à un magasin fermé définitivement à Woolston.

Sans aucune hésitation, Helen envoya un e-mail à la banque de Plough puis téléphona au directeur pour le convaincre, grâce à sa réputation et à son rang, de lui communiquer les informations nécessaires. Quelques minutes plus tard, son imprimante crachait le relevé des opérations de carte de crédit de Plough sur les trois derniers mois.

Par chance, la liste des transactions était assez courte. Alors que les deux autres victimes de fraude étaient des acheteurs actifs qui dépensaient souvent dans un grand nombre de magasins et sites Internet, Plough faisait preuve de parcimonie. Il ne devait pas toucher une grosse retraite à en croire ses maigres dépenses, et il n'achetait pas sur Internet, préférant les transactions en magasin. De plus, il se cantonnait à un périmètre concentré pour faire ses courses. La plupart de ses achats étaient effectués à Shirley et il était un client régulier. Un établissement ressortait plus que les autres, où il semblait se rendre chaque jour. Wilkinson, sur Park Street.

Helen se rappelait que ce magasin figurait également sur la liste de ceux fréquentés par les deux autres victimes. Elle s'empara de leur dossier pour vérifier : Bingo ! Ils étaient tous bel et bien des clients réguliers de Wilkinson.

Helen décida de s'y rendre sans attendre. Si elle avait raison, la réponse à ce jeu d'énigmes morbide l'y attendait.

111

Sanderson fit les cent pas. Elle regrettait amèrement de ne pas fumer et de ne pas se ronger les ongles, parce qu'elle aurait eu quelque chose à faire pour passer ses nerfs. Au lieu de quoi, elle ne pouvait qu'attendre.

Les plongeurs inspectaient le lac depuis une vingtaine de minutes et Sanderson s'était maintenant accoutumée à l'étrange rythme régulier de leur tâche. Ils plongeaient, ils remontaient, ils discutaient, ils plongeaient, ils remontaient, ils discutaient… Chaque fois qu'ils refaisaient surface, elle espérait qu'ils lui apporteraient l'indice qui lui manquait. Et chaque fois qu'elle les voyait les mains vides, une petite part d'elle-même mourait.

Elle jouait un sacré coup de poker. Elle était passée au-dessus de Gardam et s'était adressée directement au chef de la police. Le convaincre de la nécessité d'une filature avait été assez difficile, mais au final il avait reconnu qu'il y avait matière à suspicion, et la résolution et l'esprit d'initiative de Sanderson semblèrent avoir porté leurs fruits au début. Helen Grace était suivie par une équipe de cinq personnes lorsqu'elle avait traversé le parc du Common. Ils l'avaient perdue une première fois au moment où elle s'était enfoncée dans les profondeurs du bois, mais deux jeunes agents qui jouaient les amoureux transis en guise de couverture l'avaient repérée peu après, alors qu'elle sortait à découvert.

Le soulagement avait envahi Sanderson à cette nouvelle ; elle avait craint qu'Helen ne les ait repérés et ne les ait volontairement semés. Sanderson avait demandé par radio à un autre membre de l'équipe de la surveiller à bonne distance. L'officier en question avait vu Helen jeter quelque chose dans le lac et depuis Sanderson ne tenait plus en place : elle avait insisté auprès du chef de la police pour qu'il autorise le dragage du lac, elle avait affecté plus de policiers à la surveillance et avait mis le capitaine McAndrew dans la confidence pour qu'elle effectue d'autres vérifications.

Sur la berge du lac, tandis qu'une brise automnale s'enroulait autour d'elle, Sanderson se demanda si elle avait commis une erreur. Et si ce qu'Helen avait jeté n'avait rien à voir avec l'affaire, si c'était un objet personnel, ou pis, un détritus ? Elle tressaillit en songeant aux explications qu'elle devrait fournir à ses supérieurs.

Un cri l'arracha à ses pensées. Un des plongeurs faisait signe qu'il avait trouvé quelque chose et regagnait le rivage. Sanderson se précipita vers lui et se retrouva quelques instants plus tard avec un téléphone portable emballé dans un sac à pièce à conviction entre les mains. Elle ne le reconnut pas mais il se pouvait qu'il appartienne à Helen – ils ignoraient beaucoup de choses sur leur patronne, apparemment. Après avoir enfilé des gants, elle ouvrit l'arrière du portable mais ne trouva pas de carte SIM. Elle referma le sachet et sortit son propre téléphone pour appeler McAndrew. Même sans carte SIM, ils pourraient en apprendre beaucoup avec la mémoire du portable, le numéro de série, etc. Son appel terminé, elle tendit le sachet à un agent pour qu'il le rapporte au commissariat central et elle reprit sa position au bord du lac en priant pour qu'ils découvrent autre chose.

Ils progressaient, certes, mais à un rythme d'une lenteur douloureuse, et Sanderson se demandait combien de temps il faudrait à Helen pour sentir le coup fourré. L'horloge tournait et elle devait bétonner ses accusations avant d'agir. Si elle faisait la moindre erreur, ou pis, si elle se plantait carrément, ce ne serait pas la tête d'Helen qui se retrouverait sur le billot, mais la sienne.

112

— Vérifiez encore.

Helen aboya presque sur le pauvre directeur effrayé. Peter Banyard, le nouveau gérant de Wilkinson sur Park Street, n'avait pas l'habitude de traiter avec des officiers de police mais il savait reconnaître l'impolitesse quand il la voyait. Il se braqua contre cet ordre.

— Je veux bien vérifier une nouvelle fois, commandant, mais je vous assure que c'est là la liste complète de nos employés.

Helen la parcourut de nouveau. Jeff Armstrong, Terry Slater, Joanne Hinton, Anne Duggan, Ian McGregor… Elle ne reconnaissait aucun nom, aucun ne lui paraissait pertinent.

— Certains pourraient être des pseudonymes ?

— Sûrement pas ! répliqua le directeur mécontent. Nous vérifions les identités, exigeons le numéro de sécurité sociale, les coordonnées bancaires…

— La liste remonte jusqu'à quand ? interrompit Helen.

— Dix-huit mois.

— Bon, il me faut une liste sur les cinq dernières années, tout ce que vous avez.

— Dans ce cas, je vais vous demander un mandat. Je crois que nous dépassons le cadre du simple devoir citoyen…

— Vous l'aurez avant la fin de la journée. Merci pour votre temps.

Ces mots à peine prononcés, Helen était déjà à mi-chemin vers la porte, prête à quitter le magasin. Les victimes de fraude faisaient toutes des achats ici depuis plusieurs années, il était donc possible que les informations de leurs cartes de crédit aient été relevées depuis un certain temps. Et pourtant… Elle ne connaissait Paine que depuis moins d'un an, et Angélique depuis quelques mois. Tout cela était récent et Helen sentait qu'elle passait à côté d'un élément capital. Pendant ce temps, le meurtrier était dans la nature, à comploter, à préparer son prochain coup, à attendre le bon moment pour passer à l'attaque.

113

— Le corps d'Amy Fawcett se trouve actuellement à la morgue. Jim Grieves procède à l'examen pour déterminer l'heure du décès avec plus de précision…

— Mais… intervint Sanderson pour inciter McAndrew à en venir au fait.

— Mais j'ai entré le numéro d'immatriculation de la moto du commandant Grace dans la base de reconnaissance de données et son véhicule a été repéré dans le voisinage du domicile de Fawcett hier soir.

— Comment ça, « dans le voisinage » ?

— À trois rues de là.

— À quelle heure ?

— Elle s'est rendue dans le quartier des docks vers 21 heures et en est repartie par la même route un peu avant 22 heures.

— OK, on appelle Grieves toutes les soixante minutes jusqu'à ce qu'il nous donne l'heure de la mort. Il ne va pas aimer mais il faudra qu'il fasse avec.

— Entendu.

Elles se trouvaient dans le bureau d'Helen, l'endroit le moins suspect pour un entretien privé. Pourtant, parler d'elle dans son espace leur paraissait extrêmement étrange.

— Écoute, Rebecca, si ça te met mal à l'aise de faire ça, se hâta d'ajouter Sanderson, tu n'as qu'un mot à dire.

— Non, c'est bon. Ça va. Et tu peux compter sur ma discrétion…

— Je le sais. C'est bien pour ça que c'est à toi que j'ai demandé.

Cette dernière remarque lui valut un sourire en coin. Sanderson poursuivit :

— On a des infos sur le portable ?

— Pas grand-chose pour l'instant, mais on procède encore à toutes les vérifications. D'après le numéro de série, le téléphone a été volé il y a cinq ans. J'imagine qu'il a été utilisé avec une carte SIM corrompue depuis. L'historique a été effacé et les techniciens ne pensent pas pouvoir le récupérer.

— Des empreintes ?

— Partielles, malheureusement. Il a été bien essuyé.

— Merde.

— Ceci dit, ajouta McAndrew, le portable d'Amy Fawcett se trouvait toujours dans son sac et on a eu plus de chance avec lui. Elle a envoyé un SMS hier soir à un numéro de mobile non répertorié en demandant au destinataire de la retrouver chez elle. Nous avons vérifié les téléphones portables de Jake Elder et de Max Paine. C'est le seul numéro qu'ils ont en commun. Il a été utilisé pour prendre des rendez-vous avec Elder et Paine il y a quelque temps, et avec Fawcett plus récemment.

Sanderson avait retrouvé le sourire. C'était la première fois depuis longtemps.

— Très bien, on poursuit cette piste. Contacte l'opérateur téléphonique… Qui est-ce ?

— Lebara. Ils vendent des cartes prépayées.

— Appelle-les et demande une géolocalisation. Trouve à quelles antennes du réseau s'est connecté ce téléphone ces derniers mois. Je veux savoir où est allé son utilisateur.

McAndrew approuva d'un hochement de tête et partit, laissant Sanderson plongée dans ses réflexions. Emilia l'avait déjà appelée plusieurs fois pour suivre les progrès de l'affaire, mais la journaliste devrait attendre. Ils ne détenaient pas encore de preuve accablante ; le dossier se montait petit à petit. Et s'ils devaient procéder à l'arrestation d'Helen, il y avait une chose dont Sanderson devait s'occuper avant.

114

— Désolée, je ne peux pas y croire, c'est tout.

Charlie tenta de conserver une voix ferme mais elle était incapable de dissimuler son émotion.

— Ce que tu crois est sans importance. Il faut se fier aux preuves, rétorqua Sanderson.

— Le commandant Grace est un officier de police décoré ; elle a reçu plus de citations d'honneur que nous tous réunis. Son intégrité et son professionnalisme n'ont jamais été remis en cause…

— C'est faux. Elle a failli être renvoyée de la police pour avoir tiré sur sa propre sœur.

— Elle m'a sauvé la vie ce jour-là.

— Et vous êtes comme les deux doigts de la main depuis, n'est-ce pas ?

Charlie eut envie de lui arracher la tête mais Gardam intervint : d'un geste, il lui intima le silence. Il avait convoqué Charlie dans son bureau dès que Sanderson lui avait rapporté les derniers développements de l'affaire ; de même rang hiérarchique que Sanderson, Charlie devait être tenue informée. Celle-ci en était reconnaissante à Gardam, car à l'évidence Sanderson ne prendrait pas la défense d'Helen.

— La situation est bien assez difficile comme ça, dit-il avec calme. Essayons de ne pas y mêler les problèmes personnels. Bon, qu'est-ce qu'on sait ?

— Elle a entretenu une relation personnelle avec chacune des victimes, commença Sanderson.

— D'après les dires d'une journaliste, corrigea Charlie.

— Garanita détient plusieurs photos montrant le commandant Grace au domicile d'Elder. J'ai en plus obtenu le témoignage d'un voisin qui l'y a vue à de nombreuses reprises. Il y a neuf mois, Max Paine a été agressé par une femme flic, une cliente qui s'en est prise à lui avec brutalité. Fait intéressant, Paine a laissé un message vocal à Garanita quelques heures avant sa mort. Il avait des informations importantes à communiquer concernant le meurtre de Jake Elder.

Cette fois, Charlie ne pipa mot.

— La moto du commandant Grace a été repérée près du lieu du dernier homicide à l'heure correspondant au crime. Et nous pensons pouvoir établir un lien entre le commandant Grace et toutes les victimes via un téléphone portable à carte prépayée dont elle a tenté de se débarrasser dans le lac du parc du Common hier soir.

— Voyons, Sanderson, ce sont des spéculations, rien d'autre.

— C'est ce qu'on verra, répliqua celle-ci, sûre d'elle. Nous avons également relevé une empreinte de botte près de l'appartement de Paine. C'est une pointure 39, le commandant Grace chausse du 39, et le dessin de la semelle est concordant avec les sillons qu'on voit souvent sur les semelles de bottes de motard. Comme vous le savez, le commandant Grace…

— J'ai compris. Est-ce qu'on a une preuve de la présence de Grace sur la première scène de crime ?

— Pas encore.

— Et chez Paine et Fawcett ?

— Nous examinons encore les indices, commissaire, répondit Sanderson avec, pour la première fois, une note d'hésitation dans la voix. Mais le fait est que le commandant Grace s'est montrée fuyante et secrète depuis le début de l'enquête. Elle a eu un comportement lunatique et émotif, elle a pris des décisions que les preuves ne justifiaient pas. L'utilisation de film cellophane sur la troisième victime ne peut pas être une coïncidence compte tenu de son passé. Elle en a peut-être eu marre d'attendre que l'on comprenne.

— Mais pourquoi ? Pour quelle raison commettrait-elle de tels meurtres ? hurla presque Charlie.

— Les victimes lui faisaient peut-être du chantage et elle les a tuées pour les réduire au silence. Maintenant, elle essaie de brouiller les pistes, de maquiller cela en l'œuvre d'un tueur en série, alors qu'elle ne couvre que ses arrières. Ou peut-être qu'elle a juste pété les plombs ; elle fait ce métier depuis très longtemps et personne n'a autant d'affinités qu'elle avec les psychopathes. Après tout, c'est de famille…

À cet instant, la sonnerie du téléphone de Sanderson retentit, forte et perçante. Avec un mot d'excuse à Gardam, elle répondit et s'éloigna. Charlie saisit l'occasion sans hésiter :

— Avec tout le respect qui est dû à ma collègue, je dois dire que je ne considère pas qu'appréhender le commandant Grace soit la meilleure chose à faire. Nous devons évaluer la validité de ces indices, c'est certain, mais je ne crois pas qu'une arrestation, avec toute la publicité que cela implique, soit une manœuvre judicieuse.

Gardam la considéra sans répondre.

— Écoutez, je sais que les intuitions et les relations personnelles ne doivent pas entrer en ligne de compte, poursuivit Charlie, mais je connais Helen Grace depuis plus longtemps que quiconque ici et elle est tout simplement incapable de commettre ces crimes. Sa seule et unique priorité est de sauver des vies, de servir la justice. Quoi qu'il se soit passé dans sa vie personnelle, elle ne ferait jamais ça. Jamais elle n'assassinerait quelqu'un de sang-froid. Alors, dans l'intérêt de tout le monde, ne nous précipitons pas à faire quelque chose que nous regretterions. Elle est innocente, croyez-moi, je vous en supplie.

Son discours passionné terminé, Charlie se rendit compte que Sanderson était revenue dans la pièce.

— C'était Meredith Walker du labo, expliqua cette dernière sans réussir à étouffer la pointe de jubilation dans sa voix. Nous avons une correspondance, commissaire. L'ADN du commandant Grace a été identifié sur un mégot de cigarette retrouvé dans le couloir de la boîte de nuit Le Cachot. Elle y était ce soir-là.

Charlie en eut littéralement le souffle coupé. Et son malaise ne fit que s'accentuer lorsque Gardam se tourna vers elles deux pour annoncer :

— Très bien. Arrêtez-la.

115

Helen vérifia dans ses rétroviseurs, la voiture était toujours derrière elle. Elle avait remarqué qu'on la suivait depuis qu'elle remontait Kingsway vers le nord. Elle avait accéléré dans le rond-point de Charlotte Place, puis était revenue sur ses pas par The Avenue. La berline grise continuait de lui coller au train à une allure de croisière. Si elle reconnaissait la technique de filature, ce n'était pas le cas du véhicule ; ce qui l'inquiéta d'autant plus.

C'était forcément la police. Mais qui et pourquoi ? Helen éprouva tout à coup le sentiment désagréable d'avoir en fin de compte été repérée au moment de partir de chez Angélique. La surveillait-on à ce moment-là ? Si oui, ils auraient des photos d'elle qui entrait et ressortait de l'appartement, des photos qui seraient accablantes si on les regardait sous un certain angle. Et s'ils la filaient depuis l'appartement, l'avaient-ils alors suivie au parc du Common ?

Elle en apercevait la vaste étendue d'herbe à sa gauche tandis qu'elle passait devant à toute vitesse sur sa moto. Cependant, les arbres dissimulaient le lac. S'y trouvaient-ils en ce moment ? À rechercher des indices ? Il y avait une autre possibilité : qu'ils n'aient démarré leur surveillance que ce matin. Ils l'auraient suivie jusque chez Wilkinson et après. Mais cette idée la rassurait à peine. De toute évidence, on la soupçonnait. En d'autres circonstances, elle serait allée trouver son commissaire sans attendre pour connaître le fin mot de l'histoire. Mais désormais, c'était impossible. Elle aurait pu informer son équipe, ses capitaines, mais eux aussi s'étaient peut-être ligués contre elle ? Quelqu'un avait dû émettre des soupçons à son encontre auprès de la hiérarchie.

Helen tourna la poignée d'accélérateur. La voiture derrière soutint l'allure. Elle aurait pu appeler Charlie pour tenter de savoir de quoi il retournait, mais c'était risqué. Ses communications étaient sans doute surveillées, et même si Charlie était de son côté – Helen l'espérait de tout son cœur –, cela la mettrait dans une situation terriblement difficile. Elle n'avait eu de nouvelles de personne ce matin, une première. Ils l'évitaient, preuve que quelque chose se tramait.

Elle n'avait personne vers qui se tourner, elle devrait se débrouiller toute seule. Quelqu'un cherchait à la piéger et elle ne pouvait compter que sur elle-même pour démêler cet imbroglio. Mais d'abord, elle devait se débarrasser de sa filature.

Elle approchait à vive allure de Highfield Lane. Elle ralentit puis vira brusquement à droite, d'un coup d'accélérateur. Sa roue arrière dérapa dans un crissement sonore, puis soudain elle fonça comme une flèche. Deux minutes plus tôt, elle se dirigeait plein nord, à présent elle filait vers l'ouest, bien au-delà de la vitesse autorisée. Elle s'attendait à voir les gyrophares apparaître mais la voiture grise continua de la suivre avec discrétion. Elle augmenta sa vitesse, monta jusqu'à quatre-vingts kilomètres à l'heure. Elle risquait d'être arrêtée pour excès de vitesse mais c'était la dernière chose à laquelle tous pensaient en ce moment. Le fait qu'ils ne l'aient pas encore stoppée signifiait qu'il ne s'agissait que d'une mission de surveillance.

Ils devaient évidemment faire le compte rendu par radio de son trajet et il était possible qu'elle se dirige tout droit dans un traquenard. Elle approchait de Cobden Bridge, un endroit stratégique pour coincer les suspects en fuite, ceux-ci n'ayant en général aucune envie de faire le grand plongeon. L'espace semblait dégagé, mais… Helen accéléra jusqu'à plus de cent dix kilomètres à l'heure, doubla trois véhicules avant de revenir en trombe dans sa voie. À tout moment, elle s'attendait à voir surgir une voiture banalisée qui lui barrerait la route de l'autre côté du pont. Mais tandis qu'elle avalait les mètres, la voie resta libre. Au pied du pont, elle se pencha sur la droite, son genou mordit le bitume lorsqu'elle tourna sur Bullar Road. Elle fit rugir son moteur puis freina d'un coup sec, n'osant pas traverser Bitterne Way sans regarder. La circulation était dense aujourd'hui, les camions et les fourgonnettes roulaient à vive allure et, pendant qu'elle attendait de pouvoir passer, Helen jeta un coup d'œil dans son rétro.

La voiture grise était toujours là, remontant Bullar Road à grande vitesse. Elle se trouvait à cinquante mètres, quarante, trente… Oubliant toute prudence, Helen fendit la quatre-voies, évita de justesse une autre moto et remit les gaz. Le véhicule qui la filait attendit pour passer et Helen remarqua alors un break bordeaux en amont qui semblait prendre son temps pour traverser Freemantle Common, comme s'il attendait quelqu'un.

La rue était assez dégagée. L'endroit serait parfait pour une embuscade et, comme il fallait s'y attendre, l'Astra s'arrêta en travers de la chaussée, lui bloquant la route. Le gyrophare était sorti maintenant, les portières ouvertes en préparation de l'arrestation. La voiture grise n'était plus très loin derrière, mais Helen n'eut aucune hésitation, elle décéléra, ralentit pour grimper sur le trottoir. Les policiers remontaient déjà dans leur véhicule. Helen roula pleins gaz le long du trottoir avant de redescendre sur la chaussée et d'accélérer à nouveau.

La discrétion n'était plus de mise, il ne s'agissait plus que de rapidité. Elle fila à travers Merry Oak et Itchen, ne tenant compte que de la voie qui s'ouvrait juste devant elle, ignorant les feux de signalisation qui pourraient la ralentir. Comme elle atteignait Weston, le cimetière d'Abbey Hill apparut au loin.

C'était sa destination depuis le début. Si elle pouvait y arriver, elle avait une chance de leur échapper. Les voitures à sa poursuite n'étaient pas très loin derrière, leur puissant moteur leur permettait de tenir la distance avec sa Kawasaki. Helen quitta l'artère principale pour gravir la route en sens unique vers le cimetière. Elle ne pouvait pas redescendre tout de suite, elle était coincée, elle accéléra au maximum. Bientôt, les grilles du cimetière apparurent devant elle. Helen appuya sur les freins et s'arrêta dans un dérapage, descendit de moto et détala avant même que ses roues aient fini de tourner.

Au moment où elle sautait par-dessus les grilles, elle entendit les voitures qui arrivaient. Helen fonça le long de l'allée principale en direction de l'autre extrémité du cimetière. Elle connaissait l'endroit comme sa poche et elle comptait bien en tirer avantage. Elle coupa en diagonale par les sentiers secondaires, profitant de l'abri que lui offraient les pierres tombales et les statues. Des cris s'élevaient dans son dos, mais assez loin ; elle disposait de quelques minutes d'avance.

Elle se retrouva dans le coin le plus reculé du cimetière. Elle avait effectué ce trajet d'instinct mais aussi par habitude. C'était là que reposait sa sœur Marianne et, tandis qu'elle approchait de sa sépulture, Helen se surprit à ralentir. Non pas parce qu'elle se sentait en sécurité, mais parce qu'elle voyait maintenant ce qui s'y trouvait.

Sur la pierre tombale de Marianne était appuyé un bouquet de fleurs d'une grande simplicité. Alors, Helen sut sans l'ombre d'un doute qui cherchait à lui nuire. Et, plus important encore, pourquoi.

116

Son talon s'enfonça dans le gazon et le sol parut s'ouvrir sous ses pieds. Au bruit de ses poursuivants qui approchaient, Helen avait sauté par-dessus les grilles qui bordaient le cimetière et s'était jetée au bas de la colline pour se cacher et tenter de les semer. Mais le terrain meuble et glissant lui avait fait perdre l'équilibre presque aussitôt et elle avait dévalé la pente sur le dos.

Un instant, Helen fut désorientée. Puis elle fut stoppée net par un coup reçu dans le flanc. En un éclair, elle se ressaisit et comprit : elle avait atterri dans un buisson épineux et la douleur fulgurante était causée par une branche qui lui rentrait dans les côtes. Elle était à bout de souffle, recouverte de boue, mais grâce à sa tenue en cuir et à son casque qu'elle portait toujours elle s'en sortit relativement indemne.

Helen se releva et regarda en hauteur, vers le cimetière situé à une vingtaine de mètres. Des voix lui parvenaient mais elle ne vit personne scruter l'obscurité par-dessus les grilles. En bougeant vite et sans bruit, elle avait une chance de leur échapper. Elle quitta son abri et courut d'un fourré à un autre buisson jusqu'au pied de la colline, jetant de temps à autre un œil par-dessus son épaule.

Bientôt, elle se retrouva sur un sentier qui la ramena en ville. Elle longea une rue latérale et repéra Chamberlayne College, puis elle prit à gauche et se dirigea vers Weston. Dans une poubelle, elle jeta son casque et son blouson. Les renforts avaient dû être prévenus et tous les policiers de patrouille devaient être aux aguets ; il fallait qu'elle redouble de prudence.

Elle avait mal sur le côté mais pas le temps de s'en inquiéter. Elle avait besoin de rassembler ses pensées. Elle ne pouvait pas rentrer chez elle, il lui fallait trouver un endroit, un sanctuaire. Un lieu public mais pas trop fréquenté. Tout à coup, elle aperçut une salle de paris Ladbrokes et s'y engouffra. Il y avait quelques parieurs mais ils s'intéressaient davantage aux courses de lévriers et aux machines à sous qu'à elle. Helen s'installa au bar et commanda un café, un exemplaire du *Racing Post* ouvert devant elle. Elle voyait à peine les articles sous ses yeux, son esprit bouillonnait de questions pressantes et inquiétantes. Pourquoi avait-elle fait preuve d'un tel excès de confiance ? Pourquoi avait-elle ignoré l'évidence ? Des mois plus tôt, elle avait vu quelqu'un dans l'immeuble abandonné en face du sien, mais elle avait préféré penser qu'il s'agissait d'un simple junkie. Et l'intrus l'avait espionnée, attendant le bon moment pour agir. Depuis combien de temps l'observait-il ? Combien de fois l'avait-il regardée, assise à sa fenêtre ? Depuis combien de mois s'immisçait-il dans sa vie ?

Depuis le meurtre de Max Paine, elle redoutait un lien entre elle et ces homicides, elle avait cependant tout fait pour réprimer cette idée. Sa conversation avec Gardam l'avait rassurée, mais elle savait désormais que vouloir se rassurer ainsi avait été naïf et ridicule. Sa convocation sur les lieux du troisième crime était la preuve ultime du piège qui lui était tendu et l'utilisation de film cellophane lui confirmait l'identité du tueur. Sa sœur Marianne avait procédé ainsi pour assassiner leurs parents : elle les avait ligotés de la même manière et leur avait enveloppé la tête de film étirable. Elle était décédée aujourd'hui, mais son fils Robert était bien vivant, lui. Helen avait gâché sa vie en révélant par accident son identité, le désignant au monde comme le fils d'une tueuse en série. Il se cachait depuis cet épisode dévastateur. Et après plusieurs années, il venait enfin de réapparaître. Helen n'avait cherché qu'à le protéger mais, maudite comme elle l'était, elle ne lui avait apporté que souffrance, rejet et douleur.

Et il était revenu se venger.

117

— Vous la voyez ? aboya Sanderson, la tension au plafond.

— Négatif.

— Une idée de l'endroit où elle aurait pu aller ?

— Elle a dû sauter la barrière et redescendre au pied de la colline. Mais impossible de savoir quelle direction elle a prise.

Elle jura entre ses dents. Un collègue leva les yeux avec curiosité, Sanderson poussa la porte du bureau d'Helen et baissa la voix.

— Quelle est la rue la plus proche ? Pour revenir en ville, par où passerait-elle ?

Silence à l'autre bout du fil pendant que l'officier de surveillance consultait ses coéquipiers. Au bout d'un moment, il répondit :

— Par Weston ou Newton.

— Bien. Qu'un agent reste au cimetière au cas où elle reviendrait chercher sa moto. Les autres, vous vous partagez entre Newton et Weston et vous quadrillez le périmètre à partir de là. Nous allons transmettre sa description aux agents de patrouille, mais gardez l'œil ouvert. Vous l'avez perdue, vous avez plutôt intérêt à la retrouver.

Sanderson raccrocha d'un coup sec, consciente trop tard d'avoir à nouveau haussé le ton, attisant l'intérêt de ses collègues. Cela n'avait rien d'étonnant : malgré sa grande expérience dans ce service, jamais elle n'avait connu une telle pression. Convaincre Gardam d'autoriser l'arrestation n'avait déjà pas été facile, et maintenant avoir perdu sa trace… Ils s'étaient fait repérer, l'avaient suivie de trop près et désormais Helen savait qu'on la traquait. Après un élan d'optimisme tout à l'heure, Sanderson éprouvait une profonde angoisse. Elle ignorait où était Helen et, surtout, elle n'avait aucune idée de ce qu'elle prévoyait de faire.

Son téléphone sonna, Sanderson consulta l'écran avec espoir. Emilia Garanita, encore. Déçue, elle rejeta l'appel et quitta le bureau d'Helen d'un pas raide en claquant la porte derrière elle.

118

À quoi jouait-elle, bon sang ?

Son appel transféré sur la messagerie vocale, Emilia raccrocha et jeta avec rage son portable sur le bureau. Elles avaient conclu un pacte, Sanderson et elle, celui de rester en contact, mais elle avait la nette impression d'être tenue à distance. Sans Emilia, sans l'histoire qu'elle lui avait servie sur un plateau, Sanderson n'aurait rien. Toute la brigade criminelle – son capitaine en tête – vouait une telle admiration à Grace que personne ne remettait jamais ses actes en question. Emilia avait dû leur pointer du doigt les méfaits d'Helen pour qu'ils daignent y prêter attention et il était hors de question qu'elle soit écartée du grand final.

Elle voulait attendre l'arrestation pour publier son article. Informée au bon moment par Sanderson, Emilia serait en mesure d'obtenir une photo de Grace, menottes aux poignets, en train de monter à l'arrière d'une voiture de patrouille ou escortée jusqu'à une porte dérobée pour sa mise en garde à vue. Elle avait reçu un texto de quatre mots cet après-midi qui la prévenait que le mandat d'arrêt était imminent, mais depuis c'était silence radio.

Tout à coup, Emilia se demanda si elle avait misé sur le bon cheval. Approcher Brooks n'aurait rien donné, bien sûr, elle était trop loyale, et les autres n'avaient pas le rang hiérarchique nécessaire. Sanderson était le bon choix : elle était influençable, frustrée et manquait de confiance en elle. Mais bon, on ne savait jamais comment quelqu'un réagirait en cas de crise. Sanderson ne possédait peut-être pas l'expérience adéquate pour jouer le jeu, ou bien elle n'était pas aussi innocente qu'elle voulait le faire croire. La menait-elle en bateau ?

Emilia espérait de tout son cœur que non. Parce qu'elle était en position de causer de sérieux dommages non seulement à la carrière de Sanderson, mais aux forces de police du Hampshire en général. Elle avait besoin d'eux autant qu'eux avaient besoin d'elle, et pourtant ils la traitaient toujours comme une malpropre. Elle était un mal, oui ; certes agaçant, mais nécessaire. Grace était la plus à blâmer pour cette attitude : son hostilité envers Emilia n'était un secret pour personne. Et souvent Emilia avait été défavorisée par leur relation tendue, mais aujourd'hui elle était sur le point de riposter.

Et son arme serait l'édition du lendemain avec son titre accusateur :

FLIC ET ASSASSIN.

119

Tête baissée, Helen gagna d'un pas rapide l'arrière du magasin. Elle avait étrange allure pour une fraîche soirée d'automne : en bottes et pantalon de cuir avec juste une légère veste noire. Plus curieuses encore étaient les égratignures sur son visage et ses bras. On aurait dit qu'elle s'était battue avec un buisson d'épines ; ce qui était le cas.

Il faisait froid dans la section réfrigérée du supermarché, aussi Helen ne s'y attarda-t-elle pas. Elle se dirigea vers le bureau du directeur au fond et entra sans y être invitée. Peter Banyard avait été secoué lors de leur première rencontre et il parut encore plus choqué par cette seconde visite de la journée.

— Vous allez bien ? Je peux faire quelque chose ? demanda-t-il devant sa piètre apparence.

— Ça va, mais j'ai une nouvelle question.

— Je n'ai pas fini de préparer la liste que vous m'aviez demandée, si c'est ce…

— Je ne suis pas là pour ça. Je voudrais que vous me disiez si vous reconnaissez l'homme sur cette photo.

Sa main trembla un peu quand elle lui tendit son téléphone. À l'écran était affiché un des clichés que les journalistes avaient utilisés pour révéler l'identité de Robert Stonehill plusieurs années auparavant.

Le gérant l'examina.

— Vous le connaissez ? demanda Helen en haussant la voix.

— Oui, c'est Aaron West.

— Il travaille ici ? insista-t-elle.

— C'est un de nos intérimaires. On en embauche pour Halloween, les fêtes, etc.

— Il s'occupe de la caisse ?

— De la caisse, de la mise en rayon. Il va là où on a besoin de lui. Il fait quelques heures par semaine, depuis plusieurs mois maintenant.

Assez longtemps pour planifier la chute d'Helen. Il avait volé les informations bancaires des clients pendant qu'il scannait leurs articles, puis il s'en était servi pour acheter les accessoires sadomasos, un attirail qui conduirait la police à elle.

— Vous avez vérifié ses références ? Son identité ?

— Oui, répondit Banyard, nerveux. Mais les vérifications pour les intérimaires sont moins rigoureuses que pour les employés permanents.

— Je m'en doute, répliqua Helen d'un ton hargneux en peinant à contenir sa colère. Vous avez son adresse ?

— Sans doute, répondit le directeur, mais je ne crois pas que ce sera nécessaire.

— Comment ça ?

— Je viens juste de le voir sortir. Il est dans le vestiaire. Je peux vous y…

Il n'avait pas terminé sa phrase qu'Helen était déjà partie.

120

Elle traversa le magasin au pas de charge, laissant des clients hébétés dans son sillage. La porte réservée au personnel se trouvait à une dizaine de mètres et Helen s'y précipita tout en cherchant du regard quelqu'un susceptible de la lui ouvrir. Mais il n'y avait personne à proximité et elle ne pouvait pas se permettre d'attendre. Elle se jeta de toutes ses forces contre la porte. Son épaule percuta le bois léger et, sous l'impact, le verrou sauta.

Deux visages effrayés l'accueillirent lorsqu'elle surgit à l'intérieur. Son entrée théâtrale laissa sans voix les deux employés qui s'apprêtaient à reprendre leur service.

— Où sont les vestiaires ?

Ils restèrent muets.

— Les vestiaires ! brailla Helen.

L'un des deux lui indiqua une porte sur la gauche. Helen repartit au quart de tour et pénétra dans la pièce en question. Avec consternation, elle vit que celle-ci était vide mais perçut du mouvement : la porte de la sortie de secours se refermait doucement. S'était-il enfui en l'entendant arriver ? Dans ce cas, il ne disposait que de quelques secondes d'avance sur elle.

Helen jaillit dans la nuit, fouilla du regard les alentours à la recherche de sa proie. Il était là. À une trentaine de mètres, dans une allée étroite, courant comme si sa vie en dépendait. Helen se lança à sa poursuite, martelant le bitume de sa foulée tandis qu'elle s'efforçait de réduire la distance entre eux.

L'allée semblait mener au parking de la zone commerciale bordée de toutes les grandes enseignes. Était-ce l'objectif de Robert ? Se fondre dans la masse ? Helen ne pouvait pas le laisser faire. Malgré ses poumons qui la brûlaient, elle accéléra encore la cadence. L'ironie de la situation ne lui échappa pas : elle cherchait son neveu depuis des années et voilà qu'il la fuyait.

Au bout de l'allée, il vira à gauche. Helen ne devait pas le perdre de vue, mais elle était encore cinq mètres derrière. À l'angle, elle tourna aussi à gauche et percuta un homme d'une cinquantaine d'années chargé de sacs de courses. Elle rebondit, tomba au sol, se cogna violemment contre le béton. La douleur fusa dans tout son corps mais déjà elle se remettait tant bien que mal sur ses pieds. Elle leva une main en guise d'excuse et contourna l'homme inquiet qui voulait lui apporter son aide.

Helen balaya du regard la mer de clients sans distinguer Robert nulle part. Avait-il profité de son accrochage pour disparaître dans l'un des magasins ? Non, il était là. Helen repéra son sweat à capuche rouge foncé qui ballottait tandis qu'il remontait vers la sortie des commerces. Tête baissée, Helen s'élança dans la même direction.

La chasse était ouverte.

121

— On a reçu un appel de Wilkinson à Shirley. Il semblerait que le commandant Grace vienne d'en repartir dans la précipitation.

McAndrew s'était exprimée d'une voix feutrée. À l'évidence, elle était mal à l'aise d'agir dans le dos de sa patronne, mais les ordres étant ce qu'ils étaient, elle avait aussitôt rapporté l'information à Sanderson et à Charlie.

— Voici l'adresse du magasin…

— Je sais où c'est, la coupa Sanderson. Prévenez les agents de patrouille dans le secteur, qu'ils ouvrent l'œil. Je veux être prévenue par radio dès qu'on l'a repérée.

— Je vais ordonner aux officiers alentour de se diriger vers la zone commerciale. En renfort.

— Elle est à pied ?

— Je crois.

— Bien. Comme ça, on a une chance de l'attraper. Je m'y rends en voiture tout de suite.

Charlie regarda Sanderson partir, ses émotions en ébullition. Depuis que le mandat d'arrêt avait été émis, elle était tiraillée. Une part d'elle-même voulait accomplir son devoir, à l'instar de McAndrew, mais une plus grande part désirait prévenir Helen du danger qui la guettait. Elle ne pouvait ni l'appeler ni lui envoyer de message, trop facilement traçable, mais elle pouvait peut-être utiliser le téléphone public d'un pub ? Charlie avait le sentiment que le filet se resserrait sur Helen et que, à moins qu'elle n'agisse pour lui venir en aide, son amie serait condamnée.

— Le capitaine Brooks va m'accompagner. Vous assurez la direction des opérations ici.

Si la phrase était lancée à l'intention de McAndrew, elle était clairement destinée à Charlie. Sanderson la dévisageait comme si elle lisait dans ses pensées, flairait sa déloyauté. Tous les regards étaient maintenant tournés vers elle. Sans d'autre choix, le cœur lourd, Charlie déclara :

— Bien sûr. Allons-y.

Helen ne pourrait pas leur échapper aujourd'hui.

122

Helen s'appuya sur la barrière en grillage et sauta par-dessus d'un mouvement agile avant d'atterrir de l'autre côté en douceur. Son neveu avait vite dévié du centre-ville pour emprunter les allées et les ruelles désertes à la tombée de la nuit. Bientôt, il était arrivé sur un terrain qu'il traversait maintenant, en direction du sud. Helen se trouvait juste derrière, courant aussi vite qu'elle le pouvait sur le sol dur et jonché d'ornières.

Robert avait-il prévu cet itinéraire depuis le début ? Il semblait savoir où il allait sans avoir besoin d'y réfléchir et évitait les lieux publics et les obstacles potentiels. En temps normal, Helen aurait appelé des renforts pour qu'ils lui coupent la route, mais cette option n'était pas envisageable pour l'instant.

À l'époque de leur première rencontre, Helen n'aurait eu aucun doute quant à l'issue de leur course-poursuite. Robert n'était alors qu'un tout jeune homme ; il n'était ni entraîné ni expérimenté. Aujourd'hui, il paraissait différent. Il était plus mince, plus affûté. Il avait une allure lissée, militaire presque avec son crâne rasé, comme s'il avait suivi un programme physique intensif, en préparation de sa vengeance envers la femme qui avait tué sa mère et gâché sa vie.

Robert était à moins de six mètres devant elle quand il sauta sans une seconde d'hésitation par-dessus la grille. De l'autre côté, il accéléra. Il avait une forme olympique impressionnante et Helen craignit soudain de se fatiguer la première. À son tour, elle enjamba la barrière, atterrit lourdement de l'autre côté, évitant de justesse la racine d'un arbre, puis bondit de nouveau en avant. Si elle perdait sa trace ce soir, quand aurait-elle une nouvelle occasion de l'affronter ? C'était maintenant ou jamais.

Ils couraient depuis plus de dix minutes et Helen savait que les possibilités d'évasion de Robert se réduisaient. Ils allaient bientôt atteindre les abords des docks, où se trouvaient de nombreux entrepôts, en activité ou abandonnés, dans lesquels il pourrait se cacher. Mais toute la partie ouest était clôturée et, à moins qu'il n'ait prévu un canot, il ne pouvait pas continuer vers le sud.

Devant elle, Robert heurta le grillage qui ceignait les docks, l'escalada dans le même mouvement. Malgré les gants qu'il portait, il poussa un glapissement de douleur une fois au sommet : le fil de fer barbelé lui avait entaillé les mains. Il le franchit et se laissa tomber de l'autre côté. Helen n'eut d'autre choix que de l'imiter. Elle grimpa le long des mailles, ralentit un peu en haut pour passer sans dommage les pics en acier. Elle perdait de précieuses secondes, mais mieux valait ne pas rester coincée là-dedans et risquer un faux mouvement qui la mettrait en lambeaux.

Les pointes métalliques lui caressèrent la joue quand elle glissa la tête au travers. Elle se contorsionna et parvint à passer le torse avant de sentir sa veste qui s'accrochait et se déchirait. Tant pis. Elle put alors attraper la barrière de l'autre côté et, après avoir fait suivre ses jambes, elle se laissa tomber au sol. Juste à temps pour voir Robert disparaître sur le quai 42.

Helen se remit en route d'un pas chancelant, ses jambes commençaient à fatiguer, mais elle se força à continuer. Le quai 42 était un avant-poste abandonné des docks et le lieu idéal pour conclure cette course-poursuite. La dernière fois qu'Helen était venue dans les vieux entrepôts qui y pullulaient, c'était pour retrouver une des victimes de Marianne. Le clin d'œil était peut-être trop irrésistible ; il ne venait certainement pas ici par hasard.

Elle pénétra dans la zone des docks, d'immenses entrepôts vides jaillirent de toutes parts. Elle se précipita en avant, scrutant l'obscurité à la recherche de sa proie. Se cachait-il dans un coin sombre, prêt à l'attaquer par-derrière ? Ou cherchait-il à fuir le plus loin possible ? Helen jeta un coup d'œil sur l'eau paisible mais ne vit aucune embarcation. Elle porta le regard le long du quai mais aucun mouvement là non plus. Elle suivait Robert de trop près pour qu'il ait eu le temps de quitter la zone, il se trouvait donc quelque part ici. L'observait-il en ce moment ?

Il y avait quatre entrepôts principaux dans cette partie du quai, tous dans un état de délabrement plus ou moins avancé, avec les vitres brisées qui offraient une vue fragmentée de l'obscurité à l'intérieur. Si Helen faisait le mauvais choix, il pourrait s'échapper. Il n'y avait aucune place pour l'erreur. Puisqu'il avait tourné à gauche tout de suite après être entré, il ne pouvait pas se cacher dans le premier. À supposer qu'il n'était pas revenu sur ses pas, il ne lui restait que trois possibilités. Le bâtiment le plus proche n'était qu'une carcasse vide dont le toit s'était effondré depuis quelque temps déjà. Des monticules de déchets à l'intérieur fournissaient de bonnes cachettes, mais la pleine lune qui brillait haut dans le ciel les éclairait. Se dissimuler ici serait risqué. Helen passa donc aux deux derniers, en meilleur état et plus pratiques pour se cacher, pourvus d'escaliers de secours sur les côtés qui permettaient de fuir au besoin. À sa place, avec quelqu'un à ses trousses, Helen chercherait refuge dans l'un des deux.

D'un geste brusque, elle ouvrit la porte de l'entrepôt le plus proche et scruta l'intérieur. C'était un vaste hangar, jonché de caisses abandonnées et de pigeons morts. Là encore, les abris potentiels étaient nombreux, mais l'endroit semblait inoccupé. Helen s'intéressa au dernier entrepôt qui bordait le quai. C'était un bâtiment de deux étages, avec des bureaux en enfilade au-dessus du hangar principal. Elle tenta sa chance et s'y précipita.

Les portes principales se trouvaient juste devant elle mais elle leur préféra l'escalier de secours qui conduisait à l'étage, hors de son champ de vision à son entrée dans la zone des quais. Elle s'y dirigea d'un pas assuré avant de s'arrêter net. Une tache sombre s'étalait au pied de l'escalier. Helen se pencha pour y plonger le doigt. Du sang, frais et brillant sous le clair de lune.

Helen monta les marches quatre à quatre. En haut, elle marqua une pause. Il y avait fort à parier que Robert était à l'intérieur. Elle s'apprêtait à l'affronter désarmée, sans rien d'autre que son expérience et son entraînement pour la seconder. S'il avait l'intention de lui faire du mal, voire de la tuer, personne n'en saurait jamais rien. Personne ne savait qu'elle était ici, qu'elle avait résolu l'affaire. Pour la première fois depuis qu'elle s'était lancée dans cette traque désespérée,

Helen s'accorda une seconde de répit. Elle sortit son portable de sa poche et envoya un court message avant de mettre l'appareil en mode silencieux. Alors seulement, elle s'enfonça dans l'obscurité.

Aussitôt, quelque chose l'attaqua. Elle leva le bras pour se protéger puis regarda avec frayeur un pigeon surpris s'éloigner à tire-d'aile, le bruit de ses battements résonnant dans l'espace vide. Elle pouvait faire une croix sur l'effet de surprise maintenant. Helen avança donc d'un pas rapide dans un couloir qui s'étirait sur toute la longueur du bâtiment. Des petits bureaux le bordaient et elle inspecta chacun d'eux au passage. Elle n'avait aucune envie de se retrouver coincée dans l'une de ces pièces minuscules ; elle préférait qu'il passe à l'action le premier plutôt que de tomber dans son piège.

Elle scruta l'espace qui s'ouvrait devant elle, chercha des signes de mouvement. Alors, au loin, elle vit ce qu'elle cherchait. Tout au bout du couloir se trouvait une salle, sans doute la plus grande de l'entrepôt. Elle surplombait l'eau, mesurait la largeur du bâtiment et était accessible de partout. Contrairement à toutes les autres pièces de l'édifice abandonné, une pâle lueur bleutée y brillait.

Intriguée, Helen s'approcha à pas de loup. En chemin, elle remarqua des éléments d'échafaudage abandonnés et ramassa une barre métallique avant de poursuivre sa route. Elle n'était plus qu'à quelques mètres maintenant. Elle atteignit le seuil et entra, sur ses gardes et prête à se défendre.

Aucun assaut. Robert était-il ici au moins ? Elle n'y voyait pas grand-chose dans cette salle, son regard était capté par l'écran bleuté de l'ordinateur allumé. À côté, sur une table branlante, était posée une lanterne de camping. Helen s'en empara et l'alluma. À présent, la pièce lui apparut clairement : gobelets de café vides, cendrier débordant de mégots, emballages de sandwiches, une veste à capuche accrochée au dossier d'une chaise, ainsi qu'un iPhone 5 blanc. Celui de Max Paine, sûrement. Et sur les murs tout autour, des cartes de Southampton, avec des agrandissements de Banister Park, Bitterne et des docks.

Voilà donc le repaire de Robert : un refuge idéal d'où il avait pu orchestrer et mettre en scène sa folie meurtrière. Alors qu'elle faisait un pas en avant, approchant la lanterne pour mieux regarder, Helen l'aperçut, encadré par la large fenêtre dans son dos. Sa silhouette se découpait sur le clair de lune et peu à peu Helen put distinguer son visage. Il était pâle, impassible et étrangement efféminé. Il n'avait pas un seul poil sur la figure, le crâne ou le cou. Helen ne l'avait pas vu depuis des années et, tandis que *lui* la dévisageait, son regard bleu étincela de malveillance.

— Content de te revoir, Helen. Ça fait un bail.

123

La voiture banalisée fonça dans la rue, toutes sirènes hurlantes et gyrophare en action. Malgré sa ceinture de sécurité bouclée, Charlie se cramponna à l'accoudoir. Sanderson était tendue comme un arc ce soir et sa conduite agressive n'avait rien de rassurant. Elle n'osa pas se plaindre, mais elle ne souhaitait pas du tout devenir la victime collatérale du désir ardent de sa collègue à clouer leur patronne au pilori.

Elles fonçaient vers Shirley et, au moment où elles atteignaient les abords du quartier, le portable de Charlie émit un bip. Sanderson lui décocha un regard accusateur, comme si Charlie cherchait volontairement à la déconcentrer, avant de reporter son attention sur la route. Agacée, Charlie attrapa son téléphone et se figea devant l'écran. Le message venait d'Helen.

Elle jeta un coup d'œil en coin à Sanderson puis lut le texto. Il était bref et concis.

« Western Docks. Quai 42. »

Il avait été envoyé trois minutes plus tôt. Helen était-elle dans le pétrin ? Avait-elle besoin d'aide ? Était-ce une manière détournée, discrète, d'appeler au secours, un message plutôt qu'un appel ? Charlie considéra le SMS, sans savoir quoi faire. Devait-elle répondre ?

Sans doute ; c'était ce que ferait toute bonne amie et collègue. Mais si on apprenait plus tard qu'elle avait communiqué avec un suspect en cavale, sa carrière serait finie. Elle devait tant à Helen : son gagne-pain, son rang hiérarchique, sa vie même. Mais l'enjeu était trop important et, en toute honnêteté, les questions sans réponse étaient aussi trop nombreuses.

Voilà pourquoi, le cœur lourd, Charlie se tourna vers Sanderson et lui présenta l'écran de son téléphone.

— Je crois que tu devrais voir ça.

124

Tous deux aussi immobiles que des statues, ils se jaugeaient du regard. Robert ne paraissait pas vouloir l'attaquer, mais il ne semblait pas non plus préparé à fuir. Il était fait comme un rat, Helen lui barrait la route pour sortir de la salle. Malgré cela, il affichait un air imperturbable, ne souffrant pas la moindre inquiétude.

— Quand as-tu su ? demanda-t-il tout à coup.

Sa voix était telle qu'elle se la rappelait – jeune et rauque –, mais la chaleur qui la teintait auparavant avait disparu. Il était plus âgé, mais pas plus heureux.

— Après Paine, je crois. Mais j'espérais me tromper.

— C'est tout toi, ça, non ? Toujours dans le déni.

— À quel propos ?

— Du mal que tu fais. De la souffrance que tu causes.

— Je veux seulement aider les gens. J'ai passé des mois à te chercher, à essayer de me racheter…

— Sauf que tu ne m'as pas trouvé, pas vrai ?

— Ce n'est pas faute d'avoir essayé. Je sais que j'ai chamboulé ta vie…

— C'est le moins qu'on puisse dire.

— Tu étais heureux, tu avais des parents gentils, un foyer agréable, mais tu étais ma seule famille de sang. Je voulais veiller sur toi, t'aider à faire les bons choix…

— Alors j'imagine que je vais être un autre poids sur ta conscience.

Cette fois, son ton était railleur et jubilatoire.

— Tu as fait tout ça parce que tu le voulais, affirma Helen avec un geste en direction des cartes et du téléphone. Ça n'a rien à voir avec moi.

— En un sens, je leur ai rendu service. Jake nourrissait une obsession maladive pour toi, Paine était rongé par l'amertume…

— Et Angélique ? Elle n'avait rien fait de mal !

— Pas encore. Mais tu l'aurais fait souffrir comme tu as fait souffrir les autres. Tu détruis tout ce que tu touches ; tu devrais le savoir depuis le temps, Helen.

Elle le dévisagea. Il la connaissait mieux que quiconque et il était bien résolu à en tirer profit.

— Toi y compris ? demanda-t-elle à voix basse. C'est de ça qu'il s'agit, n'est-ce pas ?

— Eh bien, la dernière fois que tu t'es retrouvée en face d'un membre de ta famille, tu lui as tiré dessus. Ce serait un juste retour des choses, non ?

— Je n'ai jamais voulu tuer ta mère. Elle m'y a obligée.

— Quelle sacrée coïncidence quand même que tu te retrouves toujours dans une situation où tu es *obligée* de faire du mal aux gens. Tu ne te demandes jamais si c'est parce que tu aimes faire souffrir ?

— C'est faux.

— Tu en es sûre ? Qu'est-ce que tu as ressenti quand tu tabassais Paine ? Une petite part de toi devait bien refuser d'arrêter ?

Helen voulut nier mais ne trouva pas les mots.

— Tu vois, Helen, tu ne vaux pas mieux que les criminels que tu pourchasses. Considère-moi comme ton subconscient, qui réalise les fantasmes et les désirs qui t'habitent.

— Tu raconteras ça au juge.

— Il n'y aura pas de procès, Helen. Ça commence et ça se termine ici.

Elle ne répondit pas. Elle avait envoyé son texto depuis plus de dix minutes déjà. Elle aurait dû entendre les sirènes hurler au loin maintenant, mais rien. Robert se tenait devant elle, détendu et satisfait, la mer noire derrière lui. Helen n'avait aucune idée de ce qu'il prévoyait de faire et sa bonne humeur l'inquiétait.

— Comment as-tu su ? demanda-t-elle soudain à son tour pour rompre le silence.

— Ce n'était pas difficile. Je te suis comme ton ombre depuis presque un an maintenant. Je suis la petite souris qui espionne tous tes mouvements et t'observe jour après jour. Je t'ai vue avec Jake Elder dans un bar du centre-ville. Je l'ai entendu se disputer avec son compagnon ensuite. T'es-tu sentie seule après cette rencontre ? Je t'ai regardée, assise à ta fenêtre, à la fois magnifique et triste…

— Et le lendemain, je suis allée voir Max Paine, dit Helen en mesurant soudain combien elle avait manqué de prudence.

— Je t'ai espionnée quand tu es allée chez lui cette fois-là, et celle d'après. J'ai vu dans quel état d'agitation tu étais après en être venue aux mains. Et le lendemain, je l'ai vu lui. Il portait une casquette et s'était tartiné la figure de maquillage, mais il avait vraiment une sale tête ! Tu t'es bien défoulée sur lui !

Helen considéra Robert. Le garçon qui avait un jour pleuré sur son épaule la fixait maintenant avec une haine jubilatoire.

— Je vaux vraiment toute cette peine que tu t'es donnée ? finit par demander Helen.

— Tu n'imagines même pas.

— Tu m'espionnes depuis des mois, au mépris de ta propre vie…

— Je n'ai pas de vie, grâce à toi.

— N'importe quoi ! Ce qui compte, ce ne sont pas les cartes que tu as en main, mais ce que tu en fais. Tu peux choisir un autre chemin, prendre les bonnes décisions…

— Tu as tué ma mère ! On m'a caché mon histoire ; pendant des années je n'ai eu droit qu'à des demi-vérités et des faux-fuyants. Tu as débarqué et tout révélé au monde entier.

— Ce n'était pas mon intention.

— « Le fils d'un monstre », c'est comme ça qu'on m'a appelé. « La progéniture d'une sorcière. » Je n'étais personne, rien, et tout à coup, j'étais célèbre.

Helen le dévisagea sans mot dire. Le souvenir de la meute de journalistes fondant sur le paisible foyer familial à Aldershot la hantait encore.

— Après ça, je ne pouvais plus aller nulle part. Les gens savaient qui j'étais, ce qu'elle avait fait. Ils ne voulaient pas m'approcher. Comme si ses crimes étaient les miens. Mais qu'est-ce qu'elle avait fait au final ? Elle avait tué pour te protéger. Pour sauver sa petite sœur.

— C'est ce qu'elle prétendait…

— J'allais me suicider, l'interrompit Robert. J'allais t'appeler, te dire où j'étais et le faire avant que tu arrives. J'avais des médicaments, j'avais trouvé une chambre d'hôtel. Mais au moment de passer à l'acte, je n'en ai pas eu le courage.

Il fit un pas en avant.

— Pas parce que j'avais peur, mais parce que j'étais en colère. C'est la rage qui m'a permis de tenir tout ce temps. Ma rage et ma haine envers toi.

Helen ne bougea pas, elle refusait de se laisser intimider. Au loin, elle perçut enfin le vacarme des sirènes. Robert ne sembla pas le remarquer, il poursuivit sa diatribe.

— Tu l'as tuée et ça ne t'a rien fait.

— J'aimais ta mère. Je l'aime toujours. Mais c'était une meurtrière…

— N'essaie pas de justifier tes actes en la dénigrant.

— Ce qu'elle a fait était mal.

— Non, c'était juste ! aboya Robert. C'est pour ça que ça paraissait juste.

Helen réprima un frisson. Marianne n'avait exprimé aucun remords lors de son procès pour le meurtre de leurs parents, elle avait même avoué y avoir pris du plaisir.

— Qu'a-t-elle dit déjà au tribunal ? « J'ai adoré regarder leurs visages en sachant qu'ils ne pourraient plus me faire de mal. » J'ai lu les transcriptions, j'ai lu tout ce que j'ai pu trouver sur elle. Son témoignage est tout ce qu'il me reste d'elle.

Helen sentit l'émotion la submerger. Robert était innocent dans cette affaire, et malgré tout il avait lui aussi été happé par les ténèbres.

— Tu n'as jamais été comme elle.

— Mais maintenant, si. Grâce à toi.

— Et ça te rend plus heureux ?

Robert posa sur elle un regard étrange, comme s'il essayait de deviner le piège dans la question.

— Je crois que oui. Tu vois, j'aurais pu te tuer à n'importe quel moment au cours des douze derniers mois, seulement je voulais que tu souffres. Que tu éprouves la douleur que je ressens depuis que tu as mis ma vie sens dessus dessous. Que tous tes sales petits secrets soient révélés au monde entier. Jake, Max, la pauvre Angélique…

Le hurlement des sirènes était maintenant parfaitement audible. Les renforts seraient bientôt là. Elle n'en éprouverait aucune joie, mais au moins Helen pourrait mettre un terme à cette histoire.

— J'ai prévenu mes collègues, tout à l'heure, avant d'entrer, dit-elle tout bas.

— Je m'en doute. Je suis quand même content qu'on ait partagé ce petit moment.

— Que va-t-il se passer maintenant ? Si tu veux me tuer, tu n'as plus que quelques minutes pour le faire.

Robert resta impassible, les mains le long du corps.

— Je ne vais pas te tuer, Helen. Ça n'a jamais été mon intention.

Malgré ces paroles, Helen se tint aux aguets, prête à parer une attaque. Mais Robert se contenta de tourner les talons et d'ouvrir la fenêtre derrière lui, poussant vers l'extérieur les battants qui vinrent s'écraser avec fracas contre les murs, projetant une pluie de tessons de verre. Un souffle d'air frais pénétra dans la pièce et fit voler les cheveux d'Helen autour d'elle. Soudain, tous les bruits du dehors furent amplifiés : ceux des portières de voiture qu'on claquait résonnèrent sur le quai désert.

— Ne fais pas de bêtises, Robert. Tu te briserais les jambes en sautant, et puis, où irais-tu ? Il n'y a aucune issue, ici.

Il se tourna vers elle. Illuminé par le clair de lune derrière lui, il paraissait encore plus fantomatique.

— Parle pour toi.

Helen fit un pas en avant, son angoisse grimpant en flèche. Pourquoi était-il aussi calme ? À côté de quoi passait-elle ? Voulait-il être arrêté ? Elle entendit les pas qui gravissaient l'escalier métallique, de plus en plus proches.

— Comme je l'ai dit, il s'agit de toi, pas de moi.

Les pas se rapprochaient encore. Ce n'était plus qu'une question de secondes avant que Robert ne soit appréhendé.

— C'est pour ça que tout ce qui se trouve ici t'appartient, Helen. Les gobelets, les mégots de cigarettes, les emballages de sandwiches. Même cette vieille veste à capuche que tu croyais avoir perdue. Ton ADN, tes empreintes. Il n'y a rien à moi ici, j'en ai peur.

À présent, Helen savait exactement ce qu'il prévoyait de faire et, lorsqu'elle bondit en avant, il était trop tard. D'un saut sur le rebord de fenêtre, Robert s'élança dans la nuit. Helen se jeta sur lui mais avec une seconde de retard. Elle percuta le mur, juste à temps pour voir Robert tomber avec un plouf sonore dans l'eau noire d'encre en dessous. Son adversaire avait bien choisi son terrain : une ancienne aire de chargement qui surplombait le bassin.

Toute la mesure de sa naïveté la frappa de plein fouet. Mais elle n'eut pas le loisir d'y réagir car des mains puissantes l'attrapaient déjà, l'éloignaient de la fenêtre. Elle voulut parler mais on lui enfonça le visage dans la poussière pendant que ses bras étaient tirés en arrière et ses poignets menottés. Voilà qu'on lui lisait ses droits, les officiers à bout de souffle trop ivres de joie devant leur prise pour prêter attention à ses supplications.

La victoire de Robert était totale.

125

Emilia se frotta les mains dans une vaine tentative de se réchauffer. Elle était restée en planque à l'arrière du commissariat central de Southampton plus souvent qu'à son tour mais n'avait toujours pas trouvé le moyen de se maintenir au chaud. Elle était de nature frileuse, et quel que soit le nombre de couches de vêtements qu'elle portait, elle claquait toujours des dents.

Ce soir, cependant, ça ne la dérangeait pas. Ce petit désagrément était secondaire ; ce soir, c'était *son* soir, le couronnement de sa vie professionnelle. Elle avait enduré tant d'épreuves au fil des années : des parents qui la maltraitaient, une attaque à l'acide qui l'avait défigurée à tout jamais, les moqueries et les insultes. Mais ce soir, elle allait leur montrer à tous. Elle s'apprêtait à sortir le scoop de l'année, celui qui lancerait sa carrière et en détruirait une autre.

Elle avait rejoint le poste de police en un temps record. Le message de Sanderson était direct : « Garde à vue. Entrée de derrière. 20 minutes. » Emilia n'avait donc pas perdu de temps, elle avait attrapé son appareil photo et avait filé. Elle s'était postée sous un porche plongé dans l'obscurité, cachette idéale, et y attendait depuis l'arrivée de la voiture de patrouille. L'entrée dans le commissariat était censée se dérouler en toute discrétion et sans public mais, grâce à Sanderson, ce serait tout le contraire. Emilia l'avait peut-être mal jugée après tout – elle allait peut-être tenir parole en fin de compte.

Emilia vérifiait une nouvelle fois le parfait fonctionnement de son appareil : batterie chargée à fond, position nuit avec flash, mode rafale enclenché, quand un bruit attira son attention. Faible mais insistant, c'était le son d'un véhicule qui avançait lentement dans la rue déserte. Emilia se prépara.

La voiture s'engagea dans l'allée derrière le poste et comme par magie les lourdes portes du garage s'ouvrirent. La voiture s'en approcha au ralenti jusqu'à ce qu'elles soient grandes ouvertes. Emilia s'élança en mitraillant avec son appareil, prenant un maximum de photos. Elle avait choisi le bon moment car, quelques secondes plus tard, la voiture disparaissait à l'intérieur, les portes se refermaient dans un claquement derrière elle.

Emilia regagna l'ombre de son porche. Son article était prêt à être imprimé, ne manquait plus qu'un petit ajout. Elle passa son appareil en mode visionneuse et laissa un sourire s'épanouir sur ses lèvres. Elle avait ce qu'il lui fallait pour assener le coup de grâce.

Une photo d'Helen Grace, le visage livide, le regard perdu dans la nuit.

126

— Fixez l'objectif, s'il vous plaît.

Helen regarda droit devant elle tandis que le flash fusait une fois, deux fois, trois fois. L'éclair de lumière l'aveugla, lui fit perdre tous ses repères, la douleur lui transperça le cerveau, mais elle savait que ce n'était que le début de sa torture.

— Sur la gauche maintenant.

Clic, clic, clic.

— Sur la droite.

Helen connaissait le topo, elle avait assisté à cet exercice un nombre incalculable de fois. Pourtant elle devait quand même se laisser guider par l'officier de service. Elle s'exécuta sans un mot ; rien de tout cela ne lui paraissait réel. Encore en état de choc, son esprit restait focalisé sur l'ingéniosité du plan de Robert. Il l'avait suivie avec une patience d'ange, il avait récupéré les détritus de sa vie, assemblé avec soin l'histoire de sa destruction. Il avait bien choisi ses victimes, des marginaux qui, sans être proches d'Helen, appartenaient tous à sa vie secrète. La mise en scène de leur mort comme révélation de leur activité soulevait des interrogations quant à l'identité de celui qui voulait les faire taire et menait la police tout droit à Helen.

Elle était persuadée que Robert avait disposé d'autres indices accablants au Cachot et sans doute au domicile de Paine aussi. Elle avait un lien avec chacune des victimes. Sa seule chance d'en réchapper était de présenter un alibi en béton.

Avec un frisson, Helen comprit que cela ne lui serait pas permis non plus. La nuit du premier meurtre, elle était allée courir. Un témoin l'aurait-il vue remonter vers le nord, comme pour rentrer chez elle après être allée au Cachot ? Le soir où Paine avait été tué, elle s'était rendue sur la tombe de Marianne ; son trajet depuis le commissariat l'aurait fait passer juste à côté du domicile de Max Paine. Helen suivait une routine précise et Robert en avait profité, sachant pertinemment que personne ne l'attendait à la maison pour confirmer sa version des faits.

— Bien. Nous allons devoir procéder à la fouille.

Helen sentit des mains sur elle et une femme officier commença à lui retirer ses vêtements. Sa veste, son pantalon, ses bottes furent emballés dans des sacs de scellés. Elle pourrait garder ses sous-vêtements mais seulement une fois qu'ils auraient été inspectés. Helen se soumit à cette indignité, le lourd regard du sergent sur elle tout du long. Son buste était recouvert de cicatrices – les preuves de sa longue addiction au sadomasochisme, un élément qui renforcerait à n'en pas douter l'accusation contre elle. Très peu de personnes l'avaient vue ainsi, nue et vulnérable, et Helen sentait le poids du jugement silencieux que l'officier de police portait sur elle.

Ce n'était rien en comparaison de ce qui l'attendait, cependant. Sa vie allait être passée au crible, ses faits et gestes étudiés dans les moindres détails, son manque d'assurance exposé aux yeux de tous et elle serait traitée comme une malpropre. Elle était au fond du trou et n'avait aucun moyen d'en sortir. Ni aucun espoir.

Debout à moitié nue sous la lumière faiblarde d'une ampoule vacillante, Helen se sentit plus seule que jamais.

127

Elle avait l'impression de nager en plein cauchemar. Charlie était figée au centre de la pièce et n'aidait d'aucune manière le technicien de scène de crime qui s'affairait autour d'elle. Helen était innocente, forcément, et pourtant elle les avait conduits jusqu'ici. Le portable ressemblait à celui de Paine, la veste à capuche lui appartenait et les mégots de cigarettes qui remplissaient le cendrier étaient sans conteste de la marque que fumait Helen. Les gobelets étaient estampillés Costa et pas Starbucks, les emballages de sandwiches venaient du kiosque près du commissariat… La pièce sentait même son parfum ; Obsession semblait embaumer les moindres recoins. C'était son repaire, son cerveau. Mais ça n'avait toujours aucun sens.

Sanderson se dirigea d'un pas vif vers Meredith et frôla Charlie au passage, manière subtile de lui rappeler qu'elles étaient ici pour accomplir un travail, rassembler et examiner les preuves. Charlie avait joué un rôle dans la capture d'Helen, mais c'était la persévérance de Sanderson et son instinct qui les avaient menés jusqu'ici. Elle était aux commandes, aucun doute. Sa collègue était-elle poussée par la certitude ou par l'ambition ? Quelle importance ? Dans les deux cas, elle était en bonne position pour prendre la place d'Helen quand celle-ci serait inculpée de trois homicides, si elle devait l'être.

Charlie en pâtirait. On lui rendrait la vie aussi difficile que possible, elle en était convaincue, et avant la fin de l'année elle se retrouverait dans le bureau de Gardam à demander son transfert. Ce ne serait peut-être pas une mauvaise chose. Comment pourrait-elle continuer alors que son mentor était tombé en disgrâce ? Comment pourrait-elle regarder les autres dans les yeux alors qu'elle avait accordé sa confiance à la mauvaise personne ? Helen avait touché le fond ce soir, mais la vie de Charlie s'effilochait aussi. Elles étaient si proches… Helen était la marraine de sa fille ! Était-il possible qu'elle se soit trompée à ce point ? Que la vie incomplète et creuse d'Helen l'ait conduite à… ça ?

— Je vais examiner le périmètre, chercher des témoins.

Sanderson grommela sans lever les yeux. Elles savaient l'une comme l'autre qu'il n'y aurait pas de témoins sur ces quais déserts et que c'était l'excuse que Charlie avait trouvée pour quitter les lieux. Peut-être qu'elle était un mauvais flic, peut-être qu'elle était d'une loyauté aveugle, mais elle était avant tout un être humain. Elle s'éloigna d'un pas pressé pour dissimuler les larmes qui lui montaient aux yeux. Même si elle était coupable, Helen avait toujours été son amie, sa confidente, et Charlie n'allait pas regarder Sanderson se réjouir de sa chute.

128

Jonathan Gardam observait à travers le miroir sans tain la pluie de questions qui tombait sur Helen. Dès qu'il avait eu confirmation de son arrestation, il avait sollicité la présence d'officiers de la police du Sussex pour conduire l'interrogatoire. Que Sanderson ou Brooks interrogent Helen était inenvisageable, compte tenu de leurs relations. Gardam aurait pu s'en charger bien sûr, mais il préférait rester en retrait. Il profiterait bien mieux du spectacle ainsi.

Helen avait le teint pâle et les traits tirés, toutefois elle ne s'avouait pas encore vaincue. Avec une grande patience, elle avait relaté aux officiers les événements de la soirée, tenté de les convaincre que c'était *elle* la victime. Mais même depuis son poste d'observation, Gardam percevait leur scepticisme. Le récit d'Helen était cohérent et posé, cependant les enquêteurs de cette espèce ne croyaient pas aux belles histoires bien racontées, ils se fiaient aux preuves.

— Écoutez, nous aimerions bien vous croire sur parole, mais il n'y avait personne là-bas. Nous avons inspecté les alentours, les bâtiments, les quais...

— Il y était.

— Pourquoi n'a-t-on retrouvé aucune trace de lui dans ce cas ?

— Vous pensez que j'invente ? Pourquoi aurais-je prévenu mes collègues si j'étais coupable ? Pour quelle raison ?

— À vous de nous le dire.

La colère commençait à gagner Helen. Elle insista sur le fait qu'elle avait agi en suivant les règles tout au long de l'enquête. Elle leur expliqua qu'elle avait mentionné ses liens avec les deux premières victimes, qu'elle en avait informé son supérieur qui lui avait demandé de poursuivre son investigation. Après avoir assuré qu'ils vérifieraient ses dires, ils l'attaquèrent avec une nouvelle série de questions sur ses relations avec les défunts. Helen refusa de répondre. Elle n'ajouterait rien tant qu'ils n'auraient pas confirmé sa version des faits. Les officiers argumentèrent encore un peu. Avec surprise, Gardam vit alors Helen se tourner vers lui à travers le miroir sans tain.

— Je ne dirai pas un mot de plus tant qu'il ne viendra pas ici, affirma Helen. Demandez-lui si j'ai évoqué le problème. Interrogez-le !

— Avec tout le respect que l'on vous doit, c'est vous que nous interrogeons et nous aimerions que *vous* répondiez à nos questions…

Helen ignora l'officier, le regard braqué sur Gardam derrière la vitre. C'était osé mais vain. Elle ne discernait que son propre reflet dans le miroir alors que lui voyait toute la scène. Il avait l'avantage, son désir depuis le début.

Ils le questionneraient bien sûr, ils lui demanderaient si ce qu'Helen prétendait était vrai. Il avait l'occasion de lui tendre la main pour la secourir… mais le ferait-il, alors qu'elle avait déjà mordu une fois cette main tendue ? Il nierait ses affirmations. Il jouerait les étonnés, se montrerait perplexe, attristé même qu'elle cherche à entraîner un confrère dans sa chute et sa dépravation.

Elle l'avait fasciné, obsédé ; aujourd'hui encore peut-être. Mais elle l'avait rejeté avec mépris. Et pour cela, elle allait payer.

129

La porte se referma derrière elle et Helen entendit la clé tourner dans la serrure. Un son qui lui parut étrangement différent de l'intérieur. Dehors, parmi ses collègues et amis, le bruit du verrou résonnait comme la preuve du travail accompli. Ici, il annonçait sa chute.

Helen s'assit sur le lit et contempla les murs. Son esprit bouillonnait de mille pensées, cherchait les points faibles du plan de Robert. Elle n'en trouva aucun. Elle savait déjà qu'elle ne recevrait aucune aide de la part de Gardam. S'il avait voulu la sauver, il l'aurait déjà fait. Non, le prétexte était trop beau, tout trouvé pour lui : si elle le dénonçait pour agression sexuelle maintenant, personne ne la croirait. Helen se demanda malgré tout s'il se réjouissait de sa déchéance. Ou bien s'il souffrait à l'idée de ne plus jamais la revoir.

Elle entendit des pas qui approchaient et regarda vers la porte. Celle-ci resta close mais un journal fut glissé par-dessous. Les pas s'éloignèrent et Helen entendit les gardes s'esclaffer. Il n'était pas difficile de deviner pourquoi. Ils venaient de lui offrir un exemplaire de l'*Evening News*. Elle ramassa le quotidien et, passant outre le titre tapageur en une, elle le feuilleta. La majeure partie était dédiée à l'enquête, mais le couronnement en était le portrait qu'Emilia Garanita avait fait d'elle et intitulé « La fin de l'état de Grace ».

Helen jeta le journal à la poubelle et s'allongea sur le lit. Toute résistance l'abandonnait enfin. Il n'y avait plus rien à faire sinon panser ses plaies.

Robert avait attendu le moment idéal et son attaque avait eu un effet dévastateur. Il était dévoré par son obsession ; sa solitude, son amertume et sa rage l'avaient transformé jusqu'à devenir méconnaissable. Il n'était resté en vie que pour venger sa mère et Helen payait ses crimes au centuple. Robert l'avait privée de tout ce qui lui était cher. Sa réputation, son travail, ses amis.

Et pis que tout, il lui avait pris sa liberté.

MIXTE
Papier issu de
sources responsables
FSC® C003309

10/18, une marque d'Univers Poche,
est un éditeur qui s'engage pour
la préservation de l'environnement
et qui utilise du papier fabriqué à partir
de bois provenant de forêts gérées
de manière responsable.

Imprimé en France par CPI

N° d'impression : 3036401
X07608/01